Peter Schwindt
Schwarzfall

PIPER

Zu diesem Buch

Der Sommer ist zu heiß. Seit Monaten hat es nicht mehr geregnet, als eines Abends ein kurzes Flackern in Frankfurt/Main die Katastrophe ankündigt: Wegen eines Mangels an Kühlwasser werden die Kraftwerke abgeschaltet. Plötzlich bricht die Stromversorgung zusammen, nichts geht mehr: weder Licht noch Telefon, weder Kühlschränke noch Klimaanlagen. Weder Bankautomaten noch Fahrstühle, weder Benzinpumpen noch Straßenbeleuchtung oder Ampeln. Die ersten Versorgungsengpässe sind eine Frage von Stunden. Es ereignen sich menschliche Dramen: eine junge Mutter braucht dringend Hilfe für ihr schwerkrankes Kleinkind, eine überlastete Ärztin bekommt keinen Kontakt mehr zu ihrer pflegebedürftigen Mutter. In den Einkaufszentren kommt es zu Plünderungen, während die Reichen der Stadt eine Bürgerwehr bilden, um die knappen Ressourcen unter ihre Kontrolle zu bekommen. Was seit langem schwelte, brennt plötzlich lichterloh …

Peter Schwindt, geboren 1964, lebt mit seiner Familie bei Frankfurt. Er arbeitete unter anderem als Übersetzer und Redakteur und ist Autor zahlreicher Jugendromane (Justin Time; Morland) und Drehbücher.

Peter Schwindt

Schwarzfall

Thriller

Piper München Zürich

Mehr über unsere Autoren und Bücher:
www.piper.de

Originalausgabe
April 2010

Umschlaggestaltung: Hauptmann & Kompanie Werbeagentur, Zürich
Autorenfoto: Aaron Löwenbein
Satz: Filmsatz Schröter, München
Druck und Bindung: CPI – Clausen & Bosse, Leck
Printed in Germany ISBN 978-3-492-25816-6

Für Antonia

Der Schlag kam ohne Vorwarnung von der linken Seite. Er war nicht hart, aber für einen kurzen Moment sah Jessie tatsächlich Sterne, die wie helle kleine Punkte vor ihren Augen tanzten. Es dauerte einen Augenblick, bis die leichte Benommenheit verflogen war und sie versuchen konnte, den Blick wieder scharf zu stellen. Das Erste, was sie hörte, war das Schreien eines Kindes, irgendwo rechts von ihr. Jessie blinzelte den schmierigen Film auf ihren Pupillen weg. Sie erkannte, dass ein kleiner Junge halb aus den Gurten seines Maxi Cosi hing. An der Vorderseite seiner kurzen hellblauen Hose wuchs ein dunkler Fleck. Ein dünnes Rinnsal lief an den speckigen Waden hinab und tropfte vom Absatz der roten Plastiksandale auf die rote Fußmatte.

Jessie hob die linke Hand und tastete die Beule auf ihrer Stirn ab. Der Aufprall hatte ihren Kopf gegen den Türrahmen geschleudert. Der Junge schrie noch immer.

»Warte, ich helfe dir«, murmelte Jessie benommen und versuchte den Gurt zu lösen, der das Kind in der Sitzschale festhielt. Ihre Finger zitterten so sehr, dass es ihr erst beim dritten Versuch gelang, den schwergängigen roten Knopf des Verschlusses zu drücken. Als das Kind bemerkte, dass seine Mutter bei ihm war, streckte es stumm und unbeholfen die kleinen Arme aus. Dann wurden seine Augen groß. Es schnappte nach Luft, wie ein an Land geworfener

Fisch. Bevor Jessie etwas sagen konnte, übergab sich ihr Sohn wie eine Katze, die ihre verschluckten Haare hochwürgte. Sein Erbrochenes hatte einen unangenehm fauligen Geruch. Als der Junge nach Luft schnappen konnte, begann er wieder zu heulen. Nur, dass es diesmal hohes Wimmern war, was Jessie überhaupt nicht beruhigte. Sie kannte ihren Sohn. Wenn er so nach Luft schnappte, hatte er sich nicht einfach nur erschrocken.

»Ist ja schon gut, Marvin«, sagte sie und hob ihn aus dem Sitz. »Es ist alles in Ordnung.« Sie musste ihm unbedingt ein anderes T-Shirt anziehen, aber natürlich hatte sie nichts zum Wechseln dabei. Patrick und sie waren nur in die Stadt gefahren, um eine Klimaanlage zu kaufen. Wenn es überhaupt einen vernünftigen Grund gab, in diesen Wochen und Monaten den Schutz der eigenen vier Wände zu verlassen und sich hinaus in diese Hitze zu begeben, dann wirklich nur diesen. Seit Mai waren die Temperaturen nicht unter dreißig Grad gesunken. Jetzt war es August und ein Ende dieser alles niederzwingenden Hitzewelle kündigte sich noch immer nicht an. Das Thermometer erreichte inzwischen siebenunddreißig Grad im Schatten und selbst die Nächte waren so unerträglich, dass man nur stundenweise schlafen konnte. Für Erwachsene war dieses Wetter eine Strapaze. Aber für Kinder wie Marvin bedeutete es eine Tortur, der Jessie als Mutter hilflos gegenüberstand. Sie hatte alles versucht, um das Kinderzimmer zu kühlen, aber nichts hatte geholfen: weder die nassen Handtücher, die sie jeden Abend ans Gitterbett hängte, noch ein Ventilator. In seinem Luftstrom hatte man selbst nachts das Gefühl, vor einem Föhn zu sitzen, den man von heiß auf warm gestellt hatte.

Es hatte lange gedauert, bis sie Patrick davon überzeugt hatte, dass nur noch eine Klimaanlage helfen konnte. Für ihn war dieser Apparat rausgeschmissenes Geld – bis Slobo, einer seiner Kumpels, ihm stolz so ein Ding präsentierte. Patrick interessierte Geld nicht die Bohne. Hatte er es, so gab er es mit vollen Händen aus, hauptsächlich für sein Auto, seinen aufgemotzten Rechner oder irgendwelche Konsolenspiele. Wenn er das Thema Geld auf die Tagesordnung brachte, dann nur, um ihr zu zeigen, wer von beiden am längeren Hebel saß. Jessie bekam nicht viel, 154 Euro Kindergeld plus die obligatorischen 345 Euro Stütze. Sie hatte zwar eine Ausbildung zur Friseurin gemacht, aber nach einiger Zeit feststellen müssen, dass sie auf die meisten Chemikalien, mit denen sie herumhantieren musste, allergisch reagierte. An manchen Tagen hatten ihre Hände ausgesehen, als hätte sie versucht, aus Stacheldraht Zöpfe zu flechten. Jessie war keine zwanzig Jahre alt und schon arbeitsunfähig.

Patrick, der Vater ihres Kindes, war ein Jahr jünger als sie. Ein Großkotz, der in seinen viel zu großen weißen Trainingsanzügen ziemlich verloren aussah. Jessie glaubte, dass es diese Traurigkeit in seinen Augen war, die den Funken der Zuneigung zu ihm am Leben hielt. Sein Blick löste immer noch ein warmes Gefühl in ihrer Magengegend aus. Auch wenn Patrick sich die meiste Zeit wie ein selbstsüchtiges Arschloch aufführte, war er anders als die anderen Spinner, die einen auf dicke Hose machten: Er wusch sich, achtete auf sein Äußeres und hatte eine ziemlich gute Figur, an der sie vor der Schwangerschaft sehr viel Spaß gehabt hatte.

Jessie musste Marvin wieder in den Maxi Cosi setzen.

In ihrem Kopf surrte noch immer ein Schwarm schwarzer Fliegen. Sie versuchte das Brummen wegzublinzeln und stieg aus dem Auto, obwohl Marvin noch immer jammerte. Die Hitze draußen war unglaublich. Jessie bückte sich nach der Sonnenbrille, die im Fußraum lag, setzte sie auf und stieg aus.

Sie standen mitten auf der Kreuzung. Ein dunkelgrüner Opel Zafira war ihnen so unglücklich in die Seite gefahren, dass die vordere Stoßstange des weißen BMW halb abgerissen herunterhing, und auch der linke Kotflügel war tief eingedrückt.

Es war eine unwirkliche Szene. Der Verkehr floss teilnahmslos um sie herum, als interessiere es niemanden, was da geschehen war. Kein Fußgänger blieb stehen, um schadenfroh der Auseinandersetzung zu folgen, bei der sich zwei ungleiche Männer einander gegenüberstanden. Der eine war Patrick. Der andere war Mitte vierzig und trug zu einer khakifarbenen Dreiviertelhose ein dunkelblaues Poloshirt. Das ergrauende Haar war kurz geschnitten. Immer wieder schob er sich eine altmodische, teuer aussehende Sonnenbrille zurück auf die Nase, während er in sein Handy sprach. Hinter ihm saßen eine erstaunlich blasse rothaarige Frau und zwei müde halbwüchsige Kinder, die ihre Haarfarbe offensichtlich von der Mutter geerbt hatten.

Patrick hingegen, dem das Feinrippunterhemd nass am Oberkörper klebte, gestikulierte wild, schrie und hüpfte aufgeregt auf der Stelle. Er schien sich fürchterlich darüber aufzuregen, dass der Mann ihn nicht beachtete. Und tatsächlich wirkte es so, als würde ein bissiger Pinscher einen Baum ankläffen. Zuerst hörte Jessie außer dem Rauschen des Verkehrs gar nichts, dann drang Patricks Stimme zu ihr durch.

»Willst du mir jetzt endlich mal zuhören, du Penner?«, schrie er den Mann an, der ihm aber diesen Gefallen nicht tat. Patrick kniff den Mund zusammen und ging zu dem Zafira hinüber, dessen rechter Scheinwerfer nur noch an einem dünnen Draht hing. Mit aller Wucht trat er gegen das Glas, das darauf gegen die Karosserie schlug und zersprang. »Was ist jetzt mit dir, du Arsch! Ich rede mit dir!«

Der Mann sagte noch etwas in sein Handy, nickte und klappte es ruhig zu. Jessie sah, dass der Mann wütend war, er aber diese Wut bezähmte und so eine Überlegenheit demonstrierte, die Patrick nur noch rasender machte.

»Was glaubst du eigentlich, wer du bist? Fährst hier mit deiner beschissenen Familienkiste lang, als würde dir die Welt gehören, und knallst in meinen Wagen!« Die letzten beiden Worte betonte Patrick so, als müsste er klarstellen, dass er auch wahrhaftig der Besitzer des BMW war. Dann hielt er inne, denn Jessie stand jetzt neben ihm.

»Was ist mit dir?«, fuhr er sie an. »Was ist mit dem Kleinen?«

»Er hat sich erschreckt«, sagte Jessie leise und schaute zu dem Mann hinüber, der sie unverhohlen musterte. Plötzlich kam sie sich in ihren Shorts und dem knappen Bikini-Oberteil nackt vor. Sie räusperte sich und suchte etwas anderes, worauf sie den Blick richten konnte, und blieb schließlich bei der dünnen Frau auf dem Beifahrersitz des Zafira hängen. Jessie versuchte, zu lächeln. Als ihr das misslang, wischte sie sich den Schweiß von der Oberlippe und drehte sich langsam nach Marvin um, der nun wieder laut zu schreien begonnen hatte.

»Verdammt, jetzt sorg doch endlich mal dafür, dass der Kleine still ist!«, schrie Patrick sie an.

Jessie zuckte zusammen.

»Was?«, murmelte sie und fasste sich an die Stirn, auf der die Beule zu pochen begann. Der Schleier senkte sich abermals vor ihre Augen.

Patrick schnaubte ungeduldig und stieß sie beiseite. Er ging um seinen Wagen herum, öffnete die Beifahrerseite und holte aus dem Babyrucksack eine Plastikflasche mit Eistee heraus. Patrick zog den Trinkverschluss hoch und drückte die Flasche in Marvins Hände. Das Kind schaute seinen Vater träge an. Patrick rollte stöhnend mit den Augen.

»Meine Fresse, genauso schwer von Begriff wie die Mutter«, zischte er leise, aber immer noch laut genug, dass Jessie es hören konnte. Er hob die Flasche auf und stopfte die Öffnung Marvin in den Mund.

»Los jetzt!« Seine Stimme hatte einen drohenden Unterton.

Marvin nahm einen Schluck, trank dann aber so gierig, dass er sich verschluckte. Er hustete und begann sogleich wieder laut zu schreien.

»Lass mich das machen«, sagte Jessie und schob Patrick beiseite. Mit gurrenden, liebevollen Geräuschen gab sie ihrem Sohn zu trinken. Augenblicklich beruhigte er sich.

Patrick sagte kein Wort. Er stemmte sich aus dem Wagen und ging wieder zum Eigentümer des Zafira.

»So, und jetzt zu dir«, sagte er mit einem humorlosen Grinsen. »Ich hoffe, du hast eine gute Versicherung, denn das wird ein richtig teurer Spaß. Hast du eine Ahnung, was es kostet, eine Stoßstange lackieren zu lassen? Oder hier! Der Kotflügel! Da wirst du echt was lockermachen müssen.«

»Ich werde einen Teufel tun«, sagte der Mann ungerührt.

Patricks Grinsen erstarb. »Noch mal: Du wirst was?«

»Einen Teufel tun.«

Patrick gab dem Mann einen Stoß. »Du spießiger Scheißkerl. Du wirst mir die Kiste bezahlen!«

»Ganz bestimmt nicht.«

Patrick schubste den Mann ein zweites Mal. Er wusste, dass er besser trainiert war als der Kerl, dem der Bauch schon über dem Hosenbund hing und an dessen Beinen die ersten Krampfadern hinaufkrochen. »Sag das noch mal«

»Wenn Sie glauben, dass ich irgendetwas bezahle, dann liegt Ihr Verstand genauso tief wie die Federung Ihres Autos.«

Patrick schnellte mit dem Kopf zurück, als hätte er auf ein Stück Stanniol gebissen. »Was sagst du da? Bist du schwul, oder was?«

»Bist du schwul, oder was?«, äffte ihn der Mann nach. »Ich bitte dich! Ist das alles, was ihr Typen rausbekommt? Mehr habt ihr nicht drauf?«

Patrick glaubte, seinen Ohren nicht zu trauen. Er stellte sich aufrecht hin und machte mit beiden Händen eine theatralische He-schaut-her-Geste. »Sag mal, willst du mich ficken, oder was?«

Der Mann verzog säuerlich das Gesicht. »Ganz bestimmt nicht.«

»Komm mir nicht dumm«, brüllte Patrick.

»Komm du mir nicht dumm«, schrie der Mann zurück, der jetzt doch die Fassung zu verlieren schien. »Ich lass mir nicht von so einem grenzdebilen Proleten ans Bein pissen, der noch nicht einmal einen geraden Satz herausbekommt. Scheiße, kannst du überhaupt deinen Namen fehlerfrei schreiben?« Mit diesen Worten schubste er sein Gegenüber zurück.

Als sei dies das Zeichen gewesen, auf das Patrick nur gewartet hatte, ließ er eine Faust vorschnellen. Der Hieb kam trocken und ansatzlos, war aber schlecht gezielt, denn er traf den Mann nicht wie beabsichtigt auf die Nase, sondern nur an der Wange. Dennoch taumelte der Zafira-Fahrer wie betrunken mit rudernden Armen zwei Schritte zurück und stieß dabei gegen den Außenspiegel auf der Beifahrerseite seines Familien-Vans. Das Glas löste sich aus der Halterung und zerbrach mit einem hellen Klirren auf dem Asphalt. Patrick machte einen Schritt auf den Mann zu. Unter den Sohlen seiner Turnschuhe knirschten die Scherben. Er wollte diesem Windwichser einen zweiten Schlag verpassen, als jemand von innen gegen die Scheibe des Beifahrerfensters schlug. Patrick zuckte zusammen und schaute in das entsetzte, von der Hitze gerötete Gesicht der Frau. Sie hatte den Mund zu einem O geformt und schüttelte energisch den Kopf. Die Kinder starrten mit einer Mischung aus Angst und Neugierde ihren Vater an, der jetzt viel von seiner Überlegenheit verloren hatte. Patrick grinste wieder.

Jessie schien es, als würde die Zeit auf einmal langsamer verstreichen. Ein hohes Pfeifen erfüllte ihren Kopf. Sie schlug die Hände auf die Ohren, duckte sich ein wenig und kniff die Augen zusammen. Als Jessie erneut aufblickte, sah sie das Blaulicht eines Polizeiautos. Zwei Beamte sprangen heraus und griffen Patrick bei den Schultern. Er versuchte sich loszureißen, um auf den Mann einzuschlagen. Als er jedoch sah, wer ihn da festhielt, hob er abwehrend die Hände in die Höhe und ließ jeden Widerstand fahren. Jessie spürte, wie eine leichte Welle der Übelkeit in ihr hochstieg. Sie hielt sich an der Wagentür fest und setzte sich vorsichtig auf die Rückbank des BMW. Marvin hatte sich mittlerweile beruhigt und nuckelte mit abwesendem Blick an seiner Flasche herum.

Vermutlich habe ich so etwas wie eine Gehirnerschütterung, dachte Jessie benommen. Schweißtropfen liefen ihr die Brust hinab und sammelten sich in dem gepiercten Bauchnabel. Das Pfeifen ebbte langsam ab.

Die beiden Polizisten redeten nun auf Patrick ein, der immer wieder beschwichtigend mit den Händen gestikulierte. Schließlich holte er aus der Hosentasche sein rund gesessenes Portemonnaie, um seinen Personalausweis und den Fahrzeugschein zu präsentieren. Einer der Beamten setzte sich in den Streifenwagen und glich die Daten ab, während der andere sich um den Mann kümmerte, auf den Patrick eingeschlagen hatte. Was für Fragen der Polizist stellte, konnte Jessie nicht verstehen, aber der Mann bejahte sie alle. Schließlich deutete er auf Jessie.

Der Polizist steckte seinen Block in die Brusttasche und kam auf das Mädchen zu.

»Gehören Sie zu dem jungen Mann dort drüben?«

Jessie schluckte trocken und nickte. »Ja«, sagte sie leise.

Der Beamte stutzte. »Geht es Ihnen nicht gut?«

»Doch. Es ist alles in Ordnung«, murmelte sie.

»Sie haben eine ganz schöne Beule. Sind Sie sicher, dass wir nicht einen Krankenwagen rufen sollen?«

»Mir geht es gut.«

Er spähte in den Wagen. »Und Ihr Junge?«

Jessie zog Marvin das T-Shirt aus, wickelte es zusammen und wischte ihm so gut es ging das Kinn ab. »Dem macht nur die Hitze zu schaffen.«

»Wem nicht«, brummte der Polizist. Er setzte seine Sonnenbrille ab und wischte sich müde mit der Hand über die Stirn.

»Was werden Sie mit ihm machen?«

»Mit wem?«

»Mit meinem Freund.«

»Er bekommt eine Anzeige wegen Körperverletzung. Und dann muss er noch ein Bußgeld wegen des Unfalls bezahlen.«

Jessie runzelte die Stirn. »Warum? Wir hatten doch Vorfahrt.«

»Nein, hatten Sie nicht.« Der Mann in der durchgeschwitzten Uniform musterte sie genauer. »Sind Sie sicher, dass Sie keinen Arzt brauchen?«

Jessie nickte.

»Okay«, sagte der Polizist. »Sehen Sie zu, dass Sie mit dem Kind aus der Sonne kommen.«

Er drehte sich um und nickte seinem Kollegen zu, der daraufhin Patrick die Papiere zurückgab.

»Sag ein Wort, und ich verspreche dir, dass du nach Hause läufst«, sagte Patrick, als er in den Wagen stieg und die Tür zuwarf. Er drehte den Zündschlüssel um. Mit einem dumpfen Dröhnen startete der Motor. Die beiden Polizisten standen jetzt neben dem Familienvater. Alle drei schauten zu ihnen hinüber, als warteten sie nur darauf, dass Patrick einen Fehler beging. Jessies Freund lächelte dünn, schnallte sich an und legte einen Gang ein.

Jessie biss auf ihre Unterlippe und legte die Hände in den Schoß. Marvin hatte die Augen geschlossen. Er atmete schwer. Sie strich ihm durch das verschwitzte Haar. Der Wagen fuhr los. Jessie drehte sich um und schaute zum Heckfenster hinaus. Nun war auch der Rest der Familie aus dem Zafira gestiegen. Sie alle starrten dem weißen BMW wie Menschen nach, die gedemütigt worden waren und diese Erniedrigung nicht auf sich beruhen lassen würden.

»*F*ahr bitte vorsichtig«, sagte Claudia Hellmann nervös und umklammerte mit ihren schmalen Händen den Gurt, der sich quer über ihre schmächtige Brust spannte.

Harald Hellmann antwortete seiner Frau nicht. Er wusste, wenn er sich jetzt auf eine Diskussion mit ihr einließ, würde es laut und hässlich werden. Und das wollte er nicht, zumindest nicht vor den Jungs. Er schaltete das Radio ein und warf einen Blick in den Rückspiegel. Die beiden Kinder waren noch immer blass um die Nase. Selbst Malte, der sonst immer so cool tat, sprach schon die ganze Rückfahrt kein Wort mehr.

»Harald, fahr bitte vorsichtig«, sagte Claudia erneut, diesmal drängender, den Blick starr nach vorne gerichtet.

»Ich fahre vorsichtig«, antwortete er ihr schließlich und drehte das Radio lauter. Phil Collins gab gerade singenderweise zu, dass er nicht tanzen konnte.

»Tust du nicht«, sagte sie trotzig. »Du fährst schneller als erlaubt.«

Harald schaute auf den Tacho, dessen Nadel auf die siebzig zeigte. Er warf seiner Frau einen Seitenblick zu, den sie nicht erwiderte. Stattdessen umklammerte sie den Gurt noch fester. Für einen kurzen Moment hatte der Gedanke, kräftig aufs Gaspedal zu treten und die nächste Kurve zu schneiden, einen unwiderstehlichen Reiz. Aber dann atmete er tief durch und schaltete vom vierten in den dritten Gang.

»Besser so?«, fragte er.

»Wir hatten heute schon einen Unfall«, flüsterte sie.

Er starrte sie überrascht an. »Es war nicht meine Schuld!«

»Schau bitte nach vorne«, sagte sie zu ihm im drängenden Tonfall einer Mutter, die ihrem Kind das Fahrradfahren beibrachte.

Hellmann biss die Zähne zusammen und zwang sich zu einem Lächeln. »Du tust gerade so, als sei ich diesem Spinner mit Absicht in die Seite gefahren.«

»Du hättest vorausschauender fahren sollen. Dann wäre das nicht passiert.«

»Ich hatte Vorfahrt, verdammt noch mal!«, herrschte er sie laut an.

Claudia zuckte zusammen und zwinkerte nervös. »Harald, bitte.«

»Oh, entschuldige. Da fährt jemand in unser Auto, langt mir dazu noch eine, und du sagst, ich hätte vorausschauender fahren sollen.« Er schnaubte verächtlich. »Danke, dass du dich so tapfer auf meine Seite schlägst.«

»Hört auf, euch zu streiten«, sagte Lukas, mit fünfzehn der ältere und besonnenere der beiden Brüder.

Claudia drehte sich in ihrem Sitz um und lächelte tapfer. »Lukas, Mama und Papa streiten sich nicht. Wir haben nur eine Meinungsverschiedenheit.«

Hellmann schaute seine Frau an, als hätte sie den Verstand verloren. An Tagen wie diesen fragte er sich immer wieder, was ihn mal zu dieser Frau hingezogen hatte. Früher hatte er sie für ihre stille Art, in Auseinandersetzungen den Ausgleich zu finden, geliebt. Jetzt reizte sie ihn nur noch zum Widerspruch.

»Warum nennst du das Kind nicht beim Namen? Natürlich streiten wir uns.«

»Nein, tun wir nicht.«

»Claudia, wie sollen die Kinder lernen, einen eigenen Standpunkt zu vertreten, wenn sie noch nicht einmal wissen, wie man sich streitet?«

»Wir streiten nicht.«

»Nur weil du einer Sache einen anderen Namen gibst, schaffst du sie damit nicht aus der Welt.« Er drehte sich zu seinen Söhnen um. »So ein Streit ist die natürlichste Sache der Welt. Und wisst ihr was? Wir versöhnen uns auch wieder. Jedes Mal.«

»Harald!«, schrie Claudia. »Pass auf!«

Hellmann wirbelte herum. Als er sah, wie der Golf, ohne zu blinken, aus der Parklücke scherte, trat er mit aller Macht auf die Bremse. Claudia wurde nach vorne geschleudert und versuchte sich mit beiden Händen am Armaturenbrett abzustützen. Der Fahrer des VW schien nicht bemerkt zu haben, dass er beinahe einen Unfall verursacht hatte, und fuhr unbeirrt weiter.

Hellmann stöhnte. Seine Frau schwieg. Und obwohl der Wagen vor ihm nicht schneller als dreißig die Hofhausstraße hinaufkroch, beherrschte er sich. Erst als der Golf geradeaus Richtung Friedberger Landstraße fuhr und er in den Staffel abbiegen konnte, gab er Gas. Schließlich steuerte er vor der Kreuzung die Garageneinfahrt seines Hauses an.

»Kinder, geht so schnell wie möglich rein.« Claudia Hellmann eilte zur Haustür und schloss sie auf. Lukas folgte seiner Mutter, wobei er eine Einkaufstüte mitnahm. Malte hingegen bequemte sich mit einer provozierenden Trägheit aus dem Auto. »Los, los, los«, trieb seine Mutter ihn an. »Ich möchte nicht, dass du länger als nötig in der Sonne bist. Du hast keine Mütze auf.«

»Oh, Mama, stell dich nicht so an«, sagte Malte. »Es ist Sommer. Da scheint nun mal die Sonne.«

Claudia warf ihrem Mann einen auffordernden Blick zu.

»Ich glaube kaum, dass deine Mutter mit dir über das Wetter diskutieren möchte«, sagte er.

»Was ein Quatsch«, brummte Malte.

»Und ich auch nicht!«, fiel ihm sein Vater ins Wort. »Also Abmarsch!«

Claudia Hellmann hielt ihrem jüngsten Sohn die Tür auf und er trottete ins verdunkelte Haus. »Was ist mit dir?«, fragte sie ihren Mann. Die Werbung im Radio verstummte. Das Zeitzeichen ertönte, HR1 brachte Nachrichten.

»Ich komme gleich nach«, sagte er und drehte den Lautstärkeregler auf.

Claudia blieb eine Sekunde unentschlossen stehen, dann ging auch sie hinein. Hellmann schloss die Fahrertür. Das Radio setzte kurz aus, als er den Zündschlüssel umdrehte und den Motor startete. Augenblicklich erfüllte wieder kühle Luft den Innenraum.

»… ist es wegen der gesunkenen Flusspegel zu den ersten Kraftwerksabschaltungen gekommen, darunter bei einer Reihe von Atomkraftwerken. Besonders kritisch sieht die Lage in Mecklenburg-Vorpommern und weiten Teilen Brandenburgs aus. Bernd Weißgerber aus Berlin.« Die

Stimme wechselte. »Der Nordosten Deutschlands erlebt zusätzlich zur größten Hitzewelle seit Beginn der Wetteraufzeichnungen auch einen dramatischen Engpass in der Energieversorgung. Neben den Kraftwerksabschaltungen führte eine Reihe von Waldbränden dazu, dass zwei Höchstspannungsleitungen vom Netz genommen werden mussten, da die Gefahr eines Kurzschlusses bestand. Vereinzelte Ortschaften im Landkreis Uckermark waren für einen kurzen Zeitraum ohne Strom, nachdem es im Umspannwerk Bertikow zu einer Störung kam. Ein Sprecher der Energiewirtschaft gab bekannt, dass trotz des erhöhten Verbrauchs dennoch kein Grund zur Sorge besteht ...«

Harald Hellmann zog den Zündschlüssel ab und das Radio erstarb zusammen mit dem Gebläse der Klimaanlage. Kein Grund zur Sorge? Er runzelte die Stirn. Seit drei Monaten hatte es nicht mehr geregnet. Das Wetter spielte verrückt, keine Frage. Schon jetzt redete man von einem Jahrhundertsommer, obwohl pessimistischere Naturen davor warnten, dass es in den nächsten Jahren noch schlimmer kommen könnte. Hellmann verscheuchte den aufkommenden Zweifel. Ihm konnte das egal sein. Er hatte sein Haus schon im späten Frühjahr, als die Temperaturen zum ersten Mal in die Höhe geschossen waren, mit einer teuren, aber einigermaßen sparsamen Multisplit-Klimaanlage ausgestattet. Die Entscheidung, weiter Geld in den Bungalow zu stecken, war ihm allerdings schwergefallen. Es hatte Zeiten gegeben, da war Seckbach trotz seiner miserablen Anbindung ein recht exklusives Quartier gewesen, das von Bankern und gut betuchten Selbstständigen bevorzugt wurde. Selbst ein Landesminister hatte hier sein Domizil gehabt, doch Heinz-Herbert Karry lebte schon seit dreißig Jahren nicht mehr. Im Mai 1981 hatten ihn Terroristen im Schlaf erschossen. Die Pistole wurde zusammen mit anderen Waffen, die man aus einer amerikanischen Kaserne gestohlen hatte, in einem Auto transportiert, das einem Mann gehörte, der keine zwanzig Jahre später Vizekanzler und Außenminister geworden war. Dieses Land kam wirklich langsam auf den Hund.

Hellmann ging um den Zafira herum und betrachtete den Schaden noch einmal genauer. Der rechte Scheinwerfer war wie der Außenspiegel hinüber, die Stoßstange gesplittert und der rechte Kotflügel eingedrückt. Auch der Kühlergrill hatte etwas abbekommen. Wie groß der Schaden wirklich war, würde man wohl erst in der Werkstatt herausfinden.

»Dieser Scheiß-Prolet«, fluchte er. Eigentlich war ihm der Schaden egal, den beglich ohnehin die Versicherung. Was ihn viel mehr aufbrachte, war die Art, wie dieser Verlierer auf ihn losgegangen war! Typen wie ihn hasste er wie die Pest. Faselten immer von Respekt, hatten aber keine Achtung vor Menschen, die etwas im Leben leisteten.

Harald Hellmann war nichts zugeflogen, alles hatte er sich hart erarbeiten müssen. Und darauf war er stolz. Seine Eltern kamen aus kleinen Verhältnissen. Der Vater hatte bei den Stadtwerken in der Pförtnerloge gesessen, die Mutter war zweimal die Woche in einem Anwaltsbüro putzen gegangen. Sie beide hatten sich krummgelegt, damit sie ihren Sohn aufs Gymnasium schicken konnten. Haralds Abschluss war passabel gewesen, die Note hatte jedenfalls ausgereicht, um Germanistik und Physik auf Lehramt zu studieren. Nun war er Oberstudienrat an der Beethoven-Gesamtschule in Bornheim. Man hatte ihn vor sechs Jahren nur deswegen befördert, weil er den Posten des Sicherheitsbeauftragten übernommen hatte. Das klang handfester, als es war. Harald kontrollierte nicht, ob die Schüler Waffen mit in die Schule brachten, sondern war vor allem für den Unfall- und Gesundheitsschutz zuständig. Bornheim war kein ganz so heißes Pflaster wie vielleicht das Gallus. Dafür musste er sich mit anderen Problemen herumschlagen. Überengagierten Musikschulmuttis zum Beispiel, die kaum verstehen konnten, dass ihre Prinzen und Prinzessinnen nicht die Überflieger waren, die sie in ihnen sahen. Ein Vater hatte ihm sogar einmal mit seinem Anwalt gedroht, weil der Sohn in einem Aufsatz nur eine Drei zustande gebracht hatte.

Dann gab es natürlich noch das andere Extrem. Das waren Eltern, die ihre fettsüchtigen, lethargischen Kinder ohne Frühstück, aber dafür mit einer Tüte Chips zum Unterricht schickten. Diese Erziehungsberechtigten ließen sich nicht auf den Elternabenden blicken, obwohl er immer wieder sehnsüchtig auf die Gelegenheit wartete, diesem Pack einmal gründlich den Kopf zu waschen. Proleten aller Länder, vereinigt euch! Die meisten wären mit einem Haustier besser dran gewesen. Das konnte man in den Ferien wenigstens an einer Raststätte aussetzen. Kinder machten Arbeit und waren anstrengend, was sollte er anderes sagen! Er hatte selber zwei, und die steckten mitten in der Pubertät.

Haralds Eltern hatten ihn früher immer mit ihrem Ordnungsdrang in den Wahnsinn getrieben. Fleiß und Disziplin waren die beiden anderen Pfeiler, auf denen ihr Leben geruht hatte. Aber irgendwann hatte er eingesehen, dass sie recht hatten. Nur wer diese Heilige Dreifaltigkeit lebte, der konnte Achtung verlangen und sie auch erwidern. Dieser Meinung war Harald mehr denn je. Er lebte dieses Prinzip, er verdiente Respekt und er hatte Respekt.

Vor seinen Eltern, die auf so viel verzichtet hatten und die er nun zum Dank großzügig unterstützte. Vor seinen Kollegen, mit denen er, von ein paar Ausnahmen abgesehen, ein hervorragendes Team bildete. Vor seinen Freunden im Schützenverein, auf die man sich immer verlassen konnte, wenn Not am Mann war.

Sie alle hatten sich diesen Respekt verdient. Anders als dieser kulturlose Penner, der Goethes Werther bestenfalls für ein Lutschbonbon hielt.

»Harald? Was ist? Kommst du?«

Hellmann blickte auf. Seine Frau stand in der Tür und beschattete mit ihrer Hand die Augen.

»Bringst du die restlichen Einkäufe noch mit rein?«, fragte sie.

Er warf noch einen letzten Blick auf den Unfallschaden. Dann ging er zum Kofferraum und holte einen mit Lebensmitteln befüllten Klappkorb heraus.

Im Haus war es angenehm kühl. Ein kurzer Blick auf das Thermometer zeigte ihm, dass sechsundzwanzig Grad herrschten. Die Klimaanlage machte sich in der Tat bezahlt. Er stellte den Korb auf die Küchentheke und holte sich aus dem Kühlschrank eine Flasche Wasser. Auch wenn Claudia es nicht leiden konnte, nahm er kein Glas.

»Wo sind die Kinder?«, fragte er und stieß leise auf.

»In ihrem Zimmer«, antwortete seine Frau mit abwesender Stimme. Das Einsortieren der Vorräte in die Küchenschränke erforderte ihre ganze Aufmerksamkeit.

»Sie hängen doch nicht schon wieder vor der Konsole?«

»Ich habe es ihnen jedenfalls nicht erlaubt.« Claudia studierte stirnrunzelnd die Nährwerttabelle einer tiefgekühlten Hühnchenpfanne und stopfte sie dann zu den anderen Sachen ins Tiefkühlfach.

»Soll ich jetzt etwa runtergehen und nachschauen?«, fragte er.

»Das kannst du halten, wie du willst«, sagte Claudia und stellte einen Topf mit Kresse auf die Fensterbank.

»Was ist denn das für eine Antwort?«, fragte er.

»Ich kann mich nicht um alles kümmern. Immerhin sind es auch deine Söhne, nicht wahr?«, sagte sie.

»Natürlich sind sie das!«

»Na also. Dann darfst du zur Abwechslung mal der Spielverderber sein.« Sie legte einige Möhren und Tomaten beiseite und schaltete das Küchenradio ein.

»Gibt es heute Abend wieder Salat?«, fragte Harald mit Blick auf das Grünzeug.

»Wenn du etwas anderes haben möchtest, bedien dich. Du weißt ja, wo die Sachen stehen.« Erst jetzt sah sie ihn an. »Außerdem würde ich dir empfehlen, ein Kühlpack aufs Gesicht zu legen, sonst blüht dir noch ein Veilchen.«

Harald berührte mit seiner Hand den geschwollenen Wangenknochen und zuckte zusammen. Er ging hinaus, um sein Gesicht im Flurspiegel zu betrachten. Vorsichtig schnitt er einige Grimassen. Dann hielt er inne und schaute seinem Ebenbild wie einem Fremden in die ausgebrannten Augen. Warum war er in der letzten Zeit immer so erschöpft? Er hatte doch Ferien, noch zwei Wochen lang. Aber was nützte das, wenn neben ihm jeden Morgen um halb sieben eine Frau erwachte, die Angst hatte, etwas vom Tag zu verpassen, wenn man ausschlief.

Gott, was würde er darum geben, zwei oder drei Tage einfach nur im Bett zu verbringen. Niemanden hören, niemanden sehen, schon gar nicht seine Frau oder die nervigen Kinder.

Dabei hatten sie es eigentlich geschafft. In der Garage stand neben dem Familien-Van ein A5, man fuhr zweimal im Jahr in Urlaub. Gerade erst waren sie aus Irland heimgekehrt, wo sie die kühlen Temperaturen genossen hatten, während in Frankfurt ein Hitzerekord nach dem anderen gebrochen wurde. Es war ein teurer Spaß gewesen, da sie nicht die Einzigen waren, die sich auf der Flucht vor dem Sommer befunden hatten. Claudia war so glücklich wie selten gewesen, als sie zum ersten Mal seit ihrer Jugend auf dem Rücken eines Pferdes saß. Die Kinder hatten natürlich wie immer gemurrt. Erst als Harald sie mit einem großzügigen Taschengeld bestochen hatte, war Ruhe eingekehrt. Sogar der Ton zwischen ihm und seiner Frau hatte sich gebessert. Miteinander geschlafen hatten sie dennoch nicht, aber das war in Ordnung, solange es genug Möglichkeiten für ihn gab, sich abzulenken. Alles in allem führte er wie so viele andere auch das ganz normale Leben eines Mittvierzigers.

Hellmann betrachtete verstohlen seine Frau, die noch immer in der Küche zugange war. Selbst in der drückenden Hitze sah Claudia frisch, beinahe unterkühlt aus. Sie war klein und hatte, obwohl sie in seinem Alter war, noch immer diese mädchenhafte, durchtrainierte Figur, auf die er früher so gestanden hatte – bis er herausgefunden hatte, dass es die nicht umsonst gab. Dreimal in der Woche ging sie mit ihren verbiesterten Veganer-Freundinnen aus der katholischen Kirchengemeinde im Huth-Park zum Nordic

Walking. Selbst bei diesen Temperaturen ließen sie es sich nicht nehmen, auf staubigen Wegen diesen lächerlichen Pseudo-Wintersport zu betreiben. Sie sagte, sie brauche das zum Ausgleich. Himmel noch mal, zum Ausgleich wofür? Unter Stress litt sie nun ganz gewiss nicht! Dienstags und freitags kam eine Perle vorbei und brachte das Haus auf Vordermann. Alle seine Hemden wurden in der Reinigung gebügelt. Und selbst die Einkäufe waren für sie eine leicht zu bewältigende Aufgabe, denn Bier, Wasser und Saft wurden durch einen örtlichen Getränkedienst angeliefert. Gut, sie bereitete jeden Morgen das Frühstück zu. Müsli für sie, Brote und Kaffee für den Rest der Familie. Mittags gab es nur eine Kleinigkeit, denn warm gegessen wurde abends. Claudia versuchte ständig, die Kinder und ihn gesünder zu ernähren, aber weder die Jungs noch er hatten Lust, Salatblätter zu zählen, die in einer dünnen Joghurtsauce schwammen. So hatte sich bei Tisch eine Zwei-Klassen-Gesellschaft etabliert.

Wenn er Claudia so in der Küche sah, fragte er sich, wie lange seine Frau ihre Magersucht noch geheim halten wollte. Alles an ihr war so eckig: Die Knochen, die Bewegungen, sogar ihr Denken schien einen rechten Winkel zu haben. Ihr Gebiss war schon lange nicht mehr echt, zumindest die Schneidezähne hatte sie sich schon vor ihrer Ehe machen lassen.

Alles an dieser Frau war mittlerweile nur noch ein bitterer Vorwurf. Schau her, schien sie ihm mit jeder Geste sagen zu wollen. Ich habe mich im Griff. Ich kontrolliere mein Leben. Ich bin nicht so zügellos wie du. Deswegen bin ich ein besserer Mensch.

Hellmann musste etwas gegen die aufsteigende Wut tun,

sonst würde er wie ein Schnellkochtopf explodieren, dessen Ventil sich verklemmt hatte.

»Wenn du mich suchst, ich bin im Keller«, sagte er. Ohne die Antwort seiner Frau abzuwarten, stieg er die Treppe hinab.

In einem Raum neben der Heizungsanlage hatte Hellmann sein Arbeitszimmer eingerichtet. Dies war sein Reich, seine Zufluchtstätte. Sein Spielzimmer. Hier standen ein kleiner Fernseher mit DVD-Player und ein alter Flipper. Die DVD-Sammlung konnte sich sehen lassen. *Sopranos, Six Feet Under, Pushing Daisies* – alles komplett. Zwei Regale waren nur für Bücher reserviert, die Claudia oben nicht haben wollte, weil sie ihrer Meinung nichts für die Kinder waren. Die Pokale aus seiner aktiven Fußballzeit hatten einen Ehrenplatz und wurden regelmäßig abgestaubt. Früher war er samstags bei jedem Wetter mit seinen Freunden auf dem Platz gewesen. Jetzt spielte das rechte Knie nicht mehr mit und er setzte Speck an. Harald griff sich an den Bauch. Bald würde er zu den alten Säcken gehören, denen Männertitten wuchsen und die beim Pinkeln ihren Schwanz nicht mehr sahen.

»Drauf geschissen«, sagte er und schloss die Tür hinter sich.

Harald ließ sich in seinen Schreibtischstuhl fallen und wählte die Nummer seines Versicherungsagenten. Niemand hob ab. Dann versuchte er es in der Werkstatt, um einen Reparaturtermin auszumachen. Auch hier ließ er es mit demselben Ergebnis zweimal durchklingeln. Wütend knallte er das Telefon auf die Station.

»Scheiße!«, brüllte Hellmann so laut, dass Claudia es hören musste. Schwer atmend rieb er sich die Augen.

Warum hatte er die Welt nicht im Griff? Warum konnte er keine Salatblätter zählen?

Schließlich holte er aus der Schreibtischschublade einen kleinen Schlüssel, stand auf und öffnete den Stahlschrank hinter dem Schreibtisch. Die beiden Türen schwangen auf. Wie durch Zauberhand ging eine kleine Lampe an und beleuchtete das Innere. Eine Reihe von Gewehren klemmte in einer Halterungsleiste, darunter eine S.A.T.9 Practical, eine SDASS Pro Forces und eine Gamma 2 Sporting AS71. Doch anstatt sich eines der Gewehre zu nehmen, griff er in das obere Fach, in dem eine Desert Eagle lag. Mit geübten Handgriffen vergewisserte er sich, dass das Magazin leer und keine Kugel im Lauf war. Harald setzte sich an seinen Tisch, wo er die Waffe auseinandernahm und die Teile akkurat auf der Arbeitsplatte ausbreitete. Dann rollte er mit seinem Stuhl zu einem Regal, in dem sich eine olivgrüne Blechbüchse befand. Er öffnete sie und überprüfte den Inhalt. Putzstock, Kupferbürste, Kunststoffbürste, Wollwischer und Ölbehälter – alles war komplett. Er rollte wieder zurück.

Andere tranken einen Cognac, hackten Holz oder knallten eine Frau, um wieder herunterzukommen, wenn sie sich aufgeregt hatten. Das alles brachte ihm nichts, er hatte es ausprobiert.

Bei Harald Hellmann half in solchen Situationen nur eines: Er musste seine Waffen reinigen.

Katharina Debus öffnete die Kühlschranktür und ließ nach einem kurzen Blick hinein die Schultern hängen. »Kannst du mir mal sagen, wieso niemand es schafft, für Nachschub zu sorgen? Es ist so einfach: kalte Flasche raus, warme Flaschen rein. Das verstehen sogar meine Schlaganfallpatienten.«

»Es sind noch keine neuen Kästen geliefert worden. Sie meinen, es gäbe Lieferengpässe«, sagte Basim Anwari.

Katharina warf die Tür zu. Dann nahm sie sich eines der wenigen gespülten Gläser aus dem Bord, drehte den Hahn über der kleinen Spüle auf und ließ das Wasser einige Zeit laufen, bis der Strahl kühler wurde. Richtig kalt wurde es ohnehin nicht.

»Willst du auch einen Apfel?«, fragte ihr Kollege. »Ich schäle ihn dir auch.«

»Danke«, sagte Katharina und setzte sich neben ihn auf den Stuhl. Ein großer Standventilator brummte in der Ecke des Stationszimmers. Sie schloss die Augen und hielt den Kopf in den Luftstrom, sodass ihr Haar wie in einer Brise nach vorne geweht wurde.

»Wenn es nicht bald kühler wird, melde ich mich krank«, sagte Anwari, als er ihr den Teller mit den Apfelschnitzen zuschob.

Katharina öffnete ein Auge. »Und wohin willst du dich verkriechen?«

Er zuckte mit den Schultern. »Entweder treibe ich mich den ganzen Tag in einem Supermarkt herum oder kaufe mir auch eine dieser Klimaanlagen. Jeder hat jetzt so ein Ding in seinem Schlafzimmer stehen.«

»Und wird sich wundern, wenn am Ende des Jahres die Abrechnung kommt.«

»Du siehst müde aus«, sagte er. »Wann hast du das letzte Mal geschlafen?«

»Frag nicht.«

Anwari begann, einen neuen Apfel zu schälen. »Wir wollen uns einen Termin bei der Verwaltungsleitung geben lassen«, sagte er vorsichtig.

»Wozu soll das gut sein?«, fragte Katharina. Sie öffnete die Augen und strich sich das Haar aus dem Gesicht. »Meinst du, es ändert sich etwas, wenn ihr euch bei Weidenfeld beschwert? Ich bitte dich, so naiv kann keiner sein. Ihm haben wir das alles schließlich zu verdanken.«

»Eben! Und deswegen müssen wir mit ihm reden und mit niemand anderem.«

»Das wird Beinlich anders sehen. Immerhin ist er ein Chefarzt, der sehr viel Wert auf die Einhaltung der Hierarchie legt.«

»Beinlich kann mich mal.«

Katharina lachte trocken. »Oh, das wird er auch tun, aber anders, als du es dir vorstellst.« Sie nahm ihrem Kollegen Apfel und Messer aus der Hand, um nicht mit ansehen zu müssen, wie ungeschickt er sich anstellte. »Solange die Zahlen stimmen, ist es Weidenfeld egal, unter welchen Bedingungen der Laden hier läuft. Es wird sich nichts ändern, glaub mir.«

»Also willst du Dienst nach Vorschrift machen, um dich nicht aufzureiben«, resümierte Anwari trocken.

»Hör zu, ich muss mich jeden Tag mit den Patientenakten herumschlagen, Entlassungen schreiben, Überweisungen veranlassen und mich dann auch noch um all die Scheintoten kümmern, die auf meiner Station liegen. Also verlang nicht von mir, den letzten Rest meiner Energie in einem sinnlosen Grabenkrieg zu vergeuden. Vergiss es.«

»Du hast Angst!«

»Basim, bitte!«, antwortete Katharina erschöpft. »Sowohl Beinlich als auch Weidenfeld haben eine narzisstische Persönlichkeitsstörung! Plisch und Plum ziehen ihr Ding durch. Die lassen sich von uns nicht aufhalten.«

»Und du willst nichts dagegen tun?«, fragte Anwari ungläubig.

»Ich glaube, das System würde es nicht zulassen«, sagte Dr. Debus.

»Aber es bleiben Menschen dabei auf der Strecke«, sagte Anwari und senkte seine Stimme. »Hast du nicht die Sache mit der Schwester auf der Neurologischen gehört? Der Neuen? Krablik oder wie sie heißt?«

»Krawczyk. Ja, ich kenne sie. Was ist mit ihr?«

»Beinlich hat ihr gesagt, sie soll einer Patientin ein Mittel gegen Blutgerinnung intravenös verabreichen. Das war aber nur noch in Tablettenform vorrätig. Also ist diese Krablik zu Beinlich gegangen und hat gefragt, was sie tun soll.« Anwari warf einen Blick über die Schulter und sprach noch leiser. »Und weißt du, was er gesagt hat?«

»Na?«

»Soll sie doch die Tabletten zermahlen, in Wasser auflösen und dann injizieren!«

Katharina hielt mit dem Kauen inne. »Das hat sie nicht getan, oder?«

Anwari lehnte sich zurück. »Die Patientin ist heute Nacht gestorben, die Schwester wurde beurlaubt.«

Sie überlegte kurz, was sie darauf sagen sollte, nahm sich dann aber stumm einen weiteren Apfel und schnitt ihn klein.

Anwari schien eine Reaktion zu erwarten, doch ihre Miene blieb verschlossen, der Blick auf den Apfel gerichtet. Er schüttelte den Kopf und erhob sich.

»Weißt du, was ich glaube? Du bist schon viel zu lange in diesem Laden.«

»Falsch. Ich weiß meine Kräfte einzuteilen. Beinlich und Konsorten werde ich nicht ändern können. Ich versuche lieber, meine Patienten wieder auf die Füße zu bekommen.«

Anwari lachte trocken. Einen kurzen Moment sah es so aus, als wollte er noch etwas sagen, aber dann verließ er ohne ein weiteres Wort das Stationszimmer und schloss leise die Tür hinter sich. Katharina seufzte.

Schließlich schob sie die Apfelschalen zusammen und stand auf. Als sie sie in den Mülleimer warf, sah sie ihr Gesicht im angelaufenen Spiegel, der über dem Waschbecken neben der Tür des Stationszimmers hing. Sie war jetzt neunundvierzig Jahre alt und hatte noch immer nicht das Gefühl, irgendwo angekommen zu sein. Sie hatte kaum gute Freunde, aber stattdessen einen Beruf, der sie ausfüllte. Kinder konnte sie mittlerweile abschreiben, und das war in Ordnung, obwohl sie lange darunter gelitten hatte. Wenn die Natur Tatsachen schuf und somit das letzte Wort gesprochen war, musste man sich wenigstens nicht mehr belügen. Katharina griff nach dem rissigen Stück Seife, das auf dem Rand des Beckens lag, und wusch sich zunächst die Hände, dann das Gesicht. Mit beinahe fünfzig konnte man getrost sagen, dass der Höhepunkt des Lebens überschritten war. Was nun kam, war ein sich stetig beschleunigender Abstieg. Und wo der endete, sah sie bei ihrer Mutter.

Ein hohes Piepsen ließ sie zusammenfahren. Katharina klopfte hektisch ihren Kittel ab und fand den Pager schließlich in ihrer Hosentasche. »Scheiße«, murmelte sie, als sie auf das Display schaute. Ohne sich die Hände abzutrocknen, stürzte sie hinaus auf den Korridor, wo sie beinahe in den Wagen mit dem Abendessen gelaufen wäre. So schnell sie konnte, rannte sie die drei Stockwerke zur Neurologie hinauf. Sie machte sich nicht die Mühe, auf den Fahrstuhl zu warten. Das dauerte zu lange.

Katharina sah schon von Weitem, in welchem Zimmer sich der Notfall ereignet hatte. Anwari kam ihr auf der anderen Seite des Korridors entgegen, zwei Schwestern im Schlepp.

Es war ein voll belegtes Dreibettzimmer, in dem es wie in einer überheizten Bedürfnisanstalt roch. Katharina konnte nicht genau sehen, was geschah. Anwari stand neben einer Schwester und reichte etwas an, während von dem Bett Geräusche kamen, die selbst Katharina zusammenzucken ließen. Beinlich schrie unverständliche Dinge. Eine der Schwestern begann zu schluchzen. Katharina wusste, was sie zu tun hatte, und wartete ab, bis man ihre Hilfe benötigte. Sie stellte sich ein wenig abseits neben das Bett eines Patienten, dessen Decke so weit hochgerutscht war, dass sein erigiertes Glied wie eine obszöne violette Morchel hervorschaute. Katharina zog das Laken zurecht und versuchte den Blick des Mannes einzufangen, doch es war zwecklos, das merkte sie sofort. Beide Augen führten ein verdrehtes Eigenleben. Der ausgetrocknete Mund war wie bei einem an Land geworfenen Fisch weit aufgerissen.

Patient Nummer zwei schien einordnen zu können, was um ihn herum geschah. Er saß aufrecht in seinem Bett und verfolgte entsetzt den Überlebenskampf, der keinen Meter von ihm stattfand. Offensichtlich wollte er etwas sagen, doch konnte er die Worte nicht finden, um seinem Schrecken Ausdruck zu verleihen. Alle, die in diesem Zimmer lagen, hatten einen Schlaganfall oder eine Hirnblutung erlitten, keiner von ihnen war in der Lage, zu sprechen. Katharina legte dem Mann, der in ihrem Alter sein mochte, die Hand auf die Schulter. Er wandte sich der Ärztin zu und blickte zu ihr auf wie ein Kind, das die Welt nicht mehr verstand.

Katharina konnte nicht erkennen, was geschah. Beinlich bellte unverständliche Befehle und stieß die schluchzende Krankenschwester rüde beiseite. Anwari bemerkte seine Kollegin und hob die Augenbrauen, als wolle er ihr sagen, dass das, was jetzt geschah, nur eine Frage der Zeit war. Dann hielten auf einmal alle inne und traten zurück. Der Körper, der ausgestreckt auf der Matratze lag, war tot. Katharina erkannte das sofort. Sie war lange genug Ärztin, um zu spüren, wann jemand einfach nur ohne Bewusstsein war oder tatsächlich sein Leben beendet hatte.

Beinlichs Reaktion hingegen war erstaunlich. Als hätte der Patient die Unverfrorenheit besessen, sich aus Trotz den aufopferungsvollen Bemühungen des Chefarztes zu widersetzen, schlug Beinlich mit der flachen Hand auf den nackten Fuß, der unter der Decke hervorschaute. Es war nicht nur ein Klaps, sondern tatsächlich der Versuch, eine Leiche auf diese Weise zu bestrafen. Als Beinlich merkte, dass er sich für seine Frustration den falschen Sündenbock ausgesucht hatte, blickte er den Stationsarzt an, einen dreißigjährigen schmalbrüstigen Kerl, der nicht nur wegen der überwältigenden Hitze schwitzte. Katharina kannte ihn kaum. Sie war ihm ein- oder zweimal in der Kantine begegnet. Bei den Dienstbesprechungen hatte er sich immer zurückgehalten, entweder aus Angst, etwas Falsches zu sagen, oder weil er die Wichtigkeit dieser morgendlichen Zusammenkünfte noch nicht einschätzen konnte. Die Besprechungen waren die Bühne, die Beinlich immer nutzte, um all jene mit seiner Gunst zu erquicken, die ihn wie einen Sonnengott verehrten. Die Zögerlichen traf hingegen regelmäßig der Bannstrahl der Ablehnung. Jedes Mitglied seiner Entourage hatte Angst, irgendwann einmal verstoßen zu werden. Katharina war es immer gelungen, sich aus diesem Ritual herauszuhalten, und hatte sich auf diese Weise den Respekt des Chefarztes verdient. Wenn sie etwas zu sagen hatte, hörte er zu und sortierte nicht seine Papiere oder demonstrierte auf eine andere Weise sein Desinteresse. Er nahm ihre Anmerkungen stets zur Kenntnis, hakte vielleicht noch einmal nach und machte sich dann Notizen. Beinlich wusste, dass von Dr. Katharina Debus keine Gefahr für ihn ausging. Bevor man ihn zum Chefarzt am Johannes-Krankenhaus ernannt hatte, sieben Jahre war es jetzt her, hatte man ihr zweimal den Posten angeboten, und beide Male hatte sie dankend abgelehnt. Katharina Debus wusste, dass sie nicht die Persönlichkeitsstruktur hatte, um einen guten Job als Dompteuse in diesem Zirkus voller Egomanen zu machen. Dazu mangelte es ihr an der dafür nötigen Persönlichkeit, vom notwendigen Machtinstinkt ganz zu schweigen. Und diesen Instinkt hatte der ehemals hoffnungsvolle Jungarzt, der nun vor versammelter Mannschaft fertiggemacht wurde, ganz bestimmt nicht.

Es waren hässliche Beleidigungen, die die Professionalität des Kollegen ernsthaft in Zweifel zogen und einen Zug ins Persönliche hatten. Katharina schaute sich alles ohne innere Beteiligung an. Sie wusste, dass es keinen Sinn hatte, Stellung zu beziehen, denn es war ein Spiel oder vielmehr ein Ritual, in dem Schuld auf einen Unschuldigen abgeladen wurde, damit das System weiter funktionieren konnte. Der junge Arzt tat das einzig Richtige in diesem Moment: Er wehrte sich nicht, sondern presste nur die Lippen aufeinander.

Als der Tross schließlich das Zimmer verließ, war Katharina alleine mit den Patienten. Der Patient, der sie die ganze Zeit so angstvoll angeschaut hatte, beruhigte sich langsam. Katharina trat an das Bett des Mannes, dessen Herz vor zehn Minuten noch geschlagen hatte. Einen Moment schaute sie auf die Leiche hinab. Sie zog das Laken zurecht, sodass das Gesicht bedeckt war, dann brach sie in Tränen aus. Ohne auf den Mann zu achten, der vorhin so flehentlich ihre Nähe gesucht hatte und nun ebenfalls weinte, stürzte sie hinaus.

Dass Patrick noch immer ziemlich geladen war, konnte Jessie an seiner Fahrweise erkennen. Normalerweise scherte sich ihr Freund wenig um Geschwindigkeitsbegrenzungen, nur wenn es in ihm brodelte, ging er vom Gas und schaltete die Musikanlage aus, um sich ganz auf seine Wut zu konzentrieren. Jessie hatte lernen müssen, ihn dann besser nicht anzusprechen. Also versuchte sie Marvin während der Heimfahrt zu beschäftigen, damit er möglichst keinen Ton von sich gab. Der Kleine hatte sich mittlerweile gefangen und spielte mit einer kleinen Spongebob-Figur, die er immer wieder geräuschvoll Selbstmord begehen ließ.

»Scht«, machte Jessie und legte einen Finger auf ihren Mund. »Papa muss fahren. Du lenkst ihn ab.« Doch das schien den Jungen nicht zu beeindrucken. Im Gegenteil: Er beförderte die arme Zeichentrickfigur mit noch wüsteren Geräuschen vom Leben in den Tod.

»Lass es sein«, sagte Jessie. Marvin schüttelte den Kopf und schlug Spongebob jetzt wütend gegen die Innenseite der Tür, wo sie in der dunklen Verkleidung gelbe Schrammen hinterließ.

»Lass es sein!«, zischte sie jetzt mahnender. »Sonst nehme ich dir das Ding ab. Verdammt, was ist los mit dir? Du machst doch sonst nicht so einen Quatsch!«

Marvin ließ sich von der Drohung überhaupt nicht einschüchtern und hämmerte die kulleräugige Schwammfigur jetzt gegen die Scheibe.

Jessie bemerkte, wie Patrick einen Blick in den Rückspiegel warf. Sie musste irgendetwas tun, sonst würde die Stimmung im Wagen spätestens an der nächsten Ampel explodieren. Sie versuchte, ihrem Sohn das Spielzeug aus der Hand zu winden. »Meine Geduld ist zu Ende! Gib das Scheißding her!«

Marvin drückte seinen kleinen Freund, den er kurz zuvor noch hatte in den Tod stürzen lassen wollen, nun fest an sich.

»Gib! Es! Her!«

Er wandte sich ab, doch Jessie gab nicht auf. Sie packte einen Arm und riss daran. Die Figur flog in hohem Bogen durch den Wagen und blieb auf dem Beifahrersitz liegen. Marvin jammerte wieder und hielt sich den Bauch.

Patrick hingegen blieb kühl. Er ließ das Fahrerfenster heruntersurren und schnappte sich den Burger-Brater von Bikini Bottom. Irgendwie schien Marvin zu ahnen, was sein Vater vorhatte, denn plötzlich verstummte er, die Augen weit aufgerissen. Bevor Jessie etwas sagen konnte, hatte Patrick die Figur aus dem Auto geworfen. Das Fenster schloss sich wieder. Marvin begann zu schreien, laut und durchdringend. Patrick steuerte die Bucht einer Bushaltestelle an und hielt. Wutentbrannt drehte er sich um.

»Du hältst jetzt endlich deine Klappe und hörst auf zu plärren, sonst schmeiße ich dich hinterher!«

Marvin versuchte etwas zu sagen, doch die Worte gingen im Weinen unter. Seelenruhig löste Patrick den Gurt. Bevor Jessie reagieren konnte, gab ihr Freund dem Jungen eine schallende Ohrfeige. Marvin heulte auf.

»Bist du verrückt?«, schrie ihn Jessie an. »Du kannst das Kind doch nicht schlagen!«

»Wenn du den kleinen Scheißer nicht erziehst, muss ich es tun.« Er schnallte sich wieder an und fuhr weiter.

»Du hast doch das Ding aus dem Fenster geworfen! Dann darfst du dich nicht wundern, wenn er so ausrastet!«

Patrick antwortete nicht. Er war wieder in dieses dumpfe Brüten verfallen. Irgendwann, das musste nicht heute sein, würde Patrick bei einer Kleinigkeit wie dieser vollkommen die Beherrschung verlieren. Ihr kam dabei das Bild einer ungesicherten Waffe in den Sinn, die bei der kleinsten Erschütterung losgehen konnte. Dann sah man zu, dass man besser nicht in der Schusslinie stand. Früher, als sie gerade erst zusammen waren, hatte sie ihn noch besänftigen können. Aus einer dieser Beruhigungsnummern war Marvin entstanden, aber mittlerweile schliefen sie kaum noch miteinander. Jessie spürte, dass er sie unattraktiv fand. Und es stimmte, sie hatte während der Schwangerschaft einige Kilo zugelegt, die sie nie wieder losgeworden war. Manchmal mochte sie sich selbst nicht im Spiegel anschauen, besonders an den Tagen, an denen sie sich wirklich scheiße fühlte. Ansonsten kam sie nicht oft dazu, über sich und ihre Beziehung zu Patrick nachzudenken, denn Marvin hielt sie rund um die Uhr auf Trab. Er war jetzt zweieinhalb, schlief aber immer noch nicht durch. Drei Stunden, das war das höchste der Gefühle. Dann wollte er unterhalten werden. Es war unglaublich, was für einen Input der kleine Kerl einforderte. Ständig wollte er etwas bauen oder basteln, aber nie alleine, sondern immer mit seiner Mutter oder seinem Vater. Am liebsten hatte er es jedoch, wenn man ihm etwas vorlas. Mittlerweile besaß Marvin schon mehr Bücher als seine Mutter. Patrick ging er damit auf die Nerven. Er war der Meinung, dass sein Sohn lernen musste, sich auch alleine zu beschäftigen. Marvin konnte damit nur schwer umgehen. Er sah in dem Verhalten natürlich keine erzieherische Maßnahme, sondern nur eine weitere unüberwindliche Mauer, hinter der sich sein Vater verschanzte. Jessie wusste genau, was ihr Sohn dabei empfand. Ihr ging es schließlich genauso. Je mehr Aufmerksamkeit Marvin einforderte, desto mehr wurde er von Patrick ignoriert. Das tat er, damit sein Sohn lernte, leiser zu sein, denn nur wer leise war, den nahm man auch ernst. Das war auch so eine Macke, die Patrick mit der Zeit entwickelt hatte: Wenn er wollte, dass man ihm zuhörte, hob er nicht die Stimme, sondern senkte sie, bis sie nur noch ein Flüstern war. Forderte Jessie ihn dann auf, doch mal ein bisschen lauter zu sprechen, tat er aus Trotz genau das Gegenteil.

Sie konnte sich noch daran erinnern, wie er war, als sie sich kennenlernten: ein wenig unsicher, ein wenig großspurig, aber eigentlich immer verständnisvoll und ziemlich humorvoll. Nichts schien ihm schwerzufallen, Rückschläge steckte er immer mit einem Schulterzucken weg. Aber wie sah es wirklich in ihm aus? Das wusste sie eigentlich bis heute nicht. Er teilte ihren Traum von einer eigenen Familie. Das hatte er zumindest immer wieder behauptet, als Jessie mit Marvin schwanger war und sich fragte, ob sie dem, was da auf sie zukam, wirklich gewachsen war. Er würde bei ihr bleiben, immerhin sei es ja sein Kind.

Fragte sie ihn nach seiner Familie, dann erzählte er immer, dass seine Mutter bei einem Unfall irgendwo auf der

A3 ums Leben gekommen war. Manchmal war es auch die A45. Von einem Vater war nie die Rede. Jessie hatte gedacht, dass es ihn belastete, ohne Familie zu sein, aber heute war sie sich nicht mehr sicher, ob er ihr überhaupt die Wahrheit erzählte. Für ein Kind, das angeblich ohne Eltern aufgewachsen war, gab er sich erstaunlich abgebrüht.

Jessie konnte sich ein Leben ohne den Rückhalt ihrer Mutter nicht mehr vorstellen. Wenn sie einen Babysitter brauchten, war sie immer zur Stelle – obwohl sie sich mit Patrick eigentlich überworfen hatte. In den Augen von Doris Biehler war der Kerl in seinen tief sitzenden Hosen ein aufgeblasener Großkotz, der sich immer wieder aus der Verantwortung stahl.

Als sie die Seckbacher Landstraße hinauffuhren, sahen sie in der Ferne schon die Hochhäuser des Atzelbergs wie graue Trutzburgen vor einem roten Abendhimmel emporragen.

Das Viertel eine Neubausiedlung zu nennen war eigentlich irreführend, denn die schäbigen Häuser waren mittlerweile schon über vierzig Jahre alt. Noch hoffte Jessie, eines Tages woanders leben zu können, doch Patrick hatte sich in dieser kleinen, schmutzigen Welt häuslich eingerichtet. Seine Freunde Tayfun und Slobo lebten hier, beide noch bei Mutti, und keiner der beiden machte Anstalten, irgendwann einmal auf eigenen Füßen zu stehen. Es war etwas, das Jessie nicht verstand und wahrscheinlich nie verstehen würde: dass jemand mit breiten Schultern durchs Leben ging, aber sich von Mami immer noch die Unterhosen waschen ließ. Wie Patrick hatten Tayfun und Slobo keinen festen Job, sondern wurschtelten sich so durch. Womit, das wollte sie gar nicht so genau wissen. Es war schwierig, irgendetwas zu finden, das einen über Wasser hielt. Diejenigen, die einen Job hatten, mussten jeden Tag darum bangen, ihn wieder zu verlieren, weil es immer einen gab, der sich für noch weniger Kohle krummlegte.

Patrick fuhr auf den Parkplatz und zog den Schlüssel ab. Ohne ein Wort zu sagen, stieg er aus und betrachtete noch einmal mit starrer Miene den Schaden an seinem Wagen. Schließlich gab er sich einen Ruck.

»Was ist mit euch? Wollt ihr da etwa Wurzeln schlagen?« Er öffnete den Kofferraum, warf den zusammengeklappten Buggy auf den Boden und schnappte sich den Karton mit der Klimaanlage. Patrick war schon bei der Haustür, als er sich noch einmal umdrehte. »Trägst du den Rest hoch?«, fragte er und stieß mit dem Hintern die Tür auf.

Fassungslos schaute Jessie ihrem Freund hinterher. »Was soll das heißen, den Rest?«, sagte sie und stieg aus. Sie warf den Buggy wieder in den Kofferraum, schnallte Marvin ab und schlug geräuschvoll die Türen zu. Mit dem Kind auf dem Arm eilte sie durch die Abendhitze zur Haustür. Patrick, der schon längst mit dem Fahrstuhl hoch in den dreizehnten Stock gefahren war, hatte natürlich nicht den Stopper heruntergedrückt, sodass die Tür wieder zugefallen war. Es dauerte einen Moment, bis sie ihren eigenen Schlüssel ins Schloss gefummelt hatte und ihr die warme, nach feuchtem Putz riechende Luft entgegenschlug.

Neben der Haustür hatte Jessie den zweiten, etwas größeren Kinderwagen abgestellt, den sie ansonsten immer zum Einkaufen benutzte. Der Platz unter den Briefkästen war begehrt und manchmal gab es im Haus einen regelrechten Streit um ihn, den diesmal Jessie gewonnen hatte. Sie holte aus dem Netz eine halb leere Trinkflasche, die sie oben ausspülen wollte, als sie die Zigarettenkippe sah, die irgendein Arsch in den Wagen geworfen hatte und die ein fingerlanges Loch in den Stoff gebrannt hatte. Sie stieß einen wütenden Schrei aus. Das war nicht das erste Mal, dass das geschehen war. Einen kurzen Moment dachte sie daran, den Kinderwagen in den Keller zu stellen, aber jetzt war es ohnehin zu spät. Der Schaden war angerichtet. Sie drückte den mit einem alten Kaugummi verklebten Fahrstuhlknopf und wartete, bis die zerkratzte Lifttür aufglitt. Drinnen mischte sich die stickige Luft mit dem beißenden Gestank abgestandenen Urins. Es gab einen Ruck und mit einem leisen Jaulen setzte sich der Aufzug in Bewegung. Als sie den dreizehnten Stock erreichten und die Tür sich öffnete, konnte sie Patrick schon hören. Er hatte die Anlage aufgedreht. Der Bass wummerte so tief, dass sie die Vibrationen im Bauch spüren konnte. Jessie atmete auf. Das war ein gutes Zeichen. Er ließ Dampf ab, Gott sei Dank.

Als sie das Wohnzimmer betrat, hielt sich Marvin die Hände auf die Ohren und vergrub sein Gesicht in Jessies Schulter. Patrick hatte den Karton aufgerissen. Styroporteile und Plastikfolien lagen achtlos auf dem Boden, während er sich in die Bedienungsanleitung der Klimaanlage vertieft hatte. Jessie ließ ihn in Ruhe und schloss die Wohnzimmertür hinter sich, um Marvin ins Bett zu bringen. Den Lärm konnte sie damit trotzdem nicht aussperren.

Die Wohnung, die sie hatten, war nicht groß, aber trotz des schmalen Geldbeutels gemütlich eingerichtet. Neben dem Wohnzimmer gab es noch ein Kinder- und ein Schlafzimmer, gegessen wurde in der Küche. Sie stellte die Flasche neben das schmutzige Geschirr in die Spüle und ging mit ihrem Sohn ins Bad, um ihn zu waschen und bettfertig zu machen.

»Laut«, schrie Marvin. Er hielt sich noch immer die Ohren zu.

»Ja, ich weiß«, antwortete Jessie und warf mit spitzen Fingern T-Shirt und Hose in die Dusche, um sie später auszuspülen. Dann machte sie einen Waschlappen nass.

»Nein!«, schrie Marvin und wollte davonlaufen.

»Es ist warmes Wasser«, sagte Jessie, aber der Junge ließ sich nicht überzeugen. Jessie konnte ihn gerade noch festhalten. »Ich muss dich waschen. Du stinkst nämlich wie ein Bär.«

»Stink wie ein Bär«, wiederholte Marvin glucksend.

Jessie stellte sich hinter ihn und begann, ihn sauberzumachen. »Puh«, sagte sie, als ihr eine übel riechende Wolke entgegenschlug. Marvin roch wie eine alte Frau, die nicht mehr wusste, wie man sich anständig den Hintern abwischte. Dabei hatte der Kleine schon seit gestern Mittag keinen Haufen mehr gemacht.

»Will nicht!«

»Du musst! Oder wir verpassen dir wieder eine Windel!«

Marvin schüttelte heftig den Kopf. »Keine Windel!«

»Dann halt still.« Er gehorchte.

»Wunderbar. Jetzt wasch dir deine Hände, putz dir die Zähne und sag Papa Gute Nacht.«

Marvin nahm einen kleinen Schemel, rückte ihn akkurat zurecht und stellte sich darauf, um so an den Wasserhahn zu kommen. »Durst«, krähte er auf seine laute Art.

Jessie reichte ihm einen Becher. Ohne einen Tropfen zu verschütten, füllte er ihn zur Hälfte und trank ihn aus.

»Genug?«

Marvin nickte. Sie nahm ihm den Becher aus der Hand und füllte ihn wieder zur Hälfte. Marvin nahm sich die Zahnbürste und quetschte eine kleine rote Wurst aus der Tube. Mit etwas ungelenken Bewegungen, aber sehr konzentriert und gründlich, machte er sich an die Arbeit. Jessie betrachtete stolz ihren Sohn. Er war so ein selbstständiges Kerlchen. Manchmal konnte er zwar nerven wie eine Hämorrhoide im Hintern, aber meist jammerte er nur, wenn wirklich etwas im Busch war. Die Hitze machte ihm am meisten zu schaffen. Aber heute würde Marvin dank der Klimaanlage endlich anständig durchschlafen, und auch Jessie hatte dann vielleicht mal wieder länger als drei Stunden am Stück Ruhe.

Marvin stellte die Zahnbürste in den Becher zurück und wollte sich gerade den Mund abwischen, als das Licht flackerte, Sekunden später aber wieder normal brannte. Er schaute seine Mutter ängstlich an, die nur mit den Schultern zuckte. »Keine Ahnung, was das war, Schatz.« Sie hob ihn vom Schemel. »Komm, noch einmal Sicherheitspipi und dann zieh ich dir den Schlafanzug an.«

Marvin setzte sich auf sein Töpfchen, das wie ein kleines Feuerwehrauto aussah, und drückte. Jessie hörte ein leises Tröpfeln, dann war Schluss.

»Fertig?«

Marvin stand auf, wischte sich alleine ab und zog die

frische kurze Hose an, die seine Mutter ihm reichte. Jessie warf einen Blick auf das Geschäft. Der Urin war dunkelgelb, fast braun und roch sehr streng. Sie leerte stirnrunzelnd das Töpfchen im Klo aus, zog ab und stellte das Auto in die Ecke neben der Waschmaschine. Marvin musste unbedingt mehr trinken, aber sie konnte es ja nicht in ihn hineinzwingen. Jessie achtete schon darauf, dass seine Flasche immer mit Tee gefüllt war und dass er immer wieder an einem Apfel knabberte.

»So, und jetzt sag Papa Gute Nacht. Vielleicht hat er ja schon die Klimaanlage angeschlossen.« Marvin suchte ihre Hand und gemeinsam gingen sie ins Wohnzimmer, aus dem auf einmal andere Geräusche drangen. Jetzt wummerten nicht mehr die Bässe eines Hip-Hop-Stückes aus den Lautsprechern der Anlage, sondern die unregelmäßigen Explosionen eines Videospiels. Patrick hatte in der Tat die Klimaanlage aufgebaut und angeschlossen, doch hatte er sie so neben die Schrankwand gestellt, als hätte sie dort ihren festen Platz gefunden. Zuerst verstand Jessie nicht, was sie sah, doch dann dämmerte es ihr.

»Ich dachte, wir wollten das Ding in Marvins Zimmer stellen«, sagte sie kühl.

»Was ist?«, murmelte Patrick, der hektisch versuchte, mit seinem Master Chief einige Brutes zu annihilieren.

»Wir haben die Klimaanlage für unseren Sohn gekauft und nicht für dich!«, fuhr sie ihn an. Marvin versteckte sich hinter den Beinen seiner Mutter. Er ahnte, dass es gleich wieder einen hässlichen Streit geben würde.

»Hast du nichts Besseres zu tun, als mir auf die Nerven zu gehen«, murmelte Patrick, den Blick starr auf den Flachbildschirm gerichtet.

Jessie wollte gerade etwas erwidern, als das Licht ausging und der Fernseher erlosch.

»He!«, rief Patrick und schüttelte seinen Controller, als könnte er damit das Spiel wieder zum Laufen bekommen, aber der Bildschirm blieb wie das Zimmer und die Wohnung dunkel.

»Du blöde Kuh!« Patrick sprang auf. »Wieso drehst du mir den Saft ab?«

Bevor Jessie eine Antwort geben konnte, war der Strom wieder da.

»Was zum Teufel war das denn?«, fragte er. Die X-Box fuhr mit einem leisen Sirren wieder hoch. »Scheiße, und ich hab den Spielstand nicht gesichert!«

»Stellst du bitte die Klimaanlage in Marvins Zimmer?« Mühsam rang Jessie um ihre Beherrschung.

»Leck mich.«

»Dir ist es egal, dass dein Sohn jede Nacht wach liegt und unter der Hitze leidet.«

»Nein, das ist es mir nicht. Aber weißt du, was mir auf den Sack geht? Dass so ein bescheuertes Huhn wie du die Glucke spielt und mir das Leben erklären will. Scheiße, Mann, ich hab das Teil bezahlt, also bestimme ich auch, wo es steht!« Er baute sich so vor ihr auf, dass seine Nasenspitze die ihre berührte. »Und weißt du was? Wenn du nicht ständig nerven und nörgeln würdest, dann gäbe es kein Problem. Dann hätte ich das Teil von mir aus ins Kinderzimmer gestellt. Aber so nicht, hörst du?« Er setzte sich wieder auf den Boden und startete Halo erneut.

»Wie kann man nur so ein Arschloch sein!«, sagte sie mit vor Wut zitternder Stimme. »Alles muss sich um dich drehen. Du denkst, du bist der King, aber dabei bist du nur ein armseliger Wichser.« Beim letzten Wort konnte sie sich nicht mehr zurückhalten. Sie schrie ihn an. »Ich hab keinen Bock mehr auf dich, weißt du das? Den ganzen Scheiß mache ich hier alleine, und du kriegst noch nicht mal ansatzweise den Arsch hoch.«

»Dann hau doch ab«, sagte Patrick ungerührt.

Jessie war wie vom Donner gerührt. Marvin begann leise zu wimmern und hielt sich die Ohren zu. »Was? Was sagst du da?«

»Ich sagte: Verpiss dich. Kein Mensch braucht dich. Am allerwenigsten ich.«

Jessie stand da und sagte nichts. Dann, als ihr die Bedeutung der Worte langsam klar wurde, war ihr erster Reflex, Patrick zu schlagen. Nicht mit der Hand, sondern mit etwas, das ungleich mehr wehtat. Aber sie hielt still.

In diesem Moment war es, als ob sie auf einmal wie von einem erhöhten Punkt auf ihr Leben schaute, oder zumindest auf dessen zerbrochene Einzelteile. Nichts schien zusammenzupassen. Nur die Hoffnung auf eine bessere Zukunft hatte sie zusammengehalten, doch nun wusste sie, dass diese besseren Tage nicht kommen würden. Nicht mit Patrick.

Zusammen ging sie mit Marvin, der die ganze Zeit ihre Hand nicht losgelassen hatte, zurück in sein Zimmer, wo sie zwei Ikea-Taschen vom Schrank holte, in die sie die nötigsten Sachen stopfte. Gott sei Dank brauchte er keine Windeln mehr, die Wickeltasche konnte sie dalassen.

»Warte hier auf mich«, sagte sie zu ihrem Sohn, doch der wollte nicht allein bleiben und klammerte sich an Jessies Bein. »Bitte«, stöhnte sie. »Ich bin gleich wieder da.«

Es hatte keinen Zweck. Sie nahm den Jungen auf den Arm und ging ins Schlafzimmer, wo sie auch alle ihre Sachen in die beiden Ikea-Taschen stopfte. Im Bad machte sie sich nicht die Mühe, ihre Schminkutensilien einzeln zu verpacken. Sie hielt einfach eine Tüte an ein Ende der Ablage und schob alles mit einer zügigen Handbewegung hinein. Dann war sie fertig.

»Was tust du da?« Patrick stand auf einmal in der Tür.

»Das siehst du doch: Ich verpisse mich. Mach's gut!«

»He! Stopp! So geht das nicht! Du willst mich verlassen?«

»Ich mach das hier schon viel zu lange mit.«

»Was redest du da für einen Scheiß?«, schrie Patrick sie an. Er stellte sich ihr in den Weg. »Egal, was du tust, den Jungen nimmst du mir nicht weg.«

Jessie hätte mit allem Möglichen gerechnet, aber nicht damit. »Was interessiert dich Marvin? Du hast dich nie um den Kleinen gekümmert.«

»Du nimmst mir den Jungen nicht weg«, wiederholte Patrick. Er packte Marvin beim Arm und zog. Jessie war zu überrascht, um ihn festzuhalten. Das Kind schrie auf, strampelte und streckte die Arme nach seiner Mutter aus.

Später sollte sich Jessie fragen, was sie in diesem Moment gedacht oder gar gespürt hatte, aber da war nichts. Kein Gefühl, keine Regung, nur die Überzeugung, dass sie ihren Sohn um jeden Preis vor diesem Dreckskerl beschützen musste. Sie griff den nächstbesten Gegenstand, der in Reichweite war. Die X-Box war nicht schwer und schien auch nicht sonderlich stabil zu sein, aber sie war das Einzige, womit sie zuschlagen konnte. Und das tat sie. Immer und immer wieder, bis Patrick benommen, aber nicht bewusstlos zu Boden ging. Marvin stand im Türrahmen und starrte seine Mutter mit leerem Blick an.

»Komm, wir müssen uns beeilen«, sagte Jessie. Sie raffte ihre Sachen auf und zerrte Marvin hinaus ins Treppenhaus. Mit einem lauten Knall schlug sie die Haustür zu.

Jessie hämmerte ungeduldig auf den Fahrstuhlknopf ein. Irgendwo in einem der untersten Stockwerke schloss sich die Fahrstuhltür. Scheiße, das dauerte alles viel zu lange.

Jessie klemmte sich Marvin kurzerhand unter den Arm, hängte sich die beiden Taschen um und hastete die Treppe hinab. Wenn sie erst einmal bei der Haustür war, würde sie ihn in den Kinderwagen verfrachten. Sie konnte nur hoffen, dass sie nicht zu lange auf den Bus warten musste.

Die Hälfte des Weges hatten sie geschafft, als sie Patrick hörte. Jessies Angst verwandelte sich nun in Panik.

»Jessie!«, brüllte er durchs Treppenhaus und er klang ziemlich wütend. »Wenn ich dich in die Finger kriege, kannst du dich warm anziehen. Hörst du mich? Hier oben ist der Fahrstuhl. Du brauchst dich also gar nicht zu beeilen, ich werde dich sowieso einholen.«

Jessie rannte noch schneller und wäre beinahe gestolpert, als plötzlich das Licht im Treppenhaus ausging. Sie suchte den Schalter, aber da war nirgendwo das dumpfe rote Leuchten. Irgendetwas Unvorhergesehenes war geschehen. Etwas, was auch Patrick überrascht haben musste, denn sie hörte ihn jetzt rufen und mit den Fäusten gegen die Innenseite der Aufzugtür hämmern. Er war ganz nah bei ihr, doch der Fahrstuhl war stecken geblieben.

Jessie rannte weiter. Sie konnte nicht sehen, wann die Treppe anfing und wann sie aufhörte. Immer wieder strauchelte sie, fing sich, taumelte weiter. Dann stieß sie gegen ihren Kinderwagen. Ohne auf die Kippen und die Asche zu achten, setzte sie Marvin hinein und schnallte ihn fest.

Als sie die Haustür aufstieß, wehte ihr eine warme Abendbrise ins Gesicht, aber sie konnte noch immer nichts sehen. Es war, als ob Frankfurt auf einem fremden Planeten lag. Finsternis hatte die Stadt verschluckt.

»Leute, wir müssen sehen, dass wir die Patienten loswerden«, sagte Beinlich und schaute in die Runde. »Die Betten stehen schon wie in einem Flüchtlingslager auf dem Flur, weil alle Zimmer belegt sind.«

»Das liegt am Wetter«, sagte Anwari. »Beinahe im Zehn-Minuten-Takt werden alte Leute in der Notaufnahme eingeliefert, weil sie vollkommen dehydriert sind. Hinzu kommen Herz-Kreislauf-Fälle. Wir wissen nicht mehr, wohin mit ihnen.«

»Erzählen Sie mir was Neues!«, fuhr Beinlich ihn an. »Los, kommen Sie schon! Denken Sie endlich wie ein Mediziner! Seien Sie kreativ!«

»Tatsache ist, dass wir die dehydrierten Omas und Kinder nicht auf die Straße setzen können«, sagte Katharina. »Da hat Basim recht.«

Normalerweise fanden Besprechungen wie diese nur am Morgen statt, wenn es darum ging, die Neuaufnahmen der vorangegangenen vierundzwanzig Stunden zu bewerten. Doch an diesem Tag hatte sich die Lage verschärft, die Leitung sprach zum ersten Mal von einer Krise. Nicht überlebensnotwendige Operationen wurden verschoben und wer einigermaßen mobil war, den schickte man nach Hause, obwohl alle wussten, dass dort die Versorgung noch schwieriger war. Die Hitzewelle nahm immer beängstigendere Ausmaße an, die Notaufnahme stand kurz vor dem Zusammenbruch. Und in den anderen Kliniken sah es nicht besser aus. Es war Zeit, dass man einen Plan entwickelte, um der Situation Herr zu werden.

Beinlich schaute den Assistenzarzt freundlich, fast milde an. Dann stand er auf, nahm den Stapel Patientenakten und ließ sie in Anwaris Schoß fallen. »Bitte. Ihr Job. Wenn Sie meinen, dass Sie es besser können, dürfen Sie sich gerne hier zum Affen machen.« Der Chefarzt stolzierte wieder zurück und ließ sich mit verschränkten Armen auf den Stuhl fallen.

Basim Anwari schwieg. Nachdenklich schob er die Unterlippe vor und für einen Moment sah es so aus, als wolle er einfach aufstehen und gehen.

»Wir hatten in den letzten vierundzwanzig Stunden insgesamt hundertvierzehn Neuaufnahmen«, sagte er schließlich. »Zweiundachtzig von ihnen mussten nur ambulant versorgt werden. Von den verbliebenen zweiunddreißig blieben zwölf, deren Beschwerden nicht direkt auf die hohen Temperaturen zurückgeführt werden konnten, beziehungsweise die neben der Dehydratisierung und den Kreislaufbeschwerden auch neurologisch auffällig waren.« Er sortierte zwanzig Mappen aus und ließ sie auf den Boden klatschen. »Die hier schieben wir auf andere Stationen, und wenn es die Psychiatrie ist. Bleibt also noch das andere Dutzend übrig.«

Plötzlich flackerte das Licht, ging aber sofort wieder an. Anwari nahm sich den nächsten Patienten vor.

»Armin Flöttmann, 53 Jahre, Hirnstamminfarkt. Liegt auf der Stroke und wird dort noch eine ganze Weile bleiben. Prognose ist jedenfalls negativ. Vielleicht können wir ja auf ein klinikfreundliches Ableben hoffen. Will da jemand nachhelfen? Nein? Gut.« Er nahm sich die nächste Mappe vor. »Friederike Meurer, Jahrgang 23. Hat sich bis zu ihrem Schlaganfall zu Hause selbst versorgt und könnte das wieder tun, wenn wir sie wieder aufpäppeln. Aber sie ist jetzt 85, lohnt sich da eine Therapie noch? Oder schicken wir sie in ein Pflegeheim? Hat jemand Vorschläge?« Anwari nahm sich den nächsten Patienten vor.

Katharina wusste nicht, was ihren Kollegen gepackt hatte. Auch wenn Zynismus ein durchaus hilfreiches Ventil im Druckkessel dieses Krankenhauses war, konnte sie nicht glauben, was sie sah, denn Basim Anwari beging gerade beruflichen Selbstmord. Sie kannte ihn schon seit Jahren, und nicht immer konnte sie mit seiner Art umgehen. Als Arzt war er brillant, aber als Mensch, der gerne Kritik übte, wusste er manchmal nicht, wann es besser war, einfach mal den Mund zu halten – auch wenn er meistens recht hatte. Das Johannes-Krankenhaus war keine Insel der Glückseligen. Entweder arrangierte man sich mit den Umständen oder suchte sich einen neuen Job. Sie hatte sich diese Frage auch schon einmal gestellt und war zu dem Schluss gekommen, dass es nirgendwo besser war.

Alle Augen waren auf Beinlich gerichtet, der sich nur scheinbar gelassen Anwaris Auslassungen anhörte. Innerlich musste er kurz vor dem Siedepunkt stehen. Doch dann nickte er, als sei die Sache damit für ihn erledigt.

»Zeigen Sie, was Sie können«, sagte er tonlos zu Anwari. »Sie haben vierundzwanzig Stunden Zeit, um alles umzusetzen, was Sie sich so vollmundig vorgenommen haben. Aber ich warne Sie: Wenn Sie die Sache verbocken, wird Sie keine Klinik mehr nehmen.«

Das Licht flackerte ein zweites Mal. Beinlich runzelte

die Stirn. Er ging zu einem Telefon und wählte eine Nummer. Niemand schien sich zu melden, denn er legte auf und wählte erneut.

»Beinlich hier … Ja, das haben wir auch schon gemerkt. Gibt es Probleme? … Dann halten Sie mich auf dem Laufenden.« Er legte auf und dachte nach.

»Die Haustechnik?«, fragte Katharina. Beinlich nickte und wählte eine dritte Nummer.

»Beinlich! Ist alles in Ordnung bei euch? … Scheiße!«

Plötzlich war der Strom ganz weg und es blieb finster.

»Runter zur Intensiv!«, rief Beinlich, der sich als Erster wieder gefangen hatte. »Die beiden Notstromaggregate springen nicht an!«

Katharina konnte seine Stimme hören, ihn aber nicht sehen. Selbst durch das geöffnete Fenster fiel kein Licht, weder von den Straßenlaternen noch von sonst einer Beleuchtung. Das ganze Krankenhaus war lahmgelegt. Anwari schaltete eine kleine Untersuchungslampe ein. Das Licht war nicht hell, aber es reichte aus, um die Tür zu finden, ohne sich am Tisch zu stoßen oder über einen der Stühle zu fallen.

Auf dem Flur war nur das Pflegepersonal zu hören. Gummisohlen quietschten auf dem Linoleum, eine Oberschwester erteilte Anweisungen und rief laut nach einer Taschenlampe. Die meisten der neurologischen Patienten konnten wegen ihrer Erkrankung glücklicherweise nicht die Betten zu verlassen. Doch sie waren unruhig, stöhnten ängstlich oder riefen verwirrt nach einer Schwester, weil ihr Fernseher nur noch ein schwarzes Bild zeigte.

Anwari blieb bei den Aufzügen stehen und drückte hektisch auf alle Knöpfe.

Katharina zerrte ihn weiter. »Die werden nicht kommen.«

Anwari verstand erst nicht, was sie meinte, aber als er die ängstlichen Rufe der Eingeschlossenen aus dem Fahrstuhlschacht hörte, fluchte er.

Beinlich stieß die Tür zum Treppenhaus auf. Mit unsicheren Schritten stiegen sie, so schnell sie konnten, ins Untergeschoss hinab, wo sich neben den Operationssälen auch die Intensivstation befand. Der Türöffner funktionierte natürlich nicht und so stieß Beinlich beide Schwingtüren mit aller Macht auf.

»Ach du Scheiße«, murmelte Katharina, als sie sah, dass auch hier kein Licht brannte. Neben den Notstromaggregaten, die bei einem Stromausfall die Geräte versorgen sollten, war auch die unterbrechungsfreie Stromversorgung nicht angesprungen.

Merdinger, der diensthabende Arzt, trug eine Stirnlampe auf dem Kopf, wie sie bei Operationen benutzt wurde. Das Licht blendete Katharina, sodass sie sein Gesicht nicht erkennen konnte. Dafür war die Anspannung in seiner Stimme nicht zu überhören.

»Die Respiratoren sind ausgefallen«, sagte er unter seiner Maske. »Unser Personal reicht nicht aus, um alle Patienten mit einem Beatmungsbeutel zu versorgen.«

»Wie viele Betten sind belegt?«, fragte Beinlich.

»Alle zwölf«, sagte Merdinger.

Sie zogen sich so schnell wie möglich sterile Kleidung an und folgten dem Arzt.

Es war ein beängstigendes Bild, das sich ihnen bot. Im tanzenden Lichtschein mehrerer Taschenlampen kämpfte ein Dutzend Patienten mit dem Tod. Ein Mann zuckte unkontrolliert, als man ihm den Schlauch entfernte, der ihn mit der nutzlos gewordenen Beatmungsmaschine verband. Eine alte Frau hatte die Augen weit aufgerissen und schnappte stumm nach Luft. Die Gesichter zweier weiterer Patienten liefen bereits blau an, als würden sie jeden Moment platzen. Merdinger verteilte die Beatmungsbeutel und sie begannen mit der Notversorgung, Beinlich an vorderster Front. Als sich auch Katharina einen dieser Plastikballons nehmen wollte, hinderte er sie daran.

»Sie müssen zur Haustechnik und denen Beine machen!«

Katharina schüttelte den Kopf. »Ich bleibe hier! Wir sind ohnehin zu wenig, um alle Leute zu versorgen!«

»Wenn der Notstrom nicht bald anspringt, wird sich das Problem von alleine lösen! Dann sind wir hier unten schneller fertig, als uns lieb ist!«, fuhr Beinlich sie an. »Los, machen Sie denen Feuer unterm Arsch!«

Haralds Frau sah so gut wie nie fern. Für sie war der Konsum seichter Fernsehfilme oder Unterschichten-Talkshows gleichzusetzen mit dem Untergang der abendländischen Kultur. Sie bevorzugte Dokumentationen jedweder Art. Reiseberichte aus Asien liebte sie besonders, Tierfilmen konnte sie gar nichts abgewinnen, und da unterschied sie sich ausnahmsweise nicht von ihm. Nur einmal war Harald zappenderweise bei einer Reportage über Sex im Tierreich hängen geblieben und hatte mit wachsender Faszination kopulierenden Elefanten bei ihrem Fortpflanzungsgeschäft zugesehen. Claudia hatte nichts sagen müssen. Alleine ihr Gesichtsausdruck verriet, wie widerlich sie das fand, und so hatte er den Ton lauter gedreht. Die Brunftgeräusche des Bullen waren unglaublich gewesen. Dummerweise hatte der Sprecher ständig dazwischengequatscht, vielleicht weil er der voyeuristischen Szene durch biologische Faktenhuberei das Obszöne nehmen wollte. Claudia hatte daraufhin empört das Wohnzimmer verlassen. Sie war erst wiedergekommen, als Harald zum *heute-journal* geschaltet hatte, wo über einen Selbstmordanschlag in einer afghanischen Mädchenschule berichtet wurde, bei dem achtzehn Kinder ums Leben gekommen waren. Make love, not war, hatte er nur gedacht und sich in diesem Moment ernsthaft gefragt, ob Claudia manchmal nicht die falschen Prioritäten setzte. Denn wenn

Hellmann ehrlich war, hatte er seine Frau in den zwanzig Jahren, die sie zusammen waren, nicht wirklich kennengelernt. Die Frau, die aussah, als schrubbte sie sich jeden Morgen mit der Wurzelbürste ab, mochte nach außen hin einen stabilen Eindruck machen, doch wie es in ihrem Inneren aussah, hatte er nie herausfinden können. Er wusste nur, dass man nicht ohne Grund magersüchtig wurde.

Nun saßen sie also vor dem Fernseher und schauten *Wer wird Millionär*, jeder in seinem eigenen Sessel. Aber wenigstens gingen sie sich nicht aus dem Weg. In diesen Momenten hätte ein Außenstehender denken können, dass sie doch noch als Ehepaar funktionierten. Ein absurdes Gefühl.

»Willst du die Scheidung?«, fragte er, als es bei Günther Jauch um die 16 000-Euro-Frage ging. Der Kandidat, ein Student aus Göttingen, verzichtete auf die Sicherheitsstufe. Er wollte lieber den vierten Joker.

Harald hörte, wie Claudia leise zitternd Luft holte. »Es wäre besser, nicht wahr?«, sagte sie.

»Besser für wen?«, fragte Harald.

»Besser für alle.« Claudia hatte sich wieder gefasst, ihre Stimme war kühl wie immer. »Was willst du?«

»Ich will mein Leben zurück«, sagte Harald.

»Was soll ich sagen?«, entgegnete sie. »Meinst du, ich habe deine Affären nicht mitbekommen? Ganz Seckbach redet darüber! Weißt du, wie entwürdigend das für mich ist? Die mitleidigen Blicke? Das herablassende Gerede?«

»Das stört dich und perlt nicht an dir ab?«, fragte er erstaunt.

»Warum sollte es das tun? Ich bin ein Mensch! Ich habe Gefühle!«

»Komisch. Ich habe immer gedacht, Gefühle wären für dich nur ein Ausdruck mangelnder Selbstkontrolle.«

»Das ist wohl nicht dein Ernst, oder?«

»Du hast dir den Spaß am Leben genommen, und nun versuchst du es bei mir und den Kindern.«

»Wo nehme ich dir den Spaß am Leben?«, fragte Claudia empört.

»Indem du ständig versuchst, uns allen ein Vorbild zu sein. Das macht aggressiv!«

»Mir geht es nur um die Kinder«, sagte Claudia, und jetzt klang sie wirklich ein wenig eingeschnappt. »Sie sollen sich gesund ernähren. Und dass du mich nicht brauchst, um aggressiv zu werden, haben wir ja heute wieder gesehen, nicht wahr?«

Harald riss die Augen auf. »Du vergleichst mich mit dem Kerl, der mir reingefahren ist?«

»So sehr habt ihr euch nicht voneinander unterschieden«, sagte Claudia.

»Es tut mir leid, dass ich nicht so beherrscht bin wie du. Wenigstens muss ich mir nicht nach jeder Mahlzeit den Finger in den Hals stecken.«

Das saß. Claudia starrte ihren Mann fassungslos an. Natürlich wusste sie, dass er es wusste, doch bisher war Claudias kleines anorektisches Geheimnis ein Tabu zwischen ihnen beiden gewesen. Sie erwiderte nichts. Stattdessen spitzte sie den Mund, um ihm durch diese kleine säuerliche Geste zu zeigen, dass er sie gar nicht treffen konnte. Harald wollte die Frage nach der Scheidung ein zweites Mal stellen, als für einen kurzen Moment das Licht ausging. Der Fernseher erstarb. Dann flackerte die Stehlampe wieder an. Gleichzeitig hörten sie unten im Souterrainbereich des Bungalows ein lautes Poltern. Harald knallte die Fernbedienung auf den Tisch, drückte sich aus dem Sessel und ging an Claudia vorbei schwerfällig die Treppe hinunter.

Die Tür zum Kinderzimmer stand eine Handbreit offen. Malte saß auf dem Bauch seines Bruders und schlug kontrolliert, aber gleichzeitig voller Hass auf seinen Bruder ein. Mit der linken Hand drückte er den Arm beiseite, den Lukas sich schützend über das Gesicht gelegt hatte. Lukas, der eigentlich der Ältere und Kräftigere von beiden war, schrie wie ein kleines Kind.

Harald packte Malte am Kragen seines T-Shirts und zerrte ihn hoch. Der Stoff riss. Malte trat nach und traf seinen Bruder in die Seite.

»Bist du wahnsinnig geworden?«, schrie Harald seinen jüngsten Sohn an. »Willst du deinen Bruder umbringen?« Fassungslos starrte er Malte an. Lukas blieb auf dem Boden liegen und hielt sich wimmernd die Seite.

»Was ist hier los?«, rief Claudia und schrie entsetzt auf, als sie Lukas sah, der nun heftig aus der Nase blutete. »Geh und hole einen kalten Lappen, Malte!«

Malte rührte sich nicht. Kalt und herausfordernd sah er seinen Vater an.

»Hast du nicht gehört, was deine Mutter gesagt hat? Geh und hole einen kalten Lappen!«

Maltes Gesicht blieb undurchdringlich. Harald wollte ihn packen und schütteln, um ihn aus seiner Verstocktheit zu reißen, als zum zweiten Mal das Licht aus und wieder anging. Einen Moment hielt er irritiert inne. Auch Claudia blickte mit gerunzelter Stirn zur Deckenlampe hinauf.

Malte nutzte die unverhoffte Gelegenheit, um sich erneut auf seinen Bruder zu stürzen. Aber diesmal schlug er ihn nicht, sondern zog ihn zu sich heran, um ihm etwas ins Ohr zu flüstern. Harald riss ihn erneut zurück und schleuderte ihn diesmal gegen die Wand.

»Hast du mich verstanden?«, schrie Malte.

»Halt den Mund!«, rief Harald. »Lass deinen Bruder in Ruhe!«

»Hast du mich verstanden?«, schrie Malte erneut.

Lukas nickte voller Angst.

Dann ging das Licht endgültig aus.

Katharina Debus hatte keine Ahnung, wo sich der Generatorraum des Johannes-Krankenhauses befand. Er musste im Keller liegen, vermutlich irgendwo in der Nähe der Heizungsanlage. Sie hatte die kleine LED-Lampe ihres Handys eingeschaltet und fuhr mit dem Finger hektisch über den Fluchtwegeplan, der in jedem Stock in der Nähe der Fahrstühle angebracht war. Die Heizungsanlage beanspruchte im Keller neben der Küche, dem Bettenlager und der Werkstatt den meisten Platz.

Die Werkstatt! Dort würde man ihr helfen können!

Tatsächlich fand sie dort einen Mann, der im Schein einer Lampe akribisch ein Bauteil reinigte. Katharina schaute auf das Türschild und klopfte an den Rahmen.

Der Mann drehte sich auf seinem quietschenden Drehhocker um und schaute sie über den Rand seiner Brille an. »Ja?«, sagte er.

»Sind Sie Herr Endenich?«

»Der bin ich.« Er musterte sie kurz und widmete sich dann wieder seiner Arbeit. »Sie kommen wegen der Notstromaggregate, nicht wahr?«

Katharina Debus trat ein. »Ja. Wie sieht es aus?«

»Beschissen«, sagte Endenich, ganz in Gedanken versunken. »Die Akkumulatoren für die unterbrechungsfreie Stromversorgung sind hinüber. Einen Generator werden wir wohl wieder zum Laufen bekommen, aber für den anderen brauchen wir Ersatzteile.«

»Auf der Intensivstation liegen Patienten, die künstlich beatmet werden müssen. So lange können wir nicht warten.«

Endenich blies das Werkstück sauber und stand auf. Der Mann war nicht groß und sah in seinem kurzärmeligen, rot karierten Hemd und der altmodischen Brille ziemlich unscheinbar aus. Aber wie die meisten Hausmeister wirkte er in seiner ruhigen Art wie ein König, der sich in seinem kleinen Reich von niemandem in die Arbeit reden ließ.

»Das Ganze wäre nicht passiert, wenn man die Wartung der Notstromanlage nicht einer externen Firma übertragen hätte. Aber es muss ja gespart werden, nicht wahr?«, sagte er und schaltete eine Stabtaschenlampe ein. »Kommen Sie mit.«

Katharina folgte ihm in einen kleinen Nebenraum der Heizungsanlage, wo zwei Aggregate standen, die wie kleine Schiffsmotoren aussahen. Endenich setzte das Teil, das er gereinigt hatte, wieder ein. Dann ging er zu einem Schaltschrank und betätigte einen Knopf. Eine der Maschinen sprang ohne Probleme an.

»So. Sagen Sie denen da oben, sie sollen nur die wichtigsten Geräte einschalten, sonst bricht der letzte Stromerzeuger auch noch zusammen«, sagte Endenich und packte das Werkzeug ein.

»Warum haben Sie eigentlich in Ihrer Werkstatt Strom?«, fragte Katharina.

»Wir haben noch drei tragbare Generatoren gehabt, die stehen jetzt draußen und laufen, bis uns der Sprit ausgeht.

Ich hab ein paar meiner Leute losgeschickt, Diesel zu besorgen. Und ich hoffe, sie beeilen sich damit.«

»Sie glauben, das dauert länger?«, fragte Katharina.

»Bevor ich hier anfing, habe ich bei Staudinger gearbeitet, dem Kraftwerk unten in Großauheim. Ich habe geahnt, dass so etwas über kurz oder lang passiert. Die Flüsse führen nicht mehr genug Kühlwasser. Und das, was wieder zurückgeleitet wird, ist viel zu warm. Achtundzwanzig Grad dürfen nicht überschritten werden, doch im Moment dürften es gut um die dreißig sein. Da schwimmen die Fische mit dem Bauch nach oben.« Er klappte die Werkzeugkiste wieder zu und warf einen letzten Blick auf die Anzeigen.

»Also müssen die Kraftwerke abgeschaltet werden?« Katharina hielt ihm die schwere Brandschutztür auf.

»Die meisten, ja. Und die, die noch laufen, werden mit dem gesteigerten Bedarf nicht mehr fertig. Jeder Trottel hat doch mittlerweile eine Klimaanlage in seiner Wohnung stehen. Ich auch.«

Sie gingen wieder zurück in die Werkstatt. Endenich stellte den schweren Koffer auf einen Tisch und schenkte zwei Gläser mit Wasser ein. Eines gab er der Ärztin, das andere leerte er in einem Zug.

»Hinzu kommt, dass wegen der Waldbrände einige Überlandleitungen außer Betrieb genommen werden mussten«, fuhr er fort, wobei er sein Glas noch einmal füllte. »Wissen Sie, was passiert, wenn zu viel Strom durch eine Leitung fließt, die für diese Kapazität nicht ausgelegt ist?«

Katharina schüttelte den Kopf.

»Sie wird warm. Und wenn ein Kabel sich erwärmt, dehnt es sich aus und hängt durch. Um einen Erdschluss zu verhindern, muss dann diese Freileitung abgeschaltet werden. Immer weniger Kraftwerke schicken immer mehr Strom durch Leitungen, die dafür nicht ausgelegt sind. Das schaukelt sich richtig auf. Am Ende ist das Netz überlastet und das ganze System bricht zusammen.« Endenich zog sein Handy aus der Hosentasche und warf stirnrunzelnd einen Blick auf das Display.

»Wie lange wird es dauern, bis der Strom wieder da ist? Einen Tag?«, fragte sie.

Er blickte auf und schüttelte den Kopf. Sein Lachen klang sarkastisch. »Einen Tag? Schön wär's! Wir reden von Wochen.«

Katharina riss die Augen auf. »Von Wochen?«

»Das Kühlwasserproblem wird bleiben. Es hat seit drei Monaten kaum geregnet, die Temperaturen sind nicht unter dreißig Grad gefallen. Und außerdem: Kraftwerke benötigen Strom, damit sie angefahren werden können. Strom, den es zurzeit nicht gibt.«

Katharina Debus schaute betroffen den Mann an, der ihren Blick mit einem Schulterzucken quittierte.

»Sie wollten es wissen«, sagte Endenich und trank noch einen Schluck.

Patrick fluchte. Es war schon oft passiert, dass er mit diesem beschissenen Fahrstuhl stecken geblieben war. Dreißig Jahre alt war das Ding, und er verwettete seinen Arsch darauf, dass noch keine Woche ins Land gegangen war, in dem der Aufzug nicht zickte. Beim letzten Mal hatte er über eine Stunde warten müssen, bis so ein beschnarchter Techniker endlich kam und ihn befreite.

Seine Mutter hatte zu den ersten Mietern gehört, als er klein war, hatten in dem Haus noch andere Leute gewohnt, er konnte sich noch gut dran erinnern. Alte Leute und normale Familien, die froh waren, mit ihren Kindern eine bezahlbare Bleibe gefunden zu haben. Dann hatten die, die es sich leisten konnten, ihre Sachen gepackt und waren weggezogen. Geblieben waren Typen, die Marvins Kinderwagen zum Mülleimer machten und ihre Kippen dort ausdrückten.

Trotzdem: Wenn es so etwas wie Heimat gab, dann sah sie für ihn aus wie ein Neubauviertel aus den Siebzigern. Er konnte sich daran erinnern, dass ihm seine Mutter zum Spielen immer einen Kochlöffel mitgab, damit er die Haustürklingel oder den Fahrstuhlknopf drücken konnte, wenn er aufs Klo musste. Gepinkelt hatte er immer draußen, das war kein Problem. Seine Kumpels hatten das auch getan. Aber für die große Nummer hatte er sich nicht in die Büsche hocken wollen, und die Taschentücher, die ihm seine Mutter für den Notfall mitgab, hatte er in schöner Regelmäßigkeit verloren.

Schon damals war der Aufzug so gut wie immer außer Betrieb gewesen. Wenn er es dann doch irgendwann hinauf in den zehnten Stock geschafft hatte, war die Hose bereits voll und der Ärger vorprogrammiert gewesen. So war das. Seine Mutter hatte da nie lange gefackelt. Wie sie wirklich gewesen war, ging niemanden etwas an. Schon gar nicht Jessie, der er irgendwelche Geschichten von einem Autounfall aufgetischt hatte. Seine Mutter hatte einige Eigenschaften gehabt, über die er nicht gerne mit anderen sprach. Sie war damals schon schwer krank gewesen, nur hatte er das nicht gewusst. Er hatte sie zwar nicht sonderlich gemocht, aber er hatte sie respektiert. Wenn er die Wahl zwischen Liebe und Respekt hatte, zog er den Respekt vor. Draußen auf der Straße war das nicht anders. Ein Schlag aufs Maul und der andere wusste, woran er war. Klare Regeln mit klaren Ansagen – wem das nicht passte, der kam ihm besser nicht in die Quere. Respekt war alles. Ohne Respekt war man ein Nichts, ein Niemand, dem jeder ungestraft auf die Füße treten durfte. Zeige niemals deine Angst, das war die wichtigste Regel. Macht man dich dumm an, schlag zurück. Schlägt man dich, dann schlag doppelt so hart zurück, sonst bist du ein Opfer.

Wütend trat er gegen die Tür. »He!«, schrie er. »Kann mich jemand hören?«

Er fasste sich an den Hinterkopf, wo die Beule, die ihm Jessie verpasst hatte, langsam immer dicker wurde. Wenn ihm diese blöde Laternenschlampe zwischen die Finger kam, würde er ihr zeigen, wer von ihnen das Sagen hatte.

Jessie war ein Muttertier, und zwar eines von der unangenehmen Sorte. Die Art und Weise, wie sie Marvin Zucker in den Arsch blies, war schon nervig. Der Kleine war nett, keine Frage. Wenn er mal seine Papa-Phase hatte und bei ihm auf dem Schoß einschlief, hatte sich Patrick so lange nicht gerührt, bis das Kerlchen wieder aufwachte. Aber da Jessie ihrem Sohn nie Grenzen aufzeigte, ging ihm Marvin manchmal auch ziemlich auf den Sack. Dann musste er den Spielverderber spielen und die Keule auspacken. Klare Ansagen, die brauchte der Junge genau wie jeder andere. Die machte Jessie nie, und dafür könnte er sie dreschen.

»He!«, schrie Patrick erneut. »Kann mich hier jemand rausholen!«

»Was ist denn los?«, rief eine Stimme.

»Slobo? Bist du das?«

»He, Pat! Alter! Was ist los?«

»Scheiße, was soll schon los sein? Ich stecke fest!«, antwortete Patrick ungeduldig.

»In welchem Stock?«, fragte eine andere Stimme. Es war Tayfun. Die beiden waren wie siamesische Zwillinge, man traf den einen nie ohne den anderen. Wahrscheinlich waren sie sogar schwul und bliesen sich regelmäßig einen.

»Verdammt, woher soll ich das denn wissen?« Patrick hörte, wie die zwei sich unterhielten. »Was ist jetzt?«

»Ich rufe den Hausmeister«, sagte Slobo.

»Dann sitze ich morgen noch hier drinnen. Hast du Werkzeug? Einen Steckschlüssel?«

»Ja.«

Patrick hatte einmal miterlebt, wie eine hysterisch schreiende Frau aus dem stecken gebliebenen Lift befreit wurde. Es war ein simpler Handgriff, wenn man das richtige Werkzeug hatte. »Oben an der Fahrstuhltür ist so etwas wie eine Schraube. Siehst du die?«

»Alter, hier gibt es kein Licht!«, rief Tayfun.

»Dann holt eine Taschenlampe, Scheiße noch mal!«, rief Patrick. »Und bringt gleich das Werkzeug mit, sonst lauft ihr zweimal!«

Slobo brummte etwas, dann war es still. Patrick setzte sich auf den Boden und trat wütend gegen die Tür. Jessie war bestimmt schon über alle Berge. Sei's drum. Er würde sie finden, und er wusste genau, wo er suchen musste. Dann würde er ihr zeigen, was er von ihr hielt. Fünf Minuten später hörte er, wie unter ihm etwas auf den Boden gestellt wurde.

»Ich bin mindestens ein Stockwerk über euch!«, sagte Patrick.

»Oh«, sagte Slobo. »Okay.«

Slobo und Tayfun. Die beiden waren zwar minderbemittelte Idioten, aber sie gehörten nicht zu dem asozialen Pack, das sich hier immer breiter machte. Erst letztens hatte er das versoffene Arschloch aus dem dritten Stock erwischt, wie er seinen Hund auf der Kellertreppe eine fette Kackwurst abseilen ließ, weil er zu faul war, mit dem Köter Gassi zu gehen. Normalerweise räumte Patrick den Dreck anderer Leute nicht weg. Aber nachdem der Kerl sich geweigert hatte, den Haufen einzusammeln, hatte Patrick die Scheiße wie eine Wurst beim Metzger in eine Zeitung gewickelt und sie dem Wichser in den Briefkasten gestopft. Am anderen Tag war richtig Stimmung in der Bude gewesen. Der Typ hatte doch tatsächlich Patricks Wohnungstür eintreten wollen! Jessie hatte geöffnet und laut geschrien, als sie das Messer gesehen hatte. Patrick war ja eigentlich ein friedliebender Kerl. Mittlerweile hatte er sich da ganz gut im Griff. Aber diese Freibierfresse hatte an dem Tag einen ziemlichen Abflug hingelegt. Dem Springmesser hatte Patrick erst die Klinge abbrechen wollen, doch es war ein gut gepflegtes Châtellerault und da wäre es schade drum gewesen. Jedenfalls war es seit dem Vorfall sein ständiger Begleiter. Auch jetzt steckte es in seiner Hosentasche.

»He, Alter!«, rief die Slobo, jetzt ganz nah. »Bist du noch da?«

Patrick rollte bei der Frage mit den Augen. Doch er zwang sich zu einer vernünftigen Antwort. »Ja«, sagte er. »Mir geht es gut.«

»Da hast du ja mächtig Pech gehabt, dass du ausgerechnet bei einem Stromausfall den Fahrstuhl genommen hast.« Etwas klapperte am Blech der Tür. Mit einem schabenden Quietschen wurde die Außentür aufgeschoben. Die Innentür blieb geschlossen. Durch den Spalt konnte Patrick den Schein einer Taschenlampe sehen.

»Und jetzt?«, fragte Tayfun.

»Geht zurück«, sagte Patrick und trat gegen die Schiebetür. Beim dritten Versuch riss das Drahtseil der Führung und die Tür ließ sich öffnen.

Der Fahrstuhl hing genau zwischen zwei Stockwerken fest. Patrick musste sich durch einen schulterbreiten Spalt hindurchzwängen, dann war er draußen.

»Danke«, sagte Patrick und gab seinen Befreiern einen Handschlag.

»Kein Problem, gerne wieder«, sagte Slobo.

Patrick sah zum Fenster hinaus. Das hatte er noch nicht erlebt. Ganz Frankfurt war wie ausradiert. Nur in einigen der Bankentürme waren vereinzelte Stockwerke erleuchtet. Unten auf der Straße hatten einige die Scheinwerfer ihrer Autos eingeschaltet.

»Ganz schön krass, Alter«, sagte Tayfun, der von dem Anblick sichtlich beeindruckt war. »Da geht gar nichts mehr.«

»Sag mal, was war denn mit deiner Jessie?«, fragte Slobo. »Hattet ihr Knatsch? Ich hab gesehen, wie sie mit dem Kleinen abgerauscht ist.«

»Geht dich das was an?«, fragte Patrick zurück.

Slobo zuckte mit den Schultern. »Nein.«

»Dann halt einfach die Klappe.« Ohne ein weiteres Wort zu verlieren, ließ er die beiden stehen und eilte die Treppe hinunter.

»He!«, rief Tayfun ihm hinterher. »Und was sollen wir ihr sagen, wenn sie doch noch zurückkommt?«

Patrick ignorierte die Frage. Er eilte hinaus auf den Parkplatz zu seinem Auto, riss die herunterhängende Stoßstange endgültig ab und warf sie in die Büsche. Dann fuhr er mit quietschenden Reifen davon.

Die Hitze der Nacht, windstill und erdrückend, raubte Harald Hellmanns ersten Atemzug, als er vor die Haustür trat. Bis auf einen rötlichen Schimmer, vor dem sich die Hochhäuser des Atzelbergs schwarz abzeichneten, war es finster. Die Straßenlaternen waren wie die Lichter in den Wohnungen und Häusern erloschen. Harald schaute hinauf zum sternenübersäten Himmel, an dem die blinkenden Punkte eines Flugzeugs nach Westen zogen. Das ferne Donnern mischte sich mit dem Zirpen der Grillen. In der Ferne rauschte die Autobahn, über der nun schwach der Himmel leuchtete. Es war zum ersten Mal, dass er den Widerschein des Verkehrs sehen konnte.

»Guten Abend, Herr Nachbar. Na, ist bei euch auch der Strom ausgefallen?«

Der Lichtkegel einer Taschenlampe strahlte Harald direkt ins Gesicht. Er hob die Hand und hielt sie so vor die Augen, dass der Strahl ihn nicht blendete. Vor ihm stand Thilo Gräbner, ein dicklicher Mann in den späten Fünfzigern, der in seiner kurzen, viel zu großen Sporthose und dem verschwitzten Oberkörper sportlicher aussehen wollte, als er war.

»Du bist wie meine Frau. Die erwähnt auch immer das Offensichtliche«, entgegnete eine andere Stimme. Sie gehörte zu einem Mann, der ebenfalls eine kurze Hose trug, doch spannte sich über dessen Brust ein durchgeschwitztes Polohemd. In seiner Hand hielt er ein kaltes Bier. Es war bestimmt nicht sein erstes, wie Hellmann nach einem Blick in die glasigen Augen feststellte. Willi Jankowski trank gerne mal einen über den Durst, besonders wenn es heiß war.

»Wollt ihr auch eins?«, fragte Jankowski, als er Hellmanns Blick bemerkte. »Der Kühlschrank ist voll.«

»Genau wie du«, sagte Gräbner. »Aber wenn du mich schon so fragst: gerne.«

»Für mich nicht«, beantwortete Hellmann den fragenden Blick.

Jankowski schlurfte davon. Mittlerweile hatte sich fast die gesamte Nachbarschaft auf der Straße versammelt. Hellmann blickte zurück zu seiner Haustür. Claudia stand im Eingang und hatte die Arme um sich geschlungen, als würde sie frieren.

»Unglaublich«, murmelte Gräbner, der den Kopf in den Nacken gelegt hatte. »Ich habe noch nie so viele und so helle Sterne gesehen.«

Auch Hellmann schaute hinauf in den Himmel. Er sah deutlich Ursa Major und Ursa Minor mit dem Polarstern, Andromeda und Kassiopeia. Aber die Konstellationen waren nicht das Erstaunliche bei diesem Anblick. Es war das Strahlen der kleineren Sterne, das ihn so faszinierte. Die Milchstraße erstreckte sich als breites Band über das Firmament und zum ersten Mal konnte er mit unbewaffnetem Auge erkennen, dass die Plejaden tatsächlich aus mehr als sieben Sternen bestanden. Schnell dahinziehende Lichtpunkte mussten Satelliten sein.

Natürlich, der Anblick war atemberaubend. Aber er war auch beklemmend, denn zum ersten Mal hatte Hellmann eine Ahnung von der Unermesslichkeit der ihn umgebenden Leere, die durch das kalte Strahlen der Lichtpunkte nur verstärkt wurde. Etwas war geschehen. Etwas, das keiner der Umstehenden zu erfassen schien.

Jankowski kehrte wieder mit einem Korb voller Flaschen zurück.

»Ich glaube, du kannst mir jetzt doch eine anbieten«, sagte Hellmann.

»Ah, wusste ich's doch.« Jankowski reichte ihm ein Licher und gemeinsam stießen sie an.

»Auf die Nacht«, sagte Gräbner und nahm einen tiefen Schluck. Claudia stand noch immer in der Tür. Lukas war nun bei ihr. Glücklicherweise war es zu dunkel, als dass man sein zerschundenes Gesicht sehen konnte. Malte war im Haus geblieben. Hellmann würde mit ihm reden müssen. Eines dieser Vater-Sohn-Gespräche, die auch sein Vater gelegentlich mit ihm geführt hatte. Sie waren nicht angenehm gewesen, aber sie hatten ihm gezeigt, dass es Regeln gab, die man besser nicht verletzte. Heute war er dankbar dafür. Diese Unterhaltungen hatten ihm gezeigt, worauf es im Leben ankam. Und das würde Malte auch lernen müssen. Hellmann trank einen Schluck und wischte sich mit dem Handrücken den Mund ab.

Plötzlich blendete etwas. Zwei Scheinwerfer tanzten näher und ein roter Golf blieb neben Jankowski stehen. Die Fahrerscheibe surrte nach unten.

»Hallo, Stefan«, sagte Jankowski.

»Hallo zusammen. Guten Abend, Herr Hellmann.«

Harald hob zum Gruß die Flasche und beugte sich herab, um zu sehen, wer auf dem Beifahrersitz war.

»Hallo, Jacqueline!«, sagte er. »Alles okay?«

Das Mädchen lächelte schüchtern und zog den Träger seines Tops zurecht. »Natürlich«, antwortete sie.

»Gut. Ich dachte, du wolltest in Urlaub fahren. Nach Irland.«

»Schottland«, sagte sie und räusperte sich.

»Schottland. Ach ja.« Hellmann lächelte. Das Bier in seiner Hand wurde langsam warm.

»Ganz Frankfurt ist platt«, sagte Stefan. »Wir sind gerade auf dem Lohrberg gewesen, als überall die Lichter ausgingen.«

»Und wo wollt ihr jetzt noch hin?«, fragte Jankowski.

»In die Stadt. Schauen, ob da noch etwas los ist. Bei der Hitze kann ohnehin niemand schlafen.«

»Dann viel Spaß«, sagte Jankowski. Die Scheibe surrte wieder nach oben und der Wagen fuhr mit heulendem Motor davon.

»Seit wann gibt sich denn dein Sohn mit so jungem Gemüse ab?«, fragte Hellmann.

»Woher willst du denn wissen, wie alt seine Freundin ist?«, fragte Jankowski überrascht.

»Weil sie dieses Jahr bei mir Abitur gemacht hat.«

»Ach, schau an«, sagte Jankowski. »So klein ist die Welt.«

Hellmann schaute dem Wagen nach, der nun in die Auerfeldstraße bog.

»Ja«, sagte er und leerte die Flasche. »So klein ist die Welt.«

*E*s war ein Schock für Jessie, als sie hinaus in die Nacht trat. Keine Straßenlaterne brannte, die Fenster der Häuser waren dunkel. Fast schien es, als wäre Jessie mit ihrem Marvin alleine auf der Welt. Hoffentlich würde der Junge den hässlichen Streit zwischen seinen Eltern einigermaßen gut wegstecken. Er war erschöpft in seinem Buggy zusammengesunken und schlief jetzt tief. Das dünne Haar klebte auf der schweißnassen Stirn, das Bob-der-Baumeister-T-Shirt war über den Bauch gerutscht. Die Sandalen hatte Jessie wie alle anderen Habseligkeiten auch in eine der zwei Ikea-Taschen gepackt, die sie sich um die Schultern gehängt hatte. In ihrem Kopf hämmerte es wie in einer Fabrik. Die Übelkeit, die sie nach dem Unfall verspürt hatte, war zurückgekehrt.

Patrick würde natürlich wissen, wohin sie ging. Eine andere Möglichkeit hatte Jessie ohnehin nicht. Die meisten ihrer verbliebenen Freundinnen lebten noch bei den Eltern, weil sie sich keine eigene Wohnung leisten konnten. Und auch Jessie würde an diesem schrecklichen Abend heim in den Schoß der Familie kehren. Ihre Mutter lebte zusammen mit Jessies Bruder in einer Zwei-Zimmerwohnung in der Vereinsstraße, keine halbe Stunde Fußmarsch vom Atzelberg entfernt. Viel Platz gab es da nicht, sie würden zusammenrücken müssen. Aber es war besser, als die Nacht im Freien zu verbringen.

Patrick würde sich ziemlich schnell aus dem stecken gebliebenen Fahrstuhl befreien und sich dann auf die Suche nach ihr machen. Jessie musste sich beeilen, sonst würde er sie noch vor der Haustür abfangen.

Jessie hatte versucht, ihre Mutter übers Handy zu erreichen, aber das Netz war wie zu Silvester überlastet. Bei Mark hatte sie es gar nicht erst versucht. Ihr Bruder nahm nie ab, wenn sie anrief. Seitdem sie zu Patrick gezogen war, hatte sich das ohnehin nicht besonders gute Verhältnis zwischen den Geschwistern noch weiter verschlechtert. Mark konnte Patrick nicht leiden. Es war eine Ablehnung, die auf Gegenseitigkeit beruhte. Nun, so würde Mark wenigstens seinen Neffen wiedersehen.

Jessie musste sich beeilen, obwohl ihr hundeelend war. Patrick würde sich bald an ihre Fersen heften. Die einzige Lichtquelle waren die Scheinwerfer vorbeifahrender Autos, die sie blendeten und das Gefühl der Übelkeit noch verstärkten. Immer wieder zuckte sie zusammen, weil sie glaubte, den röhrenden BMW zu hören. Dennoch musste sie alle zehn Schritte stehen bleiben und Luft holen. Wenn sie irgendwelche Schleichwege oder Abkürzungen nahm, kam sie vielleicht schneller voran, aber in den Seitenstraßen gab es kein Licht. Sie hatte keine Taschenlampe dabei und konnte deswegen auch nicht sehen, wohin sie ging.

Am Platz, wo die Wilhelmshöher Straße zur Heinz-Herbert-Karry-Straße wurde, herrschte vor der Trinkhalle eine Stimmung wie bei der Fußball-WM. Die Leute standen mit ihrem Bier auf dem Bürgersteig. Manche hatten sogar Stühle herausgestellt und sahen dem Treiben ziemlich gelassen zu. Hier war es sogar hell, denn es waren erstaunlich viele Autos unterwegs. So viele, dass sie sich vor der

Seckbacher Landstraße stauten. Als Jessie den Kinderwagen über die Brücke schob und die Blaulichter der Rettungswagen sah, wusste sie, warum. Irgendetwas war in der U-Bahn geschehen. Natürlich! Die Züge der Linie 4 waren in den Tunnels liegen geblieben. Bei dem Gedanken an die Menschen, die unter der Erde gefangen waren, bekam Jessie ein flaues Gefühl. Streifenwagen mit Einsatzlicht und heulenden Sirenen kämpften sich durch die schmale Gasse, die die Autos frei machten. In der Stadt musste die Hölle los sein. Patrick war bestimmt nicht der Einzige, der in einem Fahrstuhl fest steckte. Aber ein Gutes hatte dieses Chaos. Es verschaffte Jessie Zeit. Wenn sie erst einmal die Wohnung ihrer Mutter erreicht hatte, war sie in Sicherheit.

In den Seitenstraßen war es wieder so finster, dass sie nicht mehr die Hand vor Augen sah. Zweimal ging sie an dem Haus vorbei, bis sie schließlich den richtigen Hauseingang fand. Jessie tastete nach der Klingel und drückte sie. Nichts geschah. Sie versuchte es noch einmal, bis ihr einfiel, dass die ja auch nicht funktionieren konnte.

»Mama?«, rief sie und wartete. »Mama, mach bitte auf!«

Ein Hubschrauber, der vermutlich vom Dach der Unfallklinik gestartet war, flog über sie hinweg und verschwand in der Nacht. Immer mehr Einsatzhörner waren zu hören. Ein Wunder, dass Marvin noch immer schlief.

»Scheiße, Mama! Mach auf!«, schrie sie jetzt.

»Wer ist denn da?«, meldete sich eine verschlafene Stimme.

»Herr Varndorf, sind Sie das?«, rief Jessie erleichtert. »Ich bin es.«

»Jessica?« Die Stimme war jetzt hellwach. »Warte, ich mache dir auf.«

Wenige Sekunden später sah Jessie den tanzenden Lichtstrahl einer Taschenlampe und die Hautür wurde geöffnet. Vor ihr stand ein schmerbäuchiger kleiner Mann in Shorts und ausgeleiertem T-Shirt. »Was ein Glück, dass ich dich gehört habe. Die Klingel geht nicht. Und der Türöffner auch nicht. Willst du zu deiner Mutter?«

Jessie nickte und stellte erleichtert die beiden schweren Taschen ab.

»Am besten stellen wir den Kinderwagen ins Treppenhaus«, sagte Varndorf.

Jessie hob den schlafenden Marvin aus dem Buggy.

»So. Hoffentlich fällt keiner drüber. Im Dunkeln bricht man sich noch alle Knochen.« Dann schnappte er sich wie ein Kohlenträger mit einer Hand die Ikea-Taschen, während er mit der Taschenlampe die Treppe hinaufleuchtete. Jessie ging voraus und schloss die geöffneten Fenster, damit Varndorf, schnaufend und keuchend wie kurz vor einem Herzinfarkt, mit dem Gepäck vorbeikam. Oben angekommen klopfte Jessie gegen die Tür. In der Nachbarwohnung begann ein kleiner Hund, laut und aufgeregt zu kläffen.

»Mama?«, rief Jessie.

»Mama ist nicht da«, sagte eine Stimme auf der anderen Seite der Tür.

»Machst du bitte auf, Mark?«, sagte Jessie, die langsam mit ihrer Geduld am Ende war.

Ein Riegel wurde aufgeschlossen und eine Kette zurückgeschoben. Dann öffnete sich die Tür einen Spaltbreit. Eine Taschenlampe strahlte ihr ins Gesicht.

»Was ist denn los?«, fragte Mark und strich sich seine strähnigen, schwarz gefärbten Haare aus dem Gesicht.

»Kann ich rein? Bitte?«

Mark musterte den alten Varndorf und sah dann den schlafenden Jungen in Jessies Arm. »Ich sag doch, Mama ist nicht da.«

»Jetzt stell dich nicht so blöd an!«

»Ich leg deine Sachen hier ab, Jessica.«

»Vielen Dank, Herr Varndorf«, sagte Jessie und lächelte den alten Mann an. »Ich bin Ihnen was schuldig.«

»Gern geschehen. Wenn ihr was braucht, klopft einfach«, sagte er. »Dir auch einen schönen Abend, Mark.«

»Ja, ja«, brummte Jessies Bruder und ließ seine Schwester endlich herein.

Sofort umfing Jessie ein vertrauter Geruch. Seit ihrem letzten Besuch hatte sich nicht viel verändert. Auf den Regalen im Flur staubten Nippesfiguren und Reiseandenken vor sich hin und machten die Enge der Wohnung noch bedrückender. Das abgestoßene Wohnzimmersofa, auf dem ihre Mutter immer schlief, war bereits ausgeklappt. In der Spüle stapelte sich der Abwasch, die Wachstuchdecke des Küchentischs war schmutzig.

»Na?«, fragte Mark. »Hat der Arsch dich rausgeschmissen?«

»Nein. Ich bin gegangen.« Sie quetschte sich mit Marvin auf dem Arm an Mark vorbei, der keinerlei Anstalten machte, ihr zu helfen.

»Das hätte ich an deiner Stelle schon viel früher gemacht«, sagte er und folgte ihr in sein Zimmer, eine kleine, schwarz gestrichene Kammer, an deren Wänden Poster von Bands hingen, die Jessie noch nicht einmal dem Namen nach kannte: *Fear Rains Down*, *Brainwash* oder *Race Riot* waren die großen Helden ihres Bruders, der sich erst vor einer Woche ein Spinnennetz auf den rechten Ellenbogen hatte tätowieren lassen, was zu einem heftigen Streit mit seiner Mutter geführt hatte. Ansonsten war das Zimmer bis auf einen Schreibtisch mit Rechner und einen Kleiderschrank so gut wie leer.

»Dein Patrick ist ein verantwortungsloser Wichser. Wusstest du, dass er mit seinen Kanakenfreunden herumdealt?«, sagte Mark. »Im Ernst, der schreckt noch nicht mal davor zurück, den Leuten schmutziges Crystal anzudrehen!«

Jessie hörte ihrem Bruder nicht zu, sondern legte Marvin auf das ungemachte Bett.

»He! Was soll das?«, rief Mark. »Willst du hier etwa wieder einziehen?«

»Nur, bis ich was Eigenes gefunden habe«, flüsterte Jessie. »Und jetzt hör auf, so herumzuschreien. Du weckst den Kleinen noch.«

»Das ist mein Bett!«

Sie schob Mark aus seinem Zimmer. »Stell dich nicht so an! Keiner nimmt es dir weg. Ist noch was zu essen da? Ich sterbe vor Hunger.«

»Nur noch eine Büchse Ravioli«, sagte Mark.

»Das ist mir egal.«

Sie nahm einen Löffel aus der Küchenschublade und stellte sich mit ihrem Essen ans Fenster. Draußen war alles ruhig, aber das hatte nichts zu bedeuten. Patrick würde kommen, das war so sicher wie das Amen in der Kirche.

*K*atharina hatte die Intensivstation gerade erreicht, als Beinlich, Anwari und einige andere Ärzte ihre sterile Kleidung in einen Korb warfen. Die Stimmung war alles andere als gut. Anwaris Gesicht war fahl. Er wirkte müde und erschöpft, während Beinlich seine Wut nur mühsam bezähmen konnte.

»Was ist passiert?«, fragte sie, ahnte die Antwort aber schon.

»Drei sind uns aufgeamselt«, sagte Merdinger und fuhr sich mit der Hand über das Gesicht.

»Oh, Scheiße«, sagte Katharina.

»Ja. Scheiße.« Beinlich trat voller Wut gegen einen Mülleimer. »Die verdammten Notstromaggregate hätten anspringen müssen! Die sind doch gewartet, oder?«

»Ja«, sagte Katharina.

»Von diesem Endenich, nicht wahr?«

»Nein, von einer externen Firma«, sagte Katharina. »Wir mussten sparen.«

Anwari lachte bitter.

»Lassen Sie uns doch an Ihrer Heiterkeit teilnehmen, Doktor Anwari«, fuhr ihn Beinlich wütend an.

»Das ist doch genau das, wovon ich immerzu rede! Weidenfeld ist ein echtes Sparschwein. Es war nur eine Frage der Zeit, bis so etwas passiert.«

Beinlich explodierte. »Sie wissen alles besser, was?

Haben Sie eine Ahnung, wie dieser Scheißladen hier funktioniert? Was ich alles tun muss, damit hier nicht die Lichter ausgehen?«

»Das ist doch gerade passiert, schon bemerkt?«, sagte Anwari. »Und wissen Sie was? Ich habe diese Woche einen neuen Vertrag in Gießen unterschrieben. Im Oktober bin ich hier weg. Den Schwachsinn tue ich mir nicht mehr an.«

Beinlich trat einen Schritt auf Anwari zu. »Soll ich Ihnen mal ein Geheimnis verraten? Ich mag Sie. Wirklich. Auch wenn es anders aussehen mag. Sie sind neben Frau Debus der Einzige, der die Nüsse in der Hose hat, eine eigene Meinung zu vertreten.«

Anwari schaute Katharina irritiert an.

»Oh, ja. Im Gegensatz zu Ihnen macht Ihre Kollegin das mit mir unter vier Augen aus und hängt das nicht an die große Glocke«, sagte Beinlich. »Aber jeder hat da so seinen eigenen Stil. Jedenfalls hat mir das, was sie vorhin bei der Besprechung abgezogen haben, imponiert. Und jetzt erfahre ich, dass Sie das nur gemacht haben, weil Sie ohnehin einen neuen Job haben.« Er verzog das Gesicht. »Das ist schäbig.«

Anwari kaute auf seiner Unterlippe, als wollte er noch etwas sagen, entschied sich dann aber doch anders und ging.

»Armer Kerl«, sagte Beinlich. »Glaubt tatsächlich, ich hätte das nicht gewusst. Dabei hat mich sein neuer Chef angerufen, als er die Bewerbung auf dem Tisch hatte. Anwari wird sich wundern, wenn er glaubt, dass das Gras woanders grüner ist.«

»Ich muss mal für eine Stunde verschwinden«, sagte Katharina.

»Ihre Mutter?«

Katharina nickte. »Ja.«

»Wie geht es ihr?«

»Die Hitze macht ihr zu schaffen. Eigentlich müsste sie schlafen, aber ich weiß nicht, wie sie reagiert, wenn sie aufwacht und merkt, dass der Strom weg ist.«

»In der Notaufnahme wird gleich der Teufel los sein.«

»Ich weiß.«

»Okay. Aber beeilen Sie sich!«

»Danke«, sagte sie und lief los.

Schon während ihres Studiums hatte Katharina feststellen müssen, dass es zwei Sorten von Menschen gab: Idealisten und diejenigen, die von den Idealisten profitierten. Besonders das Krankenhaus war ein Biotop, in dem man sehr häufig die letztere Gattung antraf. Dieses ganze System wechselseitiger Abhängigkeiten glich einem Schwarzen Loch. Hatte man einmal den Ereignishorizont überschritten, hielt es einen gefangen. Man musste aufpassen. Katharina hatte die Erfahrung machen müssen, dass der Narzissmus ein Berührungsgift war. Es konnte selbst diejenigen durchdringen, die sich immun dagegen wähnten.

Nachdem Katharina Debus ihre Kindheit und Jugend in einem südwestfälischen Dorf verbracht hatte, war es für sie ein regelrechter Kulturschock gewesen, als sie 1980 nach Köln ging, um zu studieren. Sie hatte ihrem Vater, einem protestantischen Pfarrer und überzeugten Choleriker, das Versprechen geben müssen, nicht alleine zu wohnen. Er hätte es ihr kaum verbieten können, doch sie tat ihm den Gefallen.

Das evangelische Studentenwohnheim in der Bachemer Straße erwies sich als gemütliches Biotop, in dem die unterschiedlichsten Menschen für eine überschaubare Zeit eine Heimstatt fanden, auch wenn Gott nicht gerade im Mittelpunkt der kleinen Gemeinschaft stand. Eigentlich hatte Katharina nur die eigene Großfamilie gegen eine noch größere Familie getauscht.

Es waren die Jahre, in denen man anfing, Körner zu fressen, dem Wettrüsten die Stirn bot und nächtelang in der Gemeinschaftsküche darüber diskutierte, ob Ma Anand Sheela eine Vorkämpferin des Matriarchats war oder einfach nur einen Knall hatte.

Katharina nahm an diesen Diskursen nur als Zuhörerin teil, weil sie selten genau wusste, worum es eigentlich ging. Natürlich hatte sie nicht am Ende der Welt gelebt, aber im Haus ihrer Eltern hatte kein Fernseher gestanden, weil der Empfang einfach zu schlecht war. Katharina war fußballverrückt, auch heute noch ging sie manchmal mit Basim zu einem Spiel der Eintracht. Wenn sie und ihre Brüder am Samstag die Sportschau sehen wollten, mussten sie zu einem Nachbarn gehen, der am anderen Ende der lang gezogenen Dorfstraße wohnte. Auch das Radio kam aus diesem Grund nur als eingeschränkte Informationsquelle infrage. Wenn Familie Debus erfahren wollte, was jenseits des Rothaarsteiges vor sich ging, las sie zu den einschlägigen lokalen Blättern eine überregionale Zeitung. Jedenfalls erkannte Katharina irgendwann, dass die Welt nur aus der Dirlendorfer Perspektive überschaubar war.

Ihre Eltern bezahlten die Ausbildung, wie sie auch die der Brüder finanziert hatten. Also hatte Katharina ihr Studium zügig beendet und mit einer Promotion abgeschlossen, die ihre Eltern hoffen ließ, dass sie zurück ins Siegerland kehrte und eine eigene Praxis eröffnete. Am besten nicht weit von Dirlendorf entfernt. Doch dann war es – natürlich – anders gekommen.

Heinz-Georg Debus wäre am liebsten mit der Bibel in der Hand während eines Gottesdienstes gestorben. Doch der Tod hatte ihn ganz unspektakulär im Schlaf ereilt, und er war noch nicht einmal an einem Sonntag gekommen.

Zur Beerdigung waren sie alle erschienen. Der Schützenverein, die Freiwillige Feuerwehr, die Turnerschaft und der Männergesangsverein standen bei strahlendstem Sonnenschein Schlange, um in aufrichtiger Trauer Abschied von einem Mann zu nehmen, der im Mittelpunkt ihrer Gemeinschaft gestanden hatte. Jedem Einzelnen musste Katharina die Hand drücken. Anfangs zählte sie noch mit, aber als nach einer halben Stunde noch nicht einmal die Hälfte ihr Schäufelchen Sand in die offene Grube geworfen hatte, gab sie es auf. Die meisten Trauergäste kannte sie ohnehin nicht. Viele von ihnen hatten ihr eigenes Ende vor Augen, so alt und zerbrechlich wirkten sie, als sie sich mit ihren altersfleckigen Händen die Tränen aus dem Gesicht wischten.

Katharina blieb während des ganzen Tages von dem Zeremoniell unberührt und die Blicke, die sie mit ihren Brüdern tauschte, sagten ihr, dass es ihnen ähnlich ging. Einzig ihre Mutter schien in einem Ozean aus Tränen zu schwimmen.

Sie weinte, als man sich im Dorfkrug zum Leichenschmaus zusammenfand. Sie weinte, als sie die letzten Gäste verabschiedete. Sie weinte, als man nach Hause fuhr, und sie weinte noch mehr, als sie alleine in dem nun viel zu großen Ehebett lag. Drei Tage und ebenso viele Nächte weinte Helene Debus, geborene Reitermann, dann kehrte Stille in das Haus ein, so als wäre Heinz-Georg Debus ein zweites Mal und diesmal endgültig gestorben.

Katharinas Geschwister drängten auf eine baldige Abreise. Im Gegensatz zu ihr hatten sie eigene Familien gegründet und waren schon damals mit einem fast biblisch zu nennenden Kinderreichtum gesegnet worden.

Katharina runzelte bei der Erinnerung an jene Tage die Stirn und umklammerte das Lenkrad ihres Twingo fester. Der Schweiß prickelte auf der Kopfhaut und lief ihr in dünnen Rinnsalen den Hals und die Brust hinunter. Sie konnte sich noch genau daran erinnern, wie sie an dem Sonntag nach der Beerdigung in der guten Stube beisammensaßen. Da hatte sie noch nichts von dem Verrat geahnt, den ihre Geschwister an ihr begehen sollten. Die alte Standuhr, die seit vier Generationen im Besitz der Familie war, hatte so aufdringlich getickt, dass Katharina unruhig geworden war. Schließlich brach ihr ältester Bruder das Schweigen. Da Katharina die Einzige in der Familie sei, die weder Mann noch Kinder habe, läge es an ihr, sich um die Mutter zu kümmern. Katharina war sprachlos.

Bevor sie etwas erwidern konnte, meldete sich Helene Debus zu Wort. Es war das erste Mal seit dem Tod ihres Mannes und es klang, als spräche eine Fremde zu ihr.

Nachdem sie vierzig Jahre in der Diaspora verbracht habe, so begann sie, wolle sie zurück in ihre Geburtsstadt Frankfurt. Nichts halte sie mehr hier. Die Freunde der Familie seien immer nur Freunde ihres Mannes gewesen, nicht ihre. Sie habe weiß Gott ihre Pflicht erfüllt und zu ihm gestanden, in guten wie in schlechten Tagen, bis dass der Tod sie nun geschieden habe. Die Kinder seien aus dem Haus und bräuchten sie nicht mehr. Es sei also Zeit, das eigene Leben neu zu überdenken.

Und Katharina hatte sie in diesem neuen Leben eine wichtige Rolle zugedacht, das hatte man an diesem Tag über ihren Kopf hinweg beschlossen.

Katharina erinnerte sich noch an die hilflose Wut, die sie damals verspürt hatte, aber in dieser Familie war Widerstand schon immer zwecklos gewesen.

In den folgenden Tagen veranlasste Helene Debus alles Erforderliche, um das Haus zu verkaufen. Es gab einen Interessenten aus der Gemeinde, der den geforderten Preis allerdings weit unterbot. Dennoch sagte Katharinas Mutter zu. Sie hatte in der Kleinen Seestraße in Frankfurt eine Eigentumswohnung gefunden, die ihren Bedürfnissen und ihren Möglichkeiten entsprach. Und sie war entschlossener denn je, so schnell wie möglich alle Brücken abzubrechen.

Für eine Familie, die väterlicherseits schon immer in diesem Dorf gelebt hatte, vollzog sich der Umzug ziemlich geräuschlos. Es gab kein Abschiedsfest, was mit der Trauerzeit erklärt wurde. Aber dass Helene Debus niemanden im Ort von ihrer Entscheidung unterrichtete, sondern die Neuigkeit durch die Tochter verbreiten ließ, sorgte allenthalben für Unverständnis. Nachbarschaftshilfe wurde in Dirlendorf groß geschrieben, man hielt zusammen. Doch als an einem Freitag der Lastwagen der Spedition vor der Tür stand, beluden ihn die Kinder alleine. Katharinas Mutter nahm nur so viel mit, wie in die kleine Wohnung passte. Der Rest wanderte ungeachtet seines Wertes in einen Müllcontainer, darunter auch Katharinas

Kleiderschrank, der von ihren Brüdern mit Stickern der Fußball-Weltmeisterschaft 1974 beklebt worden war. Wiedersehen Franz Beckenbauer, bye-bye Berti Vogts, tschüss Georg Schwarzenbeck. Der vollgekritzelte Schreibtisch, an dem sie sich durch ihre Hausaufgaben gequält hatte, wurde ebenso zerschlagen wie das Bett. Katharina fühlte sich auf einmal wie ein Baum, dessen Wurzeln Stück für Stück aus dem Erdreich gerissen wurden. Ihr war zum Heulen zumute, doch sie beherrschte sich. Heute bereute sie das, denn hätte sie damals gewusst, dass dieses Gefühl des Abschiednehmens sie den Rest ihres Lebens begleiten würde, hätte sie vielleicht doch geweint.

Katharina wischte sich mit dem Handrücken die Nase ab und stellte das Radio ein. Der Empfang war so schlecht, als hätte man ihr die Autoantenne geklaut. Nach langem Suchen fand sie schließlich einen halbwegs sauberen Sender.

Offenbar beschränkte sich der Blackout nicht auf Frankfurt oder das Rhein-Main-Gebiet. Ganz Deutschland und Teile der Nachbarländer waren ohne Strom. Während viele Menschen vor ihren Häusern saßen und bei Kerzenschein Wein tranken, spielten sich anderswo Dramen ab. Stecken gebliebene Aufzüge waren noch relativ harmlose Vorkommnisse. Im Moment kämpfte man damit, alle Flugzeuge, die sich noch in der Luft befanden, ohne Schaden herunterzuholen. Viele Maschinen wurden auf andere Airports umgelenkt. Diejenigen, bei denen der Treibstoff nicht mehr reichte, steuerten ihr ursprünglich vorgesehenes Reiseziel in der Hoffnung an, dass die unterbrechungsfreie Stromversorgung dort funktionierte. Den Berichten nach war Frankfurt da mit seinen fünfzig Notstromdieselanlagen und vierhundert USV-Batterien ziemlich gut aufgestellt. Die Fraport berichtete, dass bis jetzt alle Anlagen einwandfrei funktionierten.

Anders sah es im Nahverkehr aus, der vollkommen zusammengebrochen war. S-Bahnen und Züge hatten auf offener Strecke halten müssen. Die Passagiere warteten nun auf Busse, fuhren per Anhalter oder machten sich zu Fuß auf den Heimweg. Die Möglichkeit hatten die Fahrgäste der U-Bahn nicht, dachte Katharina, als sie an der Station Bockenheimer Warte vorbeifuhr, wo sich eine Menschenmenge versammelt hatte. Sie vermied es, durch die Leipziger Straße zu fahren, denn das war eine Einbahnstraße, die vermutlich verstopft war. Also fuhr sie über die Adalbertstraße und die Schlossstraße weiter bis zur Kaufunger Straße, in die sie rechts einbog. Sie hatte Glück, dass sie vor dem Haus ihrer Mutter einen freien Parkplatz fand.

Als sie die Wohnung aufschloss, rümpfte sie die Nase. Es roch nach vergorener Milch und abgestandenem Urin. Man hatte bei Helene Debus vor einem Jahr eine beginnende Altersdemenz festgestellt, die aber bisher mild verlief. Katharinas Mutter zog sich noch alleine an, fand beim Einkaufen den Heimweg und konnte sich auch sonst noch ganz gut orientieren. Manchmal warf sie zwar Namen durcheinander oder stellte den Zucker in den Kleiderschrank, aber das waren bisher die einzigen Ausfälle gewesen. Dennoch machte Katharina sich nichts vor. Bald würde die Haushaltshilfe, die dreimal die Woche kam, nicht mehr ausreichen. Der Geruch, der jetzt in der Luft hing, war mehr als nur ein deutliches Anzeichen dafür.

Die Hitze machte Katharinas Mutter enorm zu schaffen. Sie trank zu wenig und achtete neuerdings nicht mehr auf die Körperhygiene. Katharina hatte sich über Pflegeheime informiert und war dabei auf die Budge-Stiftung in Seckbach gestoßen. Beim Blick auf die Preisliste hatte sie zwar schlucken müssen, aber das Angebot war überzeugend gewesen. Ihre Mutter war nicht unbedingt arm. Nachdem sie das Haus in Dirlendorf verkauft und die kleine Wohnung in Frankfurt erworben hatte, war noch immer eine nette kleine Summe übrig geblieben. Was dann noch fehlen mochte, würde Katharina im Zweifelsfalle auch alleine aufbringen. Sie hatte keine Lust, sich mit ihren Brüdern darüber zu streiten.

Die Einzige, die sich gegen diesen Plan wehrte, war Helene Debus, die ihre Selbstständigkeit nicht aufgeben wollte. Jedes Mal, wenn Katharina das Thema Pflegeheim anschnitt, wurde ihre Mutter wütend und beschimpfte sie als undankbar. Das war der Knopf, den sie immer sehr erfolgreich drückte, wenn sie ein schlechtes Gewissen hervorrufen wollte.

»Mutter?«, rief Katharina. »Wo bist du?« Sie tastete sich in die Küche, holte aus dem Schrank eine Taschenlampe und schaltete sie ein.

Das Schlafzimmer war leer, das Bett zerwühlt. Kleidung war achtlos auf den Boden geworfen worden. Mit spitzen Fingern hob Katharina eine schmutzige Unterhose hoch. Sie ließ das Licht über das eingekotete Bettlaken wandern.

»Mutter!«, rief Katharine wütend und ließ die Unterhose wieder fallen. »Antworte mir endlich!«

Alles blieb still. Jetzt bekam sie es doch mit der Angst zu tun. Sie ging ins Wohnzimmer und atmete erleichtert aus, als sie eine Gestalt im Nachthemd am Fenster stehen sah.

»Da bist du ja, Mama.«

Helene Debus war mit ihren fünfundsiebzig Jahren eine recht kräftige Frau, die sich noch immer kerzengerade hielt. Wer sie nicht kannte, schätzte sie in der Regel auf Mitte sechzig, doch mit ihren wirren Haaren war sie jetzt nur noch eine verstörte alte Frau, die die Welt nicht mehr verstand.

»Machst du wohl das Licht aus!«, zischte Helene sie an.

»Warum?«, fragte Katharina, senkte aber dennoch die Taschenlampe.

»Wir haben Verdunkelung! Hast du nicht die Sirenen gehört?«

Es war, als ob eine kalte Hand nach Katharinas Herz griffe.

»Das war die Feuerwehr. Es hat einen Stromausfall gegeben«, versuchte sie ruhig zu erklären, obwohl ihr die Panik den Rücken hinaufkroch.

Helene Debus sprang zurück und ergriff ängstlich die Hand ihrer Tochter. »Komm schnell, Klärchen. Wir müssen in den Luftschutzkeller!«

Klärchen war Helenes kleine Schwester, die in der Bombennacht vom 22. März 1944 gestorben war. »Ich bin nicht Klärchen. Ich bin Katharina.«

Helene Debus runzelte die Stirn. »Katharina? Welche Katharina?«

»Deine Tochter.« Der Knoten in ihrem Magen verwandelte sich in Eis. Ihre Mutter war nun wirklich nicht mehr bei Sinnen!

»Red keinen Unfug! Ich habe keine Tochter!«, sagte Helene Debus empört.

Katharina Debus richtete die Taschenlampe auf ihr Gesicht. Helene Debus blinzelte mit den Augen. »Was willst du von mir? Verlass meine Wohnung!«

»Mama! Bitte!«, rief Katharina hilflos.

Jetzt wurde ihre Mutter richtig wütend. »Und nenn mich nicht Mama!« Sie gab ihrer Tochter einen harten Stoß. Katharina stolperte, fing sich aber im letzten Moment. Doch das hielt die alte Frau nicht davon ab, schrill kreischend um sich zu schlagen.

»Hör auf …« Katharina riss die Arme hoch. Ihre Mutter kam jetzt so richtig in Fahrt. Blanker Hass verzerrte ihr Gesicht zu einer Fratze.

»Hör auf!«

Helene Debus hatte sich in eine zähnefletschende, nach Kot riechende Furie verwandelt. Sie trat, riss an Katharinas Haaren und spuckte sie an.

»HÖR AUF!«

Katharina musste sich wehren! Das war nicht mehr ihre Mutter! Sie hob die Taschenlampe und wollte zuschlagen, als eine Hand sie am Arm festhielt.

»Tun Sie das nicht!«, rief eine Stimme hinter ihr. Katharina schrie erschrocken auf und drehte sich um. Im Schein der Lampe sah sie eine Frau von vielleicht vierzig Jahren, ein wenig rund und sehr verschwitzt, als hätte sie in der nächtlichen Hitze Sport getrieben. Es dauerte einen Moment, bis sie erkannte, wer ihr da in den Arm gefallen war. Es war Doris Biehler, die Haushaltshilfe, die Katharina für ihre Mutter engagiert hatte.

Helene Debus atmete noch immer schwer. Die Wut in

ihren Augen hatte sich in angstvolles Erkennen verwandelt. Doris Biehler nahm die alte Dame in den Arm und strich ihr beruhigend über den Rücken. »Schsch ... Alles wird gut.«

Es war unglaublich! Katharinas Mutter hatte es nie leiden können, wenn man sie anfasste. Die Zärtlichkeit, die sie früher ihrer Tochter hatte zukommen lassen, war manchmal ein Händedruck, höchstens ein flüchtiger Kuss auf die Wange gewesen. Nun aber ließ sich die Pfarrerswitwe von einer Frau trösten, die sich um ihren Haushalt kümmerte. Und diese körperliche Zuwendung schien tatsächlich zu wirken! Helene Debus löste sich aus der Umarmung und schlug entsetzt die Hand vor den Mund.

»O Gott. Ich ... Entschuldige, Katharina. Bitte. Aber ich habe dich nicht erkannt.« Sie ließ sich in den Sessel fallen, über den Katharina beinahe gestolpert war, und brach in Tränen aus.

»Wo kommen Sie denn so plötzlich her?«, fragte Katharina ehrlich erstaunt.

»Als das Licht ausging und es auch nach einer halben Stunde nicht wieder da war, habe ich mir um die alte Dame Sorgen gemacht.«

Katharina atmete tief durch. Sie ging in die Hocke und strich ihrer Mutter über den Arm. »Danke. Ich weiß nicht, was ich ohne Sie machen würde.«

»Ist schon in Ordnung.«

»Nein, wirklich.« Katharina blickte auf. »Wenn Sie nicht regelmäßig nach dem Rechten schauen würden, hätte ich ein Riesenproblem.«

»Das haben Sie ohnehin. Ihre Mutter hat in den letzten Tagen ganz schön abgebaut.« Doris Biehler öffnete eine Flasche Wasser, die auf dem Wohnzimmertisch stand, und füllte ein Glas. Helene Debus nahm einen winzigen Schluck.

»Mutter, du musst mehr trinken!«

Die Antwort war ein mürrisches Gesicht und ein weiterer Schluck.

»Das reicht jetzt aber«, sagte die alte Frau und stellte das halb volle Glas zurück auf den Tisch.

»Nein, das reicht nicht! Deswegen bist du auch so durcheinander! Du trinkst zu wenig!« Katharina hielt ihr das Glas wieder hin, aber ihre Mutter schob es brüsk fort. Wasser tropfte auf ihr Nachthemd.

»Jetzt schau, was du da gemacht hast! Dummes Kind.« In ihren Augen flackerte der Zorn wieder auf.

»So schlimm war es noch nie«, sagte Katharina entsetzt.

»Die alte Dame kann nicht mehr alleine leben«, meinte Doris Biehler.

»Aber was soll ich denn machen?«, sagte Katharina verzweifelt. »Ich kann nicht hierbleiben.«

»Ich auch nicht.« Die Haushaltshilfe schaute auf die Uhr. »Ich muss nach Hause, sonst stellt mir mein Sohn noch die ganze Wohnung auf den Kopf.«

Katharina war entsetzt. »Sie können mich doch jetzt nicht hier alleine lassen! Ich muss wieder zurück ins Krankenhaus!«

»Seien Sie mir nicht böse, aber das ist nicht mein Problem.«

Sie wollte gehen, aber Katharina hielt sie fest. »Bitte! Tun Sie mir das jetzt nicht an! Ich muss die ganze Nacht arbeiten!«

»Und dann? Glauben Sie, Sie finden von heute auf morgen einen Heimplatz für sie?«

»Von wem redet ihr?«, schaltete sich Helene Debus jetzt ein.

Doris Biehler schüttelte energisch den Kopf. »Ich arbeite gerne für Sie und ihre Mutter ist eigentlich eine nette Frau. Aber ich nehme sie nicht mit zu mir nach Hause.«

»Ihr redet doch über mich, nicht wahr?«, sagte Helene Debus.

Katharina wandte sich wieder an ihre Mutter. »Du kannst nicht mehr alleine bleiben, darum geht es.«

»Und warum, junge Dame?«, kam die schnippische Antwort.

»Weil du dement bist!«, schrie Katharina sie an. »Du kannst dich nicht mehr alleine versorgen! Die Wohnung verwahrlost immer mehr! Du riechst wie ein vergammelter Bückling! Und du trinkst bei dieser Hitze verdammt noch mal zu wenig!«

Katharina machte sich auf einen Ausbruch fassungsloser Entrüstung gefasst, doch stattdessen verlor der Blick, dem sie standhalten wollte, den Fokus.

»Und wann kommt Papa?«, fragte Helene Debus ängstlich und mit hoher Stimme.

Katharina ließ resigniert die Schultern hängen und rieb sich die Augen. Sie hatte zwölf Stunden Dienst hinter sich, der Strom war ausgefallen und im Krankenhaus war inzwischen bestimmt der Teufel los. Sie konnte nicht mehr. Sie war am Ende.

»Bitte«, sagte sie noch einmal zu Doris Biehler. »Ich brauche Ihre Hilfe. Und Sie werden es auch nicht umsonst tun müssen. Was zahle ich Ihnen jetzt?«

»Zwölf Euro die Stunde«, sagte Doris Biehler vorsichtig.

»Ich erhöhe auf fünfundzwanzig. Wenn Sie möchten, kann ich Sie auch pauschal bezahlen.«

»Bar auf die Hand?«

»Bar. Mit Rechnung. Versichert. Angemeldet. Wie sie wollen«, sagte Katharina erschöpft. »Aber sie müssen noch heute Nacht beginnen.«

»Gut.«

Katharina atmete erleichtert aus. »Danke.«

»Wann werden Sie wiederkommen?«, fragte Doris Biehler. »Ich meine, wann haben Sie Ihr Schichtende, oder wie man das bei Ihnen nennt?«

»Das kann ich Ihnen beim besten Willen nicht sagen. Wahrscheinlich bricht unsere Notaufnahme in diesem Moment zusammen. Ich kann froh sein, wenn ich in den nächsten achtundvierzig Stunden sechs Stunden Schlaf finde.«

»Dann müsste ich kurz nach Hause, um eine Tasche zu packen.«

»Wie lange wird das dauern?«

Doris Biehler zuckte mit den Schultern. »Ich bin mit dem Fahrrad unterwegs. Eine Stunde, anderthalb.«

»So lange werde ich hier warten«, sagte Katharina. Sie brachte die Frau an die Tür und verabschiedete sie. Ihre Mutter saß derweil friedlich in ihrem Sessel und summte vor sich hin. Katharina zog ihr Handy aus der Hosentasche. Beinlich wird mich umbringen, dachte sie, als sie seine Nummer wählte. Doch der Anschluss war besetzt, also schickte sie ihm eine SMS. Dann machte sie sich daran, das vollgeschissene Bett neu zu beziehen und ihre Mutter wenigstens notdürftig zu waschen.

»Komm, wir gehen schlafen«, sagte sie zu der alten Frau.

Helene Debus schaute sie ängstlich an. »Wo ist Papa?«

»Der kommt heute später nach Hause. Er muss noch arbeiten.«

»Aber ... wer bist du?«

Katharina lächelte. »Ich bin deine Mutter und bring dich jetzt ins Bett. Und wenn du brav bist, singe ich dir noch etwas vor.«

Helene Debus strahlte über das ganze Gesicht. »Das wäre schön.«

»Dann komm«, sagte Katharina und reichte ihr die Hand.

Welch verkehrte Welt, dachte sie, als sie gemeinsam in dem viel zu schmalen Bett lagen. Das Kind wird zur Mutter, und die Mutter zum Kind. So sang Katharina »Der Mond ist aufgegangen«. Und als sie bei der sechsten Strophe war, musste sie weinen.

Wollst endlich sonder Grämen
Aus dieser Welt uns nehmen
Durch einen sanften Tod!
Und, wenn du uns genommen,
Lass uns in Himmel kommen,
Du unser Herr und unser Gott!

Aber da schlief Helene Debus schon.

Das Wasser, das aus der Leitung kam, war wegen der Hitzewelle schon lange nicht mehr richtig kalt, und so war es nicht weiter tragisch, dass mit dem Stromausfall auch der Gasbrenner für das Heißwasser ausgefallen war. Hellmann schob die Tür der Duschkabine auf und trat auf die Badematte, um keine Pfützen zu hinterlassen. Mit einem Handtuch fuhr er sich durchs Haar, aber ansonsten trocknete er sich nicht ab. Er betrachtete sich bei Kerzenschein im Spiegel und schaltete das kleine batteriebetriebene Radio an, das auf der Waschmaschine stand.

»... neuesten Erkenntnissen zufolge hat der niedrige Pegel der Flüsse dazu geführt, dass die Kraftwerke nicht mit genügend Kühlwasser versorgt werden konnten. Henning Mauritz in Berlin. Wie ist die Lage?«

Ein zweiter Sprecher meldete sich, den Störgeräuschen nach zu urteilen, vor Ort. »Die Situation scheint dramatischer zu sein, als sie sich im Moment darstellt. Unzählige Menschen sitzen in Fahrstühlen und U-Bahnen fest. In einigen Tiefgaragen spielten sich grauenvolle Szenen ab, als trotz der Warnung der Betreiber etliche Besitzer ihre Autos herausfahren wollten, obwohl die Abgasentlüftung nicht mehr funktioniert.«

Hellmann hatte eingehend seinen Wangenknochen betastet – da, wo er von dem Kerl getroffen worden war. Er schien Glück zu haben, jedenfalls würde er keinen blauen Fleck davontragen.

»Alleine hier in Biesdorf, einem Ort im Osten Berlins, sind 400 Menschen in ihren Autos erstickt«, fuhr die Stimme fort. »Krankenhäuser stellen sich auf eine hektische Nacht ein.« Hellmann stellte das Radio aus und löschte die Kerze. Dann ging er hinauf ins Wohnzimmer.

Claudia stand am Fenster und schaute hinaus in die Nacht. Ihre Gestalt war nur eine dunkle Silhouette. Hellmann stellte sich hinter sie, zögernd berührte er sie an den Schultern. Er spürte, wie sie sich unter seiner Berührung versteifte.

»Nicht«, sagte sie.

»Es tut mir leid wegen heute Abend. Ich möchte mich bei dir dafür entschuldigen.«

Sie antwortete zunächst nicht. Dann drehte sie sich zu ihm um. »Erst fragst du mich, ob ich die Scheidung will, und dann willst du mit mir schlafen?«, fragte sie kühl.

»Ich sagte doch bereits, dass ich mich dafür entschuldigen möchte.«

»So einfach geht das nicht. Auf diese Art der Aussöhnung kann ich gut und gerne verzichten.«

Harald Hellman seufzte resigniert und ließ die Hände sinken. »Hab ich was an mir?«

»Ich bin müde«, sagte Claudia.

»Du bist immer müde, wenn ich etwas von dir will. Wann haben wir das letzte Mal miteinander geschlafen?« Sie wollte an ihm vorbei, doch Hellmann hielt sie fest. »Ich habe auch Bedürfnisse, weißt du?«

»Dann frag doch eine deiner Abiturientinnen, vielleicht

machen die ja für dich die Beine breit. Ist noch nicht mal teuer, kostet dich nur eine gute Note.«

Hellmann erstarrte. Woher wusste sie das?

»Du bist so scheißfrigide, weißt du das? Außer deinem Yoga und deinem Rohkost-Körnerfraß hast du nichts im Kopf!« Die Wut senkte sich wie ein roter Vorhang vor seine Augen. Er wusste, das war ein Alarmzeichen. Doch heute war ihm das egal.

»Ich lasse mich wenigstens nicht so gehen wie du«, sagte Claudia ganz ruhig. Ihre Frisur saß noch immer perfekt.

»Ich und mich gehen lassen? Du weißt doch gar nicht, was es heißt, Spaß zu haben!«

»Dieses Gespräch haben wir schon heute Abend geführt. Außerdem schreist du mich an. Wenn du gelernt hast, vernünftig mit mir zu reden, können wir uns gerne noch einmal unterhalten.« Sie schob sich an ihm vorbei. »Ich schlage vor, dass du heute Nacht auf der Couch schläfst.«

»Ich lasse mich von dir nicht erziehen!«, schrie Hellmann seine Frau an. Ihm war es egal, ob die Jungs ihn hörten. Ihm war es egal, was die Nachbarn dachten. Und ihm war es egal, ob er gleich komplett die Kontrolle über sich verlor. »So kannst du mit den Kindern umspringen, aber nicht mit mir!«

Dann schlug er zu, packte sie und warf sie auf das Sofa, um sich zu holen, was ihm zustand.

Patrick wusste, dass Jessie auf die Schnelle nur bei ihrer Mutter ein Bett für die Nacht finden konnte. Freunde hatte sie schon lange keine mehr. Wer mit siebzehn sein erstes Kind bekam, der ging abends nicht mehr aus, sondern war froh, beizeiten im Bett zu liegen. Er kannte sich da aus.

Patrick war kein Loser wie Slobo und Tayfun, die noch nicht einmal einen Hauptschulabschluss in der Tasche hatten. Im Gegensatz zu ihnen hatte er es bis zum Dachdecker gebracht. Ein echter Knochenjob, im wahrsten Sinne des Wortes. Aber einer mit Perspektive. Patrick hatte vorgehabt, nach dem Ende der Lehre noch die Fachschule zu besuchen, um später im Denkmalschutz zu arbeiten. Aber dann war er im dritten Ausbildungsjahr vom Gerüst gestürzt und hatte sich beide Beine gebrochen. Vor drei Jahren war das gewesen. Vier Wochen hatte er im Krankenhaus gelegen und sich dort ein Zimmer mit Jessies Bruder geteilt, dem sein Motorrad auf den Fuß gefallen war. So hatte er sie kennengelernt.

Jeden Tag hatte sie Mark besucht, und als man ihn entlassen hatte, machte sie ihn zum Objekt ihrer Fürsorge. Und das, obwohl der Bruder und er sich nicht ausstehen konnten. Irgendwie war Jessie eine Seelenverwandte gewesen. Unglaublich, wenn er jetzt darüber nachdachte! Aber er hatte ihre mütterliche Art gemocht, obwohl sie alles andere als eine Schönheit war, dazu war sie für seinen Geschmack an den falschen Stellen zu dick. Trotzdem war Patrick mit ihr, sozusagen als Dankeschön, ein paar Mal in die Kiste gehüpft. Drei Monate später war sie schwanger geworden. Da war wohl sein Samen auf fruchtbaren Boden gefallen, hatte sie gut gelaunt gesagt, während er kurz mit dem Gedanken gespielt hatte, sie an die frische Luft zu setzen. Auf diese ganze beschissene Familiennummer hatte er überhaupt keinen Bock gehabt. Andererseits war es auch angenehm, wenn drei Mal die Woche die Wäsche gewaschen wurde und jemand die Bude auf Vordermann brachte. Das passte in seine neue Lebensplanung. Irgendwann würde Patrick wieder arbeiten können, aber nach seinem Abflug vom Dach und den endlosen Monaten im Krankenhaus und in der Reha wollte er es im Leben ruhiger angehen lassen. Dennis, ein alter Kumpel von ihm, den alle nur Baumeister nannten, weil er irgendwann einmal die Schaufel geschwungen hatte, vertickte Speed. Er war in den Großhandel aufgestiegen und hatte einen Nachfolger gesucht, der für ihn die Straße belieferte. Patrick drehte damit nicht das große Rad, aber zum Leben sollte es reichen. Die Sache mit Jessie war ein Versuch gewesen, seinem Leben sozusagen eine neue Dimension zu verleihen. Eigentlich war er kein Typ, der es lange mit einer Frau aushielt. Und auch Jessie ging ihm ziemlich schnell mit ihrem Meckern und Nörgeln auf den Sack.

Dass sie es jetzt war, die Schluss gemacht hatte, stieß ihm sauer auf. Von ihm aus konnte sie tun und lassen, was sie wollte. Das ging ihm am Arsch vorbei. Aber das letzte Wort hatte, bitte schön, immer noch er.

Mittlerweile fuhren die Autos nur noch im Schritttempo. Irgendwo musste es einen Unfall gegeben haben. Er schaltete das Radio ein und suchte nach einem Sender, der nicht verrauscht war. Musik lief so gut wie keine. Der Stromausfall war auf allen Kanälen das beherrschende Thema.

Ob ein Ende des Blackouts abzusehen sei, fragte jetzt ein Moderator.

»Nein, im Gegenteil«, kam die Antwort. »Alle stellen sich darauf ein, dass der Strom auch noch die nächsten vierundzwanzig Stunden wegbleibt. Und das wird auch zu Problemen in der Telekommunikation führen. Schon jetzt funktionieren die Hälfte der Mobilfunk-Sendemasten nicht mehr. Auf dem Land ist die Zahl sogar noch höher. Da ist stellenweise das Netz zusammengebrochen.«

Patrick holte sein Handy aus der Hosentasche. Der Balken pendelte zwischen zwei und drei Strichen – mit eindeutiger Tendenz zum Schwächeren. Er fluchte.

»Wie sieht die Lage in den Nachbarländern aus?«

»Uns hat es am härtesten getroffen. In Frankreich oder Polen ist es nur in grenznahen Gebieten zu großflächigen Ausfällen gekommen. Aber das kann sich eventuell noch ändern. In Berlin spricht man davon, dass ein Krisenstab eingerichtet werden soll, um die Hilfen zu koordinieren. Keiner weiß jedoch, wie das funktionieren soll, wenn Telefon und Internet zusammenbrechen. Noch scheint die Situation beherrschbar zu sein, aber niemand kann sagen, wie es in vierundzwanzig Stunden aussieht.«

»Frankfurt als Bankenstandort dürfte von dieser Krise am heftigsten betroffen sein.«

»In der Tat. Die Finanzinstitute sind zwar wie der Flughafen Frankfurt besonders gesichert, aber es ist wohl nur eine Frage der Zeit, bis auch hier die ersten Server ausfallen.«

»Was wird dann geschehen?«

»Dann verlagern die Banken die Geschäfte ins Ausland, vor allen Dingen nach London. Die Finanzströme würde man um Deutschland herum leiten. Es ist ohnehin damit zu rechnen, dass die Börse den morgigen Handel aussetzt. Der volkswirtschaftliche Schaden ist auf jeden Fall schon jetzt enorm.«

»Besten Dank nach Berlin.«

»Bitte schön.«

»Schon seit einiger Zeit versuchen wir, einen Sprecher der Energiewirtschaft ...«

Patrick schaltete das Radio aus. Banken, Finanzkrisen und all dieser Scheiß interessierten ihn nicht. Er hupte den grünen Twingo vor ihm an, damit dieser ein Stück vorfuhr, und bog rechts ab. Vor dem Haus, in dem sich die Wohnung von Jessies Mutter befand, stellte er den Wagen ab. Die Scheinwerfer ließ er brennen.

Patrick hatte eigentlich damit gerechnet, die Haustür aufbrechen zu müssen. Im Kofferraum hatte er einen Werkzeugkasten. Aber die Tür war nicht ins Schloss gefallen. Vorsichtig drückte er sie auf. Der Geruch von Putzmitteln und alten Schuhen schlug ihm entgegen. Irgendwo kläffte ein kleiner Hund. Langsam ging er die Treppe hinauf in den dritten Stock und lauschte an der Wohnungstür. Ganz leise war Jessies Stimme zu hören.

Patrick ließ das Messer aufschnappen, das er in seiner Hosentasche bei sich trug, und bearbeitete das Schloss mit der Klinge. Jemand schien schon Vorarbeit geleistet zu haben. Wahrscheinlich hatten die Biehlers sich schon mal ausgesperrt. So ein Schlüsseldienst war teuer, vor allen Dingen, wenn man die Tür selber mit einem Schraubenzieher aufbrechen konnte. Jedenfalls fehlte am Rahmen ein ganzes Stück Holz. Es machte leise Klack und Patrick trat in den Flur.

Vorsichtig lehnte er die Tür wieder an. Überall brannten Kerzen. Gemütlich sah es aus, fast weihnachtlich. Jessie sang müde ein Gutenachtlied, aber Marvin schien sich davon nicht beruhigen zu lassen. Er heulte wie eine leiernde Sirene, der langsam der Saft ausging.

»Es ist ja gut, schsch. Ich weiß, es ist warm, aber Mama kann auch nichts dafür. Trink was, komm.«

Marvin hörte mit dem Weinen auf, verschluckte sich, hustete und jammerte weiter.

»So gibt das nichts«, fuhr ihn seine Mutter ungeduldig an. »Du musst dich hinsetzen.« Marvin quiekte auf.

»Verdammt, jetzt ist alles nass!«

Patrick blieb noch einen Moment lauschend stehen und spähte um die Ecke ins Wohnzimmer. Jessie war offenbar mit Marvin allein. Er musste grinsen und schlich weiter.

Leise stellte Patrick sich in den Türrahmen. Er liebte solche Auftritte. Mark hatte noch immer diese schwarze Folterhöhle. Gott, war dieser Kerl krank. Eine Taschenlampe stand auf dem Schreibtisch und strahlte die Decke an. Marvin lag auf dem Bett und strampelte wie verrückt. Jessie streichelte seinen Bauch, doch der kleine Kerl wehrte sich mit aller Kraft.

»Nun lass dir schon helfen!«

»Ganz die Mutter. Die kann auch nicht hören«, sagte Patrick.

Jessie wirbelte erschrocken herum. Sie brachte kein Wort heraus, nur der Junge schrie. Patrick strich sich mit der Hand am Hinterkopf über die Beule.

»Es wird Zeit, dass wir mal ein paar Takte reden.«

»Du kannst mich mal am Arsch lecken«, fuhr ihn Jessie an. »Mit dir bin ich durch.«

Patrick zuckte mit den Schultern. Sein Blick fiel auf das Messer, das er noch immer festhielt.

»Du bist verrückt«, flüsterte Jessie entsetzt.

»Du weißt, dass ich das nicht bin. Ich wollte mich nur bei dir bedanken. Dafür, dass du meine Konsole gefragged hast. Und dass du mir das Horn hier verpasst hast.« Patrick strich sich mit der Hand über den Hinterkopf.

»Du bist nur hierhergekommen, um mir zu beweisen, dass du der Stärkere bist?«, fragte Jessie ängstlich.

Er grinste. »Bin ich das etwa nicht?«

»Nein. Bist du nicht, Arschloch!«, rief Mark, der mit runtergelassener Hose aus dem Bad stürzte und Patrick mit einem Schlag niederstreckte. Das Messer fiel ihm aus der Hand. Patrick versuchte, es zu erreichen, schrie aber auf, als Mark ihm auf die Finger trat. Jessie wollte ihrem Bruder zu Hilfe eilen, hatte aber wegen der Gehirnerschütterung, die sie bei dem Unfall erlitten hatte, noch immer rasende Kopfschmerzen. Das und die Übelkeit machten sie langsam. Patrick stieß sie zurück, woraufhin sie mit dem Kopf gegen die Türkante schlug und benommen zu Boden ging. Das Messer rutschte unter den Schrank. Mark war zwar kräftig, aber gegen den durchtrainierten Patrick hatte er auf lange Sicht keine Chance. Nach dem zweiten Schlag ging er zu Boden. Mit den Fäusten schlug ihm Patrick immer wieder voller Hass heftig ins Gesicht.

»Du dummes Nazischwein!«, schrie er. »Du willst dich mit mir anlegen? Du willst dich mit mir anlegen?«

Mark versuchte verzweifelt, die Schläge abzuwehren. Niemand hörte, wie die Wohnungstür von Jessies Mutter aufgerissen wurde. Sie brauchte nur einen Moment, um die Lage zu erfassen, und trat zu.

»Lass meinen Sohn in Ruhe!«, schrie sie.

Das Durcheinander war perfekt. Marvin schrie, Jessie stöhnte, Mark wimmerte. Und Patrick lachte wie von Sinnen. Die Tritte der Frau machten ihm nichts aus. Erst als sie an seinen Haaren riss, verspürte er endlich Schmerzen.

»Verschwinde von hier! Raus aus meiner Wohnung, oder ich rufe die Polizei.«

Patrick stand keuchend auf und grinste Doris Biehler schmierig an. Er spuckte aus und wischte sich den Mund ab. Jessies Mutter hatte ihn bei jeder passenden Gelegenheit spüren lassen, was sie von ihm hielt. Jetzt konnte er sich endlich revanchieren. Mit geballten Fäusten ging er auf sie los.

Doris Biehler stieß einen Schrei aus und flüchtete sich in die Küche. Sie schnappte sich das Fleischermesser aus dem Messerblock und drohte damit, zuzustechen. Aber für Patrick war sie einfach einige Klassen zu langsam. Er schlug ihr die Waffe aus der Hand. Da begann sie mit allem nach ihm zu werfen, was sie greifen konnte: Tassen, Teller, Töpfe, Pfannen. Patrick wich zurück.

»Hau ab! Verschwinde!«, schrie sie.

Mark hatte sich wieder aufgerappelt und stand im Flur. In der Hand hielt er das Messer, das unter einen Schrank gerutscht war. Patrick sah voller Genugtuung, dass Mark wie durch den Wolf gedreht aussah.

»Na, komm schon«, forderte er Jessies Bruder mit einer provozierenden Geste auf. »Stich zu!«

»Nur zu gern, du Wichser.« Mark holte aus, aber Jessie hielt ihn fest.

»Verschwinde von hier, oder ich ruf die Bullen«, sagte Jessie mit einem Zittern in der Stimme.

Patrick richtete seinen Zeigefinger auf sie. »Ich mach Schluss mit dir.«

Er spuckte noch einmal aus und knallte dann die Wohnungstür hinter sich zu.

Jessies Kopf drohte zu zerspringen. Sie lehnte sich erschöpft an die Wand und nahm ihrem Bruder das Messer aus der Hand.

»Danke, dass du dazwischengegangen bist«, sagte sie keuchend.

»Ich hätte ihn umgebracht«, sagte Mark und zog sich endlich die Hose hoch. »Ganz im Ernst.«

»Und dann? Was hättest du damit gewonnen? Du wärst deswegen noch in den Knast gegangen!«

»Das wäre Notwehr gewesen«, sagte er überzeugt.

Ihre Mutter stand noch immer in der Küche, die Hände in die Hüften gestemmt, als könne sie nicht fassen, was soeben geschehen war.

»Was ist denn in den Kerl gefahren? Und warum bist du eigentlich hier?«

»Ach«, sagte Jessie. »Das eine hat mit dem anderen zu tun. Wir haben uns wieder mal gestritten.«

»Das sah mir aber nicht nach einem einfachen Streit aus«, sagte Doris und begann, die Scherben einzusammeln.

»War es auch nicht.« Jessie fuhr sich mit der Hand über die Stirn. »Ich hab Schluss gemacht.«

»Das hättest du schon viel früher tun sollen«, kam es aus dem Bad, wo Mark im Schein einer Kerze sein Gesicht verarztete. »Der Kerl ist absolut psycho.«

»Ja, vielleicht«, gab Jessie zu. »Aber er ist immer noch Marvins Vater.«

»Ich habe euch beide auch alleine großgezogen«, sagte ihre Mutter, die nun mit einem Handfeger den Dreck zusammenkehrte. »Und trotzdem ist was Anständiges aus euch geworden. Du kannst so lange hierbleiben, bis du was Eigenes gefunden hast. Ich werde sowieso die nächsten Tage woanders übernachten, weil ich auf eine alte Frau aufpassen muss. Wo ist Marvin überhaupt?«

Erst jetzt fiel Jessie auf, dass der Junge nicht mehr schrie. »Er liegt nebenan.«

Sie gingen in Marks Zimmer, wo Marvin, alle viere von sich gestreckt, endlich schlief. Sein Gesicht war rot, die Haare nass vor Schweiß. Doris Biehler setzte sich auf die Bettkante und legte die Hand auf die Stirn ihres Enkels.

Sie blickte erschrocken auf. »Er ist ja ganz heiß!«

»Ich weiß«, sagte Jessie, die sich auf einmal wie eine Rabenmutter vorkam. »Ich hatte erst gedacht, dass es die Hitze wäre, aber als er vorhin die ganze Zeit so geschrien hat, war ich mir da nicht mehr so sicher.«

»Ich glaube, er hat Fieber. Du solltest morgen mal zum Arzt mit ihm gehen.«

»Und zu welchem?«, sagte Jessie. Sie war wütend, weniger auf ihre Mutter als auf sich selbst. Dass es Marvin nicht so gut ging, hätte sie auch merken können.

»Zu dem, der auch die U-Untersuchungen macht?«, schlug ihre Mutter vor.

»Der ist in Urlaub. Glaube ich.«

Doris Biehler stand auf und lächelte. »Keine Angst. Ich kenne da eine Ärztin, die mir noch einen Gefallen schuldig ist.«

Die Nacht war eine Katastrophe gewesen. Nicht weil Harald Hellmann auf der Couch hatte schlafen müssen, das machte ihm nicht viel aus. Sondern weil durch den Stromausfall auch die Klimaanlage ausgefallen war. Erst gegen fünf Uhr, als die Sonne aufging, war er für drei Stunden weggedämmert. Hellmann stand auf und zog die Shorts an, die er gestern getragen hatte. Der Kleiderschrank war im Schlafzimmer, aber dort schlief Claudia, und der lief er jetzt besser nicht über den Weg. Er schämte sich für das, was er am Abend getan hatte. Wenn ihn diese rot glühende Wut überkam, wusste er eigentlich, wie er mit ihr umgehen musste. Ordnung schaffen, sauber machen, seine Waffen reinigen – all das half ihm dabei, auch das Durcheinander in seinem Kopf aufzuräumen, bis das Gesamtbild wieder stimmte. Aber gestern hatte er es drauf ankommen lassen wollen. Zu oft hatte er seine Wut heruntergeschluckt. Er hatte Claudia zeigen müssen, was er fühlte, sonst wäre er aus dieser Wut nicht wieder herausgekommen. Aber er wusste nicht, ob er das diesmal wiedergutmachen konnte.

Hellmann knöpfte die Hose zu und schlurfte zur Küchenzeile, wo er den Kühlschrank öffnete. Die Butter war weich, die Packung fettig. Angewidert legte er sie zurück und wusch sich die Hände ab. Überrascht stellte er fest, dass der Druck auf der Leitung geringer als gestern war.

Nachdenklich zog er den Wasserbehälter aus der Kaffeemaschine, als ihm einfiel, dass es heute Morgen wohl keinen Cappuccino geben würde. Stattdessen holte er vier Gläser aus dem Schrank, die er zusammen mit den Tellern, Schüsseln und dem Besteck auf den Tisch stellte. Er wollte gerade die Milch aus dem nicht mehr kühlenden Kühlschrank holen, als plötzlich Malte neben ihm stand.

»Wo ist Mama?«, fragte er.

»Guten Morgen erst einmal«, sagte sein Vater.

»Guten Morgen. Wo ist Mama?«

»Schläft wohl noch.« Hellmann schob seinen Sohn beiseite.

Malte begann sorgfältig, als würde er eine Armee von Zinnsoldaten in den Krieg schicken, den Tisch zu decken. Lukas war nun ebenfalls aufgestanden und achtete darauf, seinem Bruder nicht zu nahe zu kommen. Das linke Auge war geschwollen, auf der rechten Wange blühte ein Hämatom. Lukas setzte sich auf seinen Platz, legte die Hände übereinander und wartete, bis Malte sich gesetzt hatte.

»Es gibt Cornflakes«, sagte ihr Vater. »Die Milch muss weg, bevor sie verdirbt.« Er stellte zwei Schüsseln auf den Tisch. Lukas wollte sich den Karton mit den Frühstücksflocken nehmen, zuckte aber zurück, als ihm sein Bruder zuvorkam. Hellmann roch an der Milch, befand sie für gut und gab sie Malte.

»Die ist ja warm«, sagte er angewidert, als er den ersten Löffel genommen hatte.

»Was du nicht sagst«, antwortete sein Vater.

Malte schob die Schüssel von sich fort und schaute seinem Bruder in die Augen. Der nahm die Schüssel und aß die Cornflakes seines Bruders widerspruchslos auf. Hellmann war die unausgesprochene Drohung im Blick seines jüngsten Sohnes nicht entgangen.

Lukas war zwei Jahre älter als Malte. Aber er war immer ruhig und in sich gekehrt gewesen. Ein pflegeleichtes Kind, was ihn zu Everybodys Darling machte. Malte hingegen hatte stets um die Aufmerksamkeit der Eltern kämpfen müssen, und er war dabei nie zimperlich gewesen. Natürlich erreichte er damit meist das Gegenteil. Die Nische, die er innerhalb der Familie besetzte, war nicht sonderlich gemütlich. Malte war das schwarze Schaf, der Wilde. Der Ritalin-Kandidat, der gerne auch mal zuschlug, um sich bemerkbar zu machen. Einmal, da war er neun gewesen, hatte es richtig Ärger gegeben, als er einem krakeelenden Jungen von der Rutsche auf den Kopf gepinkelt hatte. Für Harald Hellmann war das eine Episode, über die man später bestenfalls lachte. Doch die Eltern des Kindes hatten Maltes drastische Abneigungsbekundung gar nicht witzig gefunden. Und Claudia hatte dem natürlich beigepflichtet. Sie sah in Malte stets das aggressive Spiegelbild seines Vaters und bestand darauf, einen Therapeuten einzuschalten, der aber nichts Krankhaftes im Verhalten des Jungen erkennen konnte. Also zwang sie Malte dazu, mit ihr gemeinsam regelmäßig Yoga und andere Entspannungstechniken zu üben. In diesem Punkt, so musste Hellmann zugeben, war Malte seinem Vater tatsächlich sehr ähnlich. Jedenfalls boykottierte der Junge mit allen ihm zur Verfügung stehenden Mitteln dieses Ansinnen und ging dabei so fantasievoll zu Werke, dass selbst Claudias Geduld recht bald erschöpft war. Malte war für sie ein Kind mit mangelnder Impulskontrolle. Sie hatte den Begriff, der Hellmann an einen Fachausdruck aus der Raketentechnik erinnerte, in einem der vielen Erziehungsratgeber gelesen, die sie nach der Geburt des ersten Kindes gekauft hatte, um ja nichts falsch zu machen.

Beide Jungs blickten auf, als ihre Mutter die Treppe hinaufkam. Sie hatte die Haltung einer Märtyrerin, trotzig und leidend zugleich. Claudia bedachte Lukas und Malte mit einem Lächeln, für das sie anscheinend ihre letzte Kraft aufbringen musste. »Guten Morgen, Kinder.«

Herrgott im Himmel, dachte Hellmann. Das war kein Flüstern, das war ein Hauchen! Ausgerechnet Malte drückte verständnisvoll die Hand seiner Mutter. Für einen kurzen Moment fragte er sich, ob die Kinder Zeuge seiner nächtlichen Entgleisung geworden waren. Lukas hingegen konzentrierte sich noch mehr auf seine Cornflakes. Er machte den Eindruck, als wäre er in diesem Moment gerne überall, nur nicht hier in diesem Haus.

Hellmann stellte seiner Frau die Tupperdose mit dem Müsli hin. »Kaffee ist heute aus. Kann ich dir sonst etwas zu trinken bringen?«

»Wasser, bitte«, sagte Claudia, ohne ihren Mann dabei anzuschauen.

»Wasser. Natürlich.«

Er ging zur Spüle und füllte einen Krug, den er ihr brachte. Dann setzte er sich ebenfalls an den Tisch.

»Der Strom wird vermutlich länger ausfallen«, sagte er und beschmierte sich eine ungeröstete Scheibe Toastbrot mit der zu weichen Butter. »Wir brauchen also Bargeld.«

»Warum das denn?«, fragte Lukas.

»Weil die Kassen nicht mehr funktionieren. Wir werden jedenfalls nicht mehr mit EC-Karten bezahlen können.«

»Sind die Geschäfte überhaupt geöffnet?«, fragte Claudia.

»Das wirst du mit den Kindern herausfinden. Wir fahren gemeinsam zur Bank und versuchen, so viel Geld wie möglich abzuheben.«

»Die Geldautomaten werden auch nicht funktionieren«, sagte Claudia.

»Ich werde mit Robert sprechen.« Robert Heidkämper war der Filialleiter. Sein Sohn ging auf das Beethoven-Gymnasium. Ihm drohte eine Ehrenrunde, weil seine Leistungen in Physik unterirdisch waren. »Vielleicht lässt sich da ja was drehen. Du nimmst den Zafira und kaufst mit den Jungs ein. Konserven, H-Milch und Batterien, keine Akkus, die wir aufladen müssen. Frisches Obst, solange es das noch gibt. Reis und Nudeln gehen auch. Wir haben noch den Campingkocher.«

»Glaubst du, dass das länger dauert?«, fragte Claudia.

»Die Nachrichten im Radio haben kein anderes Thema«, sagte Hellmann. »Es ist der größte Blackout, den es jemals gegeben hat. Und er wird so schnell kein Ende finden.«

»Keine Klimaanlage mehr«, sagte Malte und kicherte vor sich hin.

»Und kein Rechner«, erwiderte Hellmann barsch. »So gesehen tut dir dieser Stromausfall ganz gut. Für meinen Geschmack hast du ohnehin zu viel *Warcraft* gespielt.«

»Die Tiefkühltruhe«, sagte Claudia. »Ich frage mich, wie lange sich die Vorräte halten werden.«

»Drei, vier Tage höchstens«, sagte Hellmann. »Bis dahin sollten wir alles verbraucht haben oder müssen es in den Müll schmeißen.« Er stand auf und stellte sein Geschirr auf die Anrichte. »Ich muss ohnehin noch in den Baumarkt. Dort werde ich eine oder zwei Gasflaschen besorgen. Das Wetter ist ja schön genug, um draußen zu grillen.«

Malte kicherte noch immer, als hätte sein Vater den Witz der Saison gerissen.

»Du hast gute Laune?«, fragte Hellmann gereizt. »Schön. Da kannst du dich ja jetzt, wo die Spülmaschine nicht funktioniert, um den Abwasch kümmern. Aber beeil dich. In zehn Minuten fahren wir los.«

Obwohl es fast unmöglich war, auf der Wilhelmshöher Straße einen Parkplatz zu finden, benutzten sie beide Wagen, denn sie hatten noch viel vor. Hellmann stellte den Audi in der Niedergasse ab, seine Frau und die Kinder würden ein Stück weiter in der Wichernstraße auf ihn warten.

Hellmann hatte schon bei der Anfahrt die Schlange gesehen, die sich vor der Sparkasse gegenüber dem Supermarkt gebildet hatte. Außer ihm hatten auch noch andere die Idee gehabt, sich mit Bargeld zu versorgen. Er sah Gräbner und Jankowski, winkte ihnen zu und ging an ihnen vorbei in die Filiale. Die Protestrufe der Kunden, die vor der Tür brav in der Reihe warteten, störten ihn nicht weiter. Für ihn gab es eine andere Möglichkeit, um an das nötige Geld zu kommen.

In der kleinen Schalterhalle war es unerträglich heiß. Irgendein Idiot hatte die Fenster geöffnet, sodass die schon am frühen Morgen aufgeheizte Luft von einem halben Dutzend Ventilatoren wie in einem Umluftbackofen verteilt wurde. In demselben Maß, in dem die Temperaturen stiegen, sank die Geduld der verschwitzten Männer und Frauen, die darauf warteten, endlich ihr Geld abheben zu dürfen. Hellmann reckte den Hals und suchte nach Robert Heidkämper. Der Filialleiter, der trotz der Hitze Anzug und Krawatte trug, hatte sich zu einer vollkommen überforderten Angestellten hinabgebeugt, um ihr etwas in einem Buch zu erklären. Immer wieder wischte er sich mit einem Taschentuch dicke Schweißtropfen von der Glatze. Heidkämper hob den Kopf, als ihm jemand eine Frage stellte, und begegnete dabei Hellmanns Blick.

»Ich muss dich sprechen!«, rief Hellmann.

Heidkämper schüttelte den Kopf. Erst als Hellmann mit großer Geste die Hände faltete und ihn wie die flehende Jungfrau Maria anschaute, verdrehte der Filialleiter die Augen. »In mein Büro. Aber nur fünf Minuten!«

Heidkämper schob Hellmann durch eine Tür und schloss sie augenblicklich ab. Er wies auf einen Stuhl. Hellmann setzte sich und auch Heidkämper nahm hinter seinem Schreibtisch Platz.

»Wasser?«, fragte er und hielt eine Flasche hoch.

»Gerne«, sagte Hellmann.

Heidkämper schenkte zwei Gläser ein. Eines davon schob er Hellmann zu. »Schlimm genug, dass uns diese Hitzewelle seit drei Monaten im Griff hat. Und jetzt auch noch dieser Stromausfall.« Er schüttelte den Kopf und leerte sein Glas in einem Zug. »Also, was kann ich für dich tun?«

Hellmann nippte an seinem Glas. »Robert, ich brauche Geld.«

»Kein Problem«, sagte Heidkämper. »Stell dich wie die anderen in die Schlange.«

»Wie viel zahlt ihr aus?«

»Pro Nase? Dreihundert Euro.«

Hellmann schnaubte verächtlich. »Damit kann man keine großen Sprünge machen.«

»Wieso? Willst du dir ein neues Auto kaufen?«, fragte Heidkämper.

»Ich schlage dir einen Deal vor. Dein Sohn hat nach den Ferien eine Nachprüfung bei mir. Ich könnte dafür sorgen, dass er sie besteht.«

Heidkämper blies die Backen auf, lehnte sich zurück und wischte sich wieder den Schweiß von der Stirn.

»Das klappt. Ich hab das schon mal gemacht«, beschwichtigte Hellmann. »He! Eine Hand wäscht die andere. Du sollst das Geld ja nicht unterschlagen. Es gehört ohnehin mir.«

»Wie viel brauchst du?«

Hellmann zuckte mit den Schultern. »Ich habe 13 000 auf meinem Tagesgeldkonto. Gib mir zwölf.«

Heidkämper lachte, als hätte sein Gegenüber einen schmutzigen Witz gemacht.

Hellmann lächelte. »Morgen hast du die Prüfungsaufgaben in deinem Briefkasten«, sagte er.

Heidkämper schaute ihm lange in die Augen. Dann öffnete er eine Schublade und holte einen Abbuchungsschein hervor. »Ich hole es. Wenn du dir das Geld ausbezahlen lässt, gibt es hier einen Aufstand.«

Hellmann kannte Robert Heidkämper schon seit über zwanzig Jahren. Früher, als sie noch beweglicher waren, hatten sie jeden Samstag Squash miteinander gespielt und sich auch schon einmal gegenseitig die Freundin ausgespannt. Heidkämpers Sohn Till war eine Niete, nicht nur in Physik. Aber die Sparkasse war einer der Hauptsponsoren der Beethoven-Schule. Immer wieder gab sie Zuschüsse für neue Anschaffungen. Die Schulbibliothek hätte es ohne sie nicht gegeben. Als vor zwei Jahren ein Computernetzwerk eingerichtet werden konnte, hatten sie das vor allen Dingen Heidkämpers Spende zu verdanken. Mit einem Mann wie ihm verscherzte man es sich nicht gerne. Aber dessen Sohn war in Physik und Französisch so schlecht, dass noch nicht einmal die üblichen Mauscheleien ihn zum Abitur tragen konnten – zumal die Französischkollegin es dem schnöseligen Papasohn unbedingt zeigen wollte.

Heidkämper hatte Hellmann den Gefallen getan und dreitausend Euro in kleine Scheine gewechselt. Kaum ein Geschäft, das heute geöffnet hatte, würde in der Lage sein, auf einen Zweihunderter herauszugeben.

Es war ein ungewohntes Gefühl, so viel Bargeld mit sich herumzutragen, zumal er keine Tasche dabeihatte, in die er den Umschlag stecken konnte. Als Hellmann die Sparkasse verließ, war die Schlange noch länger geworden. Der Supermarkt auf der anderen Straßenseite hatte noch immer nicht geöffnet. Hellmann warf Gräbner und Jankowski einen knappen Gruß zu und eilte zu seiner Frau, die mit laufendem Motor auf ihn wartete. Er klopfte an die Scheibe und Claudia öffnete die Tür.

»Hier sind tausend Euro«, sagte er und drückte ihr einige grüne und braune Scheine in die Hand. »Das müsste für den Anfang reichen. Nimm dir erst den Lidl auf dem Atzelberg vor. Wenn der nicht geöffnet hat, fahr nicht nach Frankfurt rein, dort dürfte der Teufel los sein. Fahr lieber

Richtung Bad Vilbel. Je weiter draußen, desto besser. Du weißt, was du einkaufen sollst?«

Claudia nickte. »Konserven, H-Milch, Wasser.«

»Batterien, Streichhölzer, Taschenlampen. Und versuche, Sprit zu besorgen! Benzin, Diesel oder Mix, das ist egal. Wahrscheinlich hat kaum eine Tankstelle auf, weil die Pumpen ausgefallen sind.« Er legte noch tausend Euro drauf. »Der Preis spielt keine Rolle. Besorg dir so viele Reservekanister, wie du kannst. Die Kinder sollen dir tragen helfen.«

»Also, um was soll ich mich zuerst kümmern?«, fragte Claudia.

Hellmann dachte einen Moment nach. »Sprit. Der ist das Wichtigste. Hast du dein Handy dabei?«

»Natürlich.«

Hellmann holte seines aus der Tasche. Der Empfangsbalken war so gut wie gar nicht mehr vorhanden, aber noch würden sie eine SMS versenden können. »Wenn etwas ist, funk mich an. Ich fahre jetzt in den Baumarkt und werde sehen, dass wir wieder Strom bekommen.«

Claudia schloss die Tür. Hellmann klopfte zum Abschied auf das Dach und sah dem Zafira hinterher. Dann machte auch er sich wieder auf den Weg.

Es dauerte einige Zeit, bis er in Karben einen Baumarkt fand, der tatsächlich geöffnet hatte. Hellmann hatte seinen eigenen Ratschlag beherzigt und sich aus Frankfurt herausbewegt. Es war eine gute Entscheidung gewesen, denn die Straßen aus Bad Vilbel heraus waren noch immer vom Berufsverkehr verstopft, da die S-Bahn nicht mehr fuhr. Hellmann fragte sich, wer an so einem Tag noch arbeiten ging. In den Büros standen die Rechner und

Server still, das Telefonnetz kämpfte bereits mit ernsten Schwierigkeiten. Betriebe konnten ihre Maschinen nicht hochfahren, solange sie kein Notstromaggregat hatten. Polizei und Feuerwehr waren pausenlos im Einsatz.

Der Parkplatz des Hagebaumarktes in der Dieselstraße war genauso voll wie an jedem anderen Werktag auch. Hellmann stellte seinen Wagen in der nächsten freien Bucht ab und stieg aus.

Der Anblick war ungewohnt. Die Türen standen zwar offen, doch hatte man keine Waren wie Blumenerde, Pflanzen und Gartenmöbel herausgestellt. Ein kleiner Junge saß auf einem dieser Groschengäule und schüttelte vergebens die Zügel. An der offenen Glastür hing ein Schild: »Nur Barverkauf«. Hellmann musste grinsen.

Im Inneren der Verkaufshalle war die Luft stickig und heiß. Es roch nach Gummi, Metall und Holz. Die Kassen waren natürlich nicht besetzt, dafür hatte man die Information gleich mit vier Mann besetzt, die die Einkäufe per Hand abrechneten. Einige der Kunden hatten vor sich auf dem Boden eine große Kiste stehen. Hellmann erkannte sofort, dass es Generatoren waren. Seine gute Laune löste sich mit einem Schlag in Luft auf. Er lief in die dunkle Halle, bog in den Gang mit den Elektrogeräten und stellte verärgert fest, dass die letzten Aggregate in diesem Moment verkauft wurden. Hellmann ging zurück zur Information.

»Jetzt stellen Sie sich nicht so an«, rief ein älterer Herr, mit dichtem, weißem Haar und einem fürchterlichen Sonnenbrand. »Ich habe Ihnen doch meinen Ausweis gezeigt. Schicken Sie mir einfach eine Rechnung.«

Die Verkäuferin, eine dralle Vierzigerin mit tizianrot

gefärbtem Igelschnitt, schüttelte energisch den Kopf. »Da vorne steht: nur Barverkauf. Wenn Sie also nicht bezahlen können, stellen Sie das Ding wieder zurück.« Sie hob die Stimme. »Das gilt übrigens für alle anderen auch!«

»Machen Sie doch mal eine Ausnahme!«, rief ein Mann mit tätowierten Armen, der aussah, als hätte er zum Frühstück schon zwei Bier gehabt.

»Damit mich der Teufel holt? Vergessen Sie's! Ich brauche meinen Job auch morgen noch!«

Täuschte er sich, oder trug die Frau, die laut einem Schild Rita Dombrowksi hieß, tatsächlich nichts unter ihrem grünen Kittel? Hellmann trat einen Schritt zur Seite, damit er einen besseren Blick auf sie werfen konnte. Tatsächlich! Er sah nicht viel, doch der weiße Ansatz ihrer Brust war durch den Ärmelausschnitt deutlich zu erkennen. Er musterte sie genauer. Ritas Vorbau war riesig. So riesig wie der Hintern. Jedenfalls mehr als nur eine halbe Handvoll wie bei Claudia. Rita musste ihre freie Zeit im Schwimmbad verbracht haben, denn die Haut war rötlich braun. Doch die richtigen Stellen, so vermutete er, waren noch immer blass.

»Was ist mit Ihnen?«, fuhr die Verkäuferin ihn an. Hellmann zuckte zusammen und bemerkte erst jetzt, dass die Männer ihre Wagen wieder zurückschoben.

»Moment!«, rief er. »Warten Sie! Was sollen die Generatoren kosten?«

»Die beiden großen 5-Kilowatt-Geräte 1400 Euro, der kleinere 1000.«

»Ich nehme sie alle drei.«

Die drei Männer stöhnten. »Und was ist mit uns?«

»Habt ihr Bares?«, fragte Hellmann.

»Haben Sie es denn?«, fragte die Verkäuferin.

Hellmann zog das Kuvert aus der Hosentasche und zeigte ihr das Geld. »Ich brauche auch Gasflaschen, drei oder vier Stück zu fünf Kilo.«

»Hole ich Ihnen«, sagte ein junger Bursche. »Wo steht Ihr Auto?«

»Es ist der dunkelgraue Audi-Kombi da vorne.« Hellmann zeigte auf den Parkplatz, wo er seinen Wagen abgestellt hatte.

»Geben Sie leere Flaschen zurück?«, fragte Rita.

Hellmann schüttelte den Kopf.

»Dann macht das glatte viertausend Euro.«

»Könnte ich bitte eine Quittung haben?«, fragte er, als er Rita das Geld zuschob. Er ließ die Finger auf den Scheinen, um ihre Hand zu berühren. Für einen kurzen Moment trafen sich ihre Blicke und er schenkte ihr sein schönstes Lächeln. Lovely Rita kam für einen kurzen Moment aus dem Konzept. Hellmanns Lächeln wurde zu einem Grinsen, als sie beim Nachzählen der Scheine zweimal von vorne beginnen musste. Eigentlich war sie ja keine Frau, mit der er sich in der Öffentlichkeit zeigen würde, dazu war sie einfach zu vulgär. Aber für die eine oder andere Nummer war sie genau das Richtige. Er musste sich ja nicht mit ihr unterhalten.

Die Verkäuferin füllte die Quittung aus, unterschrieb den Schein und stempelte ihn ab.

»Hier, bitte«, sagte sie und reichte ihm den Zettel.

Wieder berührten seine Finger behutsam die Hand, doch diesmal schaute ihr Hellmann offen ins Gesicht. »Wenn irgendwas mit den Generatoren nicht stimmen sollte, kann ich mich dann an Sie wenden?«

Die Frau wusste nicht, wohin sie schauen sollte, als sie nickte. Hellmann steckte die Quittung ein. »Dann bräuchte ich ja nur noch Ihre Telefonnummer«, sagte er gut gelaunt.

Ohne eine Antwort abzuwarten, setzte er seine Sonnenbrille auf und schob einen der Einkaufswagen hinaus, um die ersten beiden Generatoren in seinem Audi zu verstauen. Der Azubi war schnell gewesen, die Gasflaschen standen schon da. Hellmann musste erst die Rücksitze nach vorne klappen, bevor er die schweren Kisten auf die Ladefläche schieben konnte.

Als er den dritten Generator holte, war Rita nicht mehr da. Enttäuscht schaute er sich um, aber sie war nirgends zu sehen. Schade. Er hätte das Ganze gerne noch ein wenig weiter getrieben.

Hellmann hievte das letzte Aggregat in seinen Wagen und wollte die Klappe schon fallen lassen, als ihm ein kleiner Zettel auffiel, der in den Karton geschoben worden war. Er zog ihn heraus. Es war die elfstellige Nummer eines Handys. Hellmann drehte sich um und spähte in den Baumarkt, aber drinnen war es zu dunkel, als dass man etwas erkennen konnte.

Es war ein Spiel, das er so lange ernst nahm, wie er es spielte. Nur selten machte er den letzten Schritt. Sportangler warfen ihren Fang ja auch immer zurück ins Wasser und verzehrten ihn nicht zum Abendessen. Also warf er den Zettel in den nächsten Mülleimer und fuhr nach Hause.

»Warm schmeckt das Zeug wie Nuttenpisse«, sagte Slobo und verzog angewidert das Gesicht, als er einen Schluck aus seiner Bierflasche nahm.

Hier oben auf dem Balkon im dreizehnten Stock strich am Nachmittag immer eine leichte Brise um die sonnenabgewandte Seite des Hochhauses am Atzelberg und machte so die mittlerweile drückende Hitze ein wenig erträglicher.

Patrick schaute seinen Freund fast kokett über den Rand der Sonnenbrille an. »Kennst du dich damit aus?«, fragte er.

»Ha. Ha. Ha«, antwortete Slobo wenig amüsiert, leerte die Flasche und warf sie in hohem Bogen über die Brüstung.

»He, da war Pfand drauf!«, rief Patrick.

»Und? Es war sowieso die letzte Flasche.« Slobo zündete sich eine Kippe an. »Wo ist eigentlich deine Alte?«, fragte er und atmete den Rauch aus.

Patrick schaute Slobo böse an. Er mochte zwar ein Kumpel sein, aber trotzdem gingen ihn die Privatangelegenheiten anderer Leute einen feuchten Scheißdreck an.

»Oh, falsche Frage«, erkannte Slobo seinen Fehler. »Aber weißt du was? Frauen sind eh scheiße. Ohne geht's einem besser. Keiner, der einen ständig volllabert oder sonst wie nervt, weißte?«

»Schwule Sau.« Patrick leerte seine Flasche und warf sie ebenfalls über den Balkon. Er rülpste lang und laut. Es klang wie das Röhren eines brünstigen Hirsches.

»Mahlzeit«, sagte Slobo, lehnte sich in seinem weißen Plastikstuhl zurück und schloss die Augen.

»Ey, was ist denn mit deinem Klo los?« Tayfun stand in der Balkontür und band sich mit ungeschickten Fingern die schmutzige Sporthose zu.

»Was soll damit sein?«, fragte Patrick träge.

»Die Spülung geht nicht mehr«, sagte Tayfun und gab Slobo einen Tritt, damit dieser die Füße von dem dritten Stuhl nahm.

Patrick seufzte und drückte sich schwerfällig hoch. Die Keilerei mit Jessies Bruder hatte ihre Spuren hinterlassen. Der ganze Körper war ein einziger Muskelkater, die rechte Hand konnte er noch immer nicht richtig bewegen. Aber er konnte sich damit trösten, dass es Mark richtig schlecht gehen dürfte. Wenn er alleine aufs Klo gehen konnte, war Jessies Bruder noch gut dran. Und das war die Sache allemal wert gewesen.

Patrick kratzte sich am Sack und ging in die Wohnung. Als er die Sauerei im Bad sah, wurde ihm fast schlecht. Er riss das Fenster auf. »Tayfun!«, schrie er.

»Ja?«, kam es von draußen.

»Schwing auf der Stelle deinen Kadaver hierher!« Patrick war echt hart im Nehmen, aber das war eine Nummer zu heftig für ihn.

Tayfun tappte durch die Wohnung und spähte ins Bad. »Was ist denn?«, fragte er im schleppenden Singsang eines Druffis, der sich schon zum Frühstück die erste Dröhnung reingezogen hatte.

»Sag mal, Mann, verwest du gerade, oder was?«, sagte Patrick ehrlich entsetzt. Die Kloschüssel war voll mit etwas, das wie ein toter Igel stank.

Tayfun grinste. »Bierschiss. War lang gestern.«

Patrick zog ab, aber nichts geschah. Er hob den Deckel vom Spülkasten, doch der war leer. Und als er am Wasserzulauf drehte, geschah nichts. »Was ist denn das für eine verfickte Scheiße«, murmelte er. Auch der Hahn am Waschbecken tropfte nicht einmal.

»Haben sie dir die Leitung abgedreht?«, fragte Slobo.

»Ja, Alter«, lallte Tayfun. »Hast die Rechnung nicht bezahlt.«

»Quatsch!«, sagte Patrick. Ihm fiel wieder ein, dass der Wasserdruck schon gestern ziemlich schwach gewesen war.

»Und nun?«, fragte Tayfun. Er blinzelte in Zeitlupe und hielt sich am Türrahmen fest.

»Jetzt nimmst du die Bürste und schiebst die Scheiße in das Loch«, fuhr Patrick ihn an. »Ich geh nachdenken.«

Also, eins nach dem anderen, dachte er. Es gab keine Elektrizität mehr. Das klang im ersten Moment nicht weiter dramatisch. Der Fahrstuhl fuhr nicht mehr, das Telefon war tot und der Kühlschrank hatte seinen Geist aufgegeben. Das waren die Veränderungen, die er am eigenen Leib erfahren hatte. Doch was bedeutete das für das große Ganze?

»Los, Leute! Strengt mal eure kleinen grauen Zellen an«, rief er. »Was braucht alles Strom?«

Tayfun stocherte mit der Bürste im Klo herum, als würde er Kartoffeln stampfen. »Mein iPod«, sagte er.

»Schwachkopf«, sagte Slobo und gab seinem Kumpel einen Klaps auf den Hinterkopf.

»He! Lass das, du Arsch!« Tayfun keilte mit dem Ellbogen zurück.

»Jetzt hört mal mit dem Scheiß auf«, sagte Patrick. »Ich meine das ernst: Was braucht Strom?«

»Na alles, was hier steht«, sagte Slobo. »Der Fernseher, das Radio, dein Rechner. Die Konsole. Aber die sieht aus, als würde die auch mit Strom nicht mehr laufen.«

»Das Telefon«, sagte Tayfun. »Und genau da verstehe ich was nicht. Mein Handy ist seit heute Mittag tot, obwohl der Akku noch halb voll ist.«

»Die Sendemasten sind ausgefallen«, sagte Patrick.

»Das Internet«, warf Slobo ein. »Die Server sind unten, darauf verwette ich meinen Knackarsch.«

»Du hast keinen Knackarsch«, sagte Tayfun. Er zog die Nase hoch, rotzte auf den toten Igel und stocherte weiter.

»Computer brauchen Strom. Wenn ein Computer keinen Saft mehr hat, funktionieren auch andere Dinge nicht mehr.«

»Das ist wohl wahr«, sagte Tayfun, der der Unterhaltung langsam nicht mehr folgen konnte.

»Fällt euch da was ein?«, sagte Patrick.

»Sind wir hier in der Schule?«, fragte Tayfun genervt.

»Wir müssen die Lage genau erfassen, denn ich glaube, das hier ist unsere einmalige Chance, die ganz große Schnitte zu machen.«

»Meine Güte«, sagte Slobo. »Alles braucht Strom! Ich könnte mir sogar vorstellen, dass deine tote Wasserleitung auch was damit zu tun hat.«

»Warum?«, fragte Tayfun, der noch immer nicht zu verstehen schien.

»Wasser kann nicht bergauf fließen«, antwortete Slobo ungeduldig. »Dazu braucht man Pumpen.«

»Stimmt«, sagte Tayfun nach kurzem Nachdenken.

»Klärwerke brauchen auch Strom«, sagte Patrick. »Wenn die ausfallen, haben alle ein Problem, denn dann gibt es auch mit Pumpen kein Trinkwasser mehr.«

»Na und? Dann holen wir uns im Getränkemarkt Wasser«, sagte Tayfun.

»Und wie bezahlst du es?«, half Patrick nach. Es war unglaublich, wie begriffsstutzig manche sein konnten.

Tayfun dachte nach. »Mit Geld, womit denn sonst?«, sagte er schließlich.

»Woher kriegst du das?«, fragte Patrick weiter.

»Aus dem Automaten«, sagte Tayfun und stutzte. »Brauchen die etwa auch Strom? Oh Scheiße!«

»Die Telefone funktionieren nicht«, sagte Patrick.

»Das wissen wir schon«, sagte Slobo.

»Aber wir sind nicht die Einzigen, die nicht telefonieren können. Die Bullen stehen ebenfalls auf dem Schlauch.«

»Die haben doch Funkgeräte«, sagte Tayfun.

»Die ohne Strom auch nicht funktionieren«, sagte Slobo, der zu ahnen schien, worauf Patrick hinauswollte. »Da wird sich nichts mehr tun. Alarmanlagen fallen mir da noch ein.«

»Ah, dir scheint auch ein Licht aufzugehen«, sagte Patrick gut gelaunt.

»Ich verstehe noch immer nur Bahnhof«, sagte Tayfun.

»Banken sind mit Alarmanlagen gesichert«, half ihm Patrick auf die Sprünge.

»Du willst einen Bruch machen? Ist das nicht eine Nummer zu groß für uns?«

Patrick grinste. »Nicht, wenn wir es wie die Rumänen machen.«

Hellmanns Garten sah aus wie ein staubiger Bolzplatz in Burkina Faso. In den ersten Wochen der Hitzewelle hatte er die Wiese regelmäßig gewässert, doch als Anfang Juli das Rasensprengen verboten wurde, hatte das Gras erst eine gelbe Farbe angenommen und war nach wenigen Tagen endgültig verdorrt. Die Blumen waren eingegangen und raschelten trocken im heißen Wind.

Drei Monate ohne nennenswerte Niederschläge hatten aber auch die Landwirtschaft schwer gebeutelt. Schon im Juni kündigten sich verheerende Missernten an. Der Ernteertrag der Obstplantagen würde sich um dreißig bis vierzig Prozent reduzieren, das Getreide auf den Feldern war schon Mitte Juni braun geworden. Immer wieder brannten die Wälder, besonders in Brandenburg und Niedersachsen waren weite Flächen ein Raub der Flammen geworden. In manchen Gegenden musste sogar schon das Vieh notgeschlachtet werden.

Hellmann hatte einen der größeren Generatoren, so weit es die Kabeltrommel zuließ, in die hinterste Ecke des Gartens gestellt. Claudia war beim Organisieren von Sprit und Zweitaktöl erfolgreich gewesen, obwohl die Ausbeute geringer war, als er gehofft hatte. Bei einem Verbrauch von großzügig geschätzt einem Liter würde ihnen das Aggregat zweihundert Stunden Strom liefern. Das reichte für den Eigenbedarf, wenn er sich auf den Kühlschrank und einige Lampen beschränkte.

Der Kabelsalat im Wohnzimmer war ärgerlich, zumal sich die Verandatür nicht mehr schließen ließ und so die heiße Luft von draußen ungehindert ins Haus sickern konnte. Aber wenigstens konnten sie ihre Nahrungsmittel wieder kühlen.

Damit war der erste Schritt getan, die Kontrolle über das eigene Leben wiederzuerlangen. Der zweite war jedoch noch viel wichtiger, und Hellmann konnte ihn nicht alleine machen.

Er hatte Gräbner und Jankowski eingeladen. Hellmann wusste nicht, ob sie die Richtigen waren, um seinen Plan in die Tat umzusetzen, aber er vertraute ihnen. Außerdem konnte er sie leicht auf seine Seite ziehen, wenn die Argumente nur überzeugend genug präsentiert wurden. Eines von ihnen stand im Garten und produzierte Strom.

Jankowski betrachtete die kalt beschlagene Flasche Bier in seiner Hand und runzelte die Stirn. »Du weißt, dass so etwas an einem Tag wie diesem an ein Wunder grenzt?« Er setzte die Flasche an, schloss die Augen und nahm einen hingebungsvollen Schluck.

»Wie viel hat dich denn der Spaß gekostet?«, fragte Gräbner.

»Fünf Euro der Liter«, sagte Hellmann und schenkte sich ein Wasser ein.

»Da lässt man wohl besser das Auto stehen, was?«, sagte Jankowski.

»Der Audi bleibt in der Garage«, sagte Hellmann und leerte sein Glas in einem Zug. »Der Zafira wird nur bewegt, wenn es nicht anders geht.«

Gräbner leerte seine Flasche. »Wir sollten uns lieber wieder in den Schatten setzen«, sagte er.

Gemeinsam nahmen sie unter der Markise an dem großen, runden Gartentisch Platz, auf den Claudia eine Schale mit klein geschnittenem Obst gestellt hatte. Sie würde sich nie von ihm scheiden lassen. Hellmann nahm sich ein Apfelstück und schob es in den Mund.

»Es gibt einen Grund, warum ich euch hergebeten habe«, sagte er kauend. »In der Stadt sind die ersten Geschäfte geplündert worden.«

»Und die Polizei?«, fragte Jankowski.

»Kann nicht überall sein«, sagte Hellmann. »Und genau das ist der Punkt. Wir werden nicht darum herumkommen, uns selbst zu schützen.«

Gräbner schaute Hellmann nachdenklich an. »Du willst so etwas wie eine Bürgerwehr aufstellen.«

»So was in der Art, ja.«

»Und wovor sollen wir uns schützen?«, fragte Gräbner. »Ich meine, siehst du hier irgendwelche Gestalten, die in unsere Häuser einbrechen und uns bestehlen wollen?«

Hellmann zeigte auf die Hochhäuser des Atzelbergs. »All das Pack wird kommen, glaubt mir. Und wenn es kommt, wen willst du dann anrufen?« Er legte sein Handy auf den Tisch. »Es ist tot. Das Festnetz übrigens auch.«

Gräbner und Jankowski kramten ihre Handys hervor.

»Oh, Scheiße«, sagte Jankowski nach einem Blick auf das Display.

»Okay. Du hättest uns doch nicht gerufen, wenn du nicht schon einen Plan hättest«, sagte Jankowski.

Hellmann beugte sich vor und faltete die Hände. »Wir bieten dem Supermarkt hier in Seckbach unseren Schutz an. Dafür versorgt er uns mit Lebensmitteln. Exklusiv. Die Sparkasse wird uns mit Bargeld versorgen.«

Gräbner blies die Backen auf und lehnte sich zurück. Er wollte noch einen Schluck aus der Bierflasche nehmen, aber sie war leer. »Du glaubst wirklich, dass das hier länger dauert.«

»Habt ihr heute schon die Nachrichten gehört?«, fragte Hellmann und erhielt ein Kopfschütteln als Antwort. »Ganz Deutschland liegt unten. So ein Typ im Radio hat das erklärt. Da sind ein paar Dinge zusammengekommen, die nicht zusammenkommen durften. Obwohl immer mehr Strom verbraucht wurde, musste man eine Reihe von Kraftwerken abschalten, weil das Kühlwasser nicht ausreichte. Hinzu kam, dass wegen der vielen Waldbrände eine Reihe von 380-kV-Überlandleitungen stillgelegt wurden. Das führte zu einer Überlast bei den anderen Leitungen. Immer weniger Kraftwerke mussten immer mehr Strom produzieren. Und das war's. Gestern Abend kam es zu einem Lawineneffekt und der Strom fiel aus. Flächendeckend. Das hier dauert länger, davon bin ich felsenfest überzeugt.«

Gräbner und Jankowski schwiegen unbehaglich. Hellmann konnte richtig sehen, wie die beiden sich die Folgen dieses Blackouts ausmalten.

»Zunächst konzentrieren wir uns auf das Dreieck Zentgrafenstraße, Staffel und Hofhausstraße«, fuhr Hellmann fort. »Wir richten drei Acht-Stunden-Schichten ein, in denen wir die Straßen abgehen. Sollten wir dabei etwas Verdächtiges bemerken, benutzen wir die hier.« Er holte mehrere Trillerpfeifen aus seiner Tasche und legte sie auf den Tisch.

»Und womit halten wir die Plünderer in Schach?«, fragte Gräbner.

»Keine Angst, das wird das geringste Problem sein. Erst müssen wir den Supermarkt auf unsere Seite ziehen.«

Seckbach war ein Vorort im Nordosten Frankfurts, der mehr an ein Dorf als einen Stadtteil erinnerte – mit allen Vor- und Nachteilen. Mit Ausnahme der in den Siebzigerjahren errichteten Neubauten auf dem Atzelberg, der erst später zu einem sozialen Brennpunkt geworden war, war Seckbach ein ziemlich bürgerliches Quartier. Bis 1970 hatte es sogar noch einen eigenen Straßenbahnanschluss gehabt, der durch Busse der Linien 38 und 44 ersetzt worden war. Wer in die Stadt wollte, musste zur U-Bahn-Station Seckbacher Landstraße.

Von Claudia wusste Hellmann, dass der Lidl auf dem Atzelberg geschlossen hatte. Für ihn war ohnehin der kleine Rewe-Markt auf der Wilhelmshöher Straße in der Nähe des alten Rathauses interessanter. Hellmann kannte Manfred Dichter, den Marktleiter, noch aus seiner eigenen Schulzeit. Sie waren zusammen in eine Klasse gegangen. Die besten Freunde waren sie zwar nicht, aber er hoffte dennoch, mit Dichter einen kleinen Deal abschließen zu können.

Als er zusammen mit Gräbner und Jankowski den Supermarkt erreichte, hatten sich schon einige Menschen vor dem heruntergelassenen Rollgitter versammelt. Eine ältere Dame in einem armfreien Blumenkleid diskutierte so heftig mit dem Marktleiter, dass sie ihren breiten Strohhut festhalten musste. »Sie können Ihr Geschäft nicht schließen! Wo sollen wir denn jetzt einkaufen?«

Der kleine hagere Mann mit dem Sonnenbrand auf der Halbglatze zog die letzte Jalousie nach unten. »Es tut mir leid, ich habe keine andere Wahl.«

Jetzt war die Frau vollkommen aufgebracht. »Das müssen Sie mir erklären«, rief sie empört.

Dichter schloss die Jalousie ab und steckte den Schlüssel in die Tasche seiner kurzen Hose, die so weit war, dass sie wie ein Sack an ihm hing. »Wir haben einen Stromausfall, schon vergessen?«, sagte er und wischte sich mit der Hand den Schweiß von der Stirn. »Das Kassensystem funktioniert nicht. Ohne die Erlaubnis der Gebietsleitung kann ich nicht weiterarbeiten.«

»Ja, und?«, rief die Frau verständnislos. »Dann schreiben Sie einfach auf, wer Ihnen wie viel schuldet! Wenn der Strom wieder da ist, werden wir Sie alle bezahlen.«

Dichter lachte nervös. »Danke für den Vorschlag, aber ich will meinen Job behalten.« Er wollte gehen, aber die Frau hielt ihn fest.

»Sie haben uns gegenüber eine Verantwortung!«, sagte sie aufgebracht.

Dichter riss sich wütend los. »Falsch!«, fuhr er sie an. »Ich habe meiner Familie gegenüber eine Verantwortung. Wer schützt mich denn und meinen Laden? Haben Sie nicht mitbekommen, was gestern in der Stadt geschehen ist?«

»Ah! Das ist also der Grund!«, rief die Frau triumphierend. »Sie haben Angst!«

»Ach, lassen Sie mich doch einfach in Ruhe«, brummte Dichter und wollte gehen, als sich Hellmann nach vorne drängte.

»Ich glaube, das Problem lässt sich ganz einfach lösen«,

sagte er und lächelte sein gewinnendstes Lächeln, als er sich dem Marktleiter in den Weg stellte. »Hallo, Manfred.«

Dichter runzelte die Stirn und holte tief Luft. »Harald, ich habe kein Problem, denn ich gehe jetzt nach Hause.«

Doch die alte Frau ließ sich nicht beirren. »Nein, nein! Erst lassen Sie den jungen Mann ausreden.« Sie wandte sich an Hellmann. »Schießen Sie los.«

»Nun, nennen Sie es Nachbarschaftshilfe«, sagte Hellmann so laut, dass ihn jeder der Umstehenden hören konnte. »Die Polizei ist völlig überfordert mit der Situation. Also werden wir alle gemeinsam auf uns und den Supermarkt aufpassen. Rund um die Uhr.«

Dichter schaute Hellmann ungläubig an.

»Dafür verkaufst du deine Waren zu ganz regulären Preisen an die Mitglieder dieser Hilfe«, fuhr Hellmann fort.

»Und alle anderen?«, fragte Dichter misstrauisch.

Hellmann zuckte mit den Schultern. »Gehen leer aus.«

Das war nicht die Antwort, die die Leute vor dem Supermarkt hören wollten. »Aber sonst geht es wohl noch gut, was?«, rief ein Mann, der ein Trikot von den Offenbacher Kickers trug. »Bestimmen Sie hier jetzt die Regeln? Ich will einkaufen, bezahlen und nach Hause gehen. Fertig. Ich hab keine Lust, Ihrer beschissenen Nachbarschaftshilfe beizutreten.«

»Das ist genau das, was ich meine«, rief Hellmann und zeigte auf den Kickers-Fan. »Wir alle wissen doch, wie enthusiastisch alle sind, wenn es um das Gemeinwohl geht! Nämlich: Keiner rührt einen Finger! Aber das hier ist ein klarer Deal. Wer der Nachbarschaftshilfe beitritt, wird mit Lebensmitteln versorgt. Auch wenn er zurzeit kein Bargeld hat.« Er wandte sich an die alte Frau. »Ich finde die Idee dieser Dame gar nicht schlecht. Herr Dichter wird genau Buch führen, wer für wie viel eingekauft hat. Am Schluss wird abgerechnet und jeder bezahlt seine Schulden.«

Hellmann spürte, wie die feindselige Stimmung schwand. Die Leute sprachen miteinander, wägten das Für und Wider ab, um schließlich zustimmend zu nicken. Hellmann zog Dichter beiseite.

»Ist das in Ordnung?«, flüsterte er. »Du gehst kein Risiko ein. Du kannst dich auf mich verlassen.«

»Auf dich verlassen?« Dichter schnaubte.

Hellmann knuffte ihm in die Seite. »Es wird nicht dein Schaden sein, glaub mir.«

Dichter zögerte einen Moment. Schließlich zog er mit einem Seufzen den Schlüssel aus seiner viel zu großen Hose und schloss die Jalousie wieder auf.

Hellmann lächelte. »Dann wollen wir uns mal deinen Bestand anschauen.«

Sie betraten den Supermarkt. Dichter schloss sofort wieder hinter sich ab. Das Licht, das durch die Ritzen der Rollläden fiel, tauchte nur den vorderen Kassenbereich in ein Zwielicht. Die Regale bis hin zur Fleisch- und Brottheke lagen im Dunkel. Dichter setzte sich hinter eine der Kassen und holte aus einer Schublade eine Taschenlampe. Er schaltete sie ein und überprüfte die Stärke der Batterie.

Hellmann wartete beim Gemüsestand und betrachtete einen zusammengefallenen Salatkopf. Es war schon erstaunlich, wie schnell all das gesunde Zeug seine Frische verlor, wenn man es nicht kühlte.

»Das Obst wird noch einige Tage halten«, sagte Dichter. »Äpfel und Birnen länger als die Bananen. Alles andere muss ich wegwerfen.« Er richtete den Strahl der Taschenlampe auf einen Behälter mit Schnittlauch und Petersilie. Beides fing schon zu welken an. »Das größte Problem habe ich aber weiter hinten.«

Dichter führte Hellmann zu den offenen Tiefkühltruhen. »Pizza, Pommes, die ganzen Fertiggerichte – alles, was einmal aufgetaut ist, muss vernichtet werden.«

Hellmann nahm eine durchgeweichte Packung Fischstäbchen in die Hand. »Irgendetwas riecht schon.«

»Das Frischfleisch in der Kühltheke«, sagte Dichter. »Putenschnitzel, Hähnchenbrust, Partyfrikadellen und Würstchen gehen gerade den Weg alles Irdischen. Das muss von der Zentrale abgeholt werden.«

»Du glaubst wirklich, dass da jemand kommen wird?«, fragte Hellmann. »Alle Supermärkte haben doch dasselbe Problem. Das hier alles kann man nur verbrennen oder vergraben.«

Dichter schwieg. Er schien auf einmal zu ahnen, wie groß das Problem war, das er hatte.

»Mach dir mal keine Sorgen. Ich schicke nachher Leute vorbei, die dir beim Aussortieren helfen«, sagte Hellmann. »Was ist mit dem Fleisch, das eingefroren war?«

»Das ist natürlich auch aufgetaut«, sagte Dichter.

»Aber man kann es noch essen?«, fragte Hellmann und legte die Fischstäbchen wieder zurück.

»Ja, aber nur noch heute.« Dichter setzte sich auf die Kante einer Kühltheke. »Alles, was leicht verderblich ist, muss raus«, sagte er. »Käse, Eier, Milch, Joghurt.«

Hellmann betastete eine eingeschweißte Schweinelende.

Sie war noch kühl. »Hast du Lust, der Nachbarschaftshilfe eine Spende zukommen zu lassen?«

»Ihr wollt Geld?«, fragte Dichter überrascht.

Hellmann hielt das Stück Fleisch in die Höhe. »Nein, ich dachte an ein Grillfest im Huth-Park. Das wäre eine gute Gelegenheit, um unsere Gruppe vorzustellen und weitere Mitglieder anzuwerben. Findest du nicht auch?«

Marvins Fieber war in der Nacht nicht gesunken. Immer wieder hatte Jessie ihm zu trinken gegeben, doch als er anfing, sich selbst nach dem kleinsten Schluck zu übergeben, hatte sie es mit der Angst zu tun bekommen. Jessies Mutter, die nach dem Vorfall mit Patrick eine Tasche gepackt hatte und wieder gegangen war, hatte ihr gesagt, sie solle sich an eine Frau Doktor Katharina Debus im Johannes-Krankenhaus wenden, wenn sich Marvins Zustand nicht besserte.

Jessie hatte sich schon früh am Morgen auf den Weg gemacht. Im Gegensatz zum gestrigen Abend war der Verkehr deutlich geringer. Viele fuhren nicht zur Arbeit, weil es ohnehin nicht viel zu tun gab. Jessie wunderte sich, wie viel Müll auf den Straßen lag – als hätte man die ganze Nacht hindurch eine wüste Party gefeiert und danach nicht aufgeräumt. Der Bürgersteig war übersät mit Scherben, die sich mit dem herabgefallenen Laub der verdorrten Bäume gemischt hatten und nun unter den Rädern des Kinderwagens knirschten. Erst dachte Jessie, dass man Flaschen zerschlagen hatte, bis ihr die mit Spanplatten vernagelten Schaufenster auffielen.

Am Straßenrand stand ein nachlässig abgestelltes Auto. Hinter das Heckfenster hatte sein Besitzer ein Warndreieck gestellt. Es schien eine Panne zu haben. Aber als Jessie an der nächsten Straßenecke ein zweites Fahrzeug sah, das ähnlich rücksichtslos auf der Straße stand, ahnte sie, dass es einen anderen Grund geben musste, warum die Autos nicht mehr fuhren. Ein Stück die Friedberger Landstraße hinauf, hundert Meter hinter der Warte, befand sich eine sonst gut besuchte Aral-Tankstelle. Jetzt war sie geschlossen, die Einfahrt mit einer Kette versperrt. Langsam ging Frankfurt das Benzin aus, dämmerte es Jessie. Der Bus, den sie eigentlich hatte nehmen wollen, war auch nicht gekommen.

Die Sirenen von Polizei und Feuerwehr, die die ganze Nacht gejault hatten, heulten nur noch vereinzelt durch die Straßen. Jetzt, da Jessie drauf achtete, bemerkte sie auch, dass kein einziges der Flugzeuge in der Luft war, die normalerweise im Anderthalb-Minuten-Takt den Flughafen im Westen ansteuerten.

Marvin lag wie ohnmächtig im Kinderwagen. Zwei Handtücher, die sie mit Klammern befestigt hatte, sorgten für den nötigen Schatten. Jessie machte sich allmählich echte Sorgen um ihren Sohn. Immer wieder hatte er sich übergeben müssen. Nicht den kleinsten Schluck Wasser hatte er bei sich behalten. Der Urin war braun und roch ganz anders als sonst. Marvin musste komplett ausgetrocknet sein. Vermutlich hatte er auch deswegen keinen Stuhlgang gehabt. Sie konnte nur hoffen, dass sie in der Notfallambulanz nicht zu lange warten musste.

Die Hoffnung darauf schwand, als sie das Johannes-Krankenhaus erreichte. Man hatte den großen Besucherparkplatz geräumt und eine Reihe von weißen Gartenzelten aufgebaut, damit die Menschen, die in einer Schlange standen, wenigstens im Schatten auf ihre Behandlung warten konnten. Die besonders schweren Fälle, die nicht mehr gehen konnten, lagen auf Feldbetten und wurden von Sanitätern mit Infusionen versorgt.

Es waren viele Mütter mit ihren Kindern da. Die meisten waren besorgt, fast alle ungeduldig und gereizt. Jessie stellte sich mit Marvin hinter eine alte Frau in die Reihe und wartete. Als es nach einer Viertelstunde noch immer nicht weiterging, hob sie Marvin aus dem Kinderwagen und ging zu einer Krankenschwester.

»Entschuldigen Sie, aber ich suche Frau Doktor Debus«, sagte Jessie vorsichtig. Der Junge hing wie ein schlaffes Bündel in ihren Armen und stöhnte leise.

»Da kann ich Ihnen nicht helfen«, sagte die Schwester ungeduldig. »Wenn Sie einen Arzt sehen wollen, stellen Sie sich bitte in die Reihe.«

»Bitte!«, flehte Jessie. »Es ist dringend.«

»Das ist es für all die anderen auch«, sagte die Schwester und riss einen Karton mit Infusionen auf.

»Meinem Jungen geht es schlecht! Er hat hohes Fieber und erbricht sich ständig!«, rief sie der Schwester verzweifelt hinterher, die mit einem Armvoll Beutel davoneilte.

Jessie fluchte und ging zurück, als sie bemerkte, dass der Kinderwagen weggeschoben worden war. Die Schlange reichte nun bis fast zum Eingang. Sie wollte sich wieder hinter die Frau stellen, als sie rüde beiseitegedrängt wurde.

»Das war mein Platz!«, rief sie empört.

Der Mann, der ihr seinen Ellbogen in die Seite gedrückt hatte, blickte starr nach vorne. Jessie versuchte es erneut, aber der Kerl blockte sie wie ein Fußballspieler ab. Jessie schrie.

Niemand reagierte. Alle waren zu erschöpft, um dieser kleinen, unbedeutenden Auseinandersetzung Beachtung zu schenken. Eine Frau herrschte Jessie sogar an, sie solle endlich Ruhe geben und sich hinten anstellen.

Jessie war fassungslos. Jeder schaute weg, niemand stand ihr bei! Patrick! Patrick hätte dem Kerl schon längst eine verpasst.

»Arschloch«, zischte sie, als sie den Kinderwagen aus dem Gebüsch zog und sich hinten anstellte.

Es ging nur sehr langsam voran, alle zehn Minuten einen Schritt. Krankenhausangestellte verteilten nach einer halben Stunde an die Wartenden Flaschen mit Wasser, wenigstens das. Marvin schlief in der ganzen Zeit einen unruhigen Schlaf.

Am späten Vormittag, als der Parkplatz immer mehr einem riesigen Freiluftlazarett glich, wurde ein Rettungswagen auf das Klinikgelände geschoben. Es stellte sich heraus, dass ihm zweihundert Meter vor seinem Ziel der Sprit ausgegangen war und man ihn jetzt mit dem letzten Rest Benzin betankte, den man noch irgendwo aufgetrieben hatte.

Bei vielen der Wartenden lagen die Nerven nun blank. Immer wieder kam es zu lautstarken Auseinandersetzungen, weil sich jemand falsch oder ungerecht behandelt fühlte. Der Kerl, der Jessie so unsanft weggestoßen hatte, war an der Reihe und stritt sich mit einem jungen, türkisch aussehenden Arzt. Sie konnte nicht verstehen, worum es ging, aber der Arzt schien keine Lust auf eine Diskussion zu haben. Er winkte drei kräftige Sanitäter herbei, die den Kerl zum Tor eskortierten, und wandte sich an die Männer, Frauen und Kinder in der Schlange.

»Noch einmal für alle zum Mitschreiben«, rief der Arzt. »Wer Kopfschmerzen hat und wackelig auf den Beinen ist – da rüber!« Er zeigte auf ein Zelt, wo eine Schwester Wasser ausschenkte. »Das gilt besonders für die älteren Herrschaften. Sind hier noch Mütter mit ihren Kindern? Die kommen jetzt bitte vor!«

Bevor jemand reagieren konnte, setzte sich Jessie in Bewegung. Sie wollte gerade ihr Anliegen vortragen, als eine Ärztin sich an ihr vorbeidrängte.

»Entschuldigung. Basim, haben wir noch Brandsalbe?«

»Schau doch mal da hinter mir in der Kiste.«

Die Ärztin bückte sich und tauchte mit einer riesigen Tube wieder auf. »Wo hast du das alles her?«, fragte sie erstaunt.

»Rechtzeitig gebunkert. Du weißt doch, wie schnell hier die Sachen verschwinden. Hat da schon wieder jemand gezündelt?«

Die Ärztin rollte mit den Augen. »Wenn Sie grillen, kommen Sie nicht auf die Idee, die Kohle mit Brennspiritus anzuzünden«, sagte sie zu Jessie. »Das kann ins Auge gehen.« Sie stieß gegen den Kinderwagen und Marvin erwachte mit einem lang gezogenen, sehr hohen Schrei. Die Ärztin stutzte. Sie wollte gerade eine Frage stellen, als jemand lautstark nach der Salbe rief. Sie eilte davon.

»Haben Sie Ihre Krankenkassenkarte und Ihren Ausweis dabei?«

»Ja, Doktor Basim«, sagte Jessie.

»Nein. Basim ist mein Vorname. Ich heiße Anwari«, sagte der Arzt.

Jessie nickte schüchtern. Sie zog ihr Portemonnaie aus der Tasche und holte die Dokumente hervor. Basim schrieb

Name und Adresse auf eine Liste und reichte ihr die Karten wieder zurück.

»So. Worum geht's?«

»Es ist mein Sohn. Er hat Fieber und schreit ohne Ende. Außerdem ist sein Bauch ganz hart«, sagte Jessie.

»Trinkt er genug?«

»Er behält nichts bei sich, weder Wasser noch Tee.« Sie schaute zu der Ärztin, die die Salbe gesucht hatte und nun einem Mann die Hände verband. Ihre Blicke trafen sich. Jessie errötete und schaute wieder nach vorne.

»Ich könnte Ihnen eine Infusionslösung mitgeben«, sagte Doktor Anwari. »Haben Sie einen Hausarzt?«

Jessie schüttelte den Kopf. »Sonst wäre ich nicht hier.«

»Ihr Junge muss trinken. Wenn er genug trinkt, wird er auch nicht mehr schreien.«

»Das ist alles?«, fragte Jessie verwirrt.

Doktor Anwari hob entschuldigend die Hände. »Sorry. Der Nächste.«

Jessie hob den Kopf und schaute sich um. »Wo ist Frau Debus? Bei ihr sollte ich mich eigentlich melden!«

Die Ärztin war jetzt mit ihrem Patienten fertig und kam wieder zurück. »Sind Sie Frau Biehlers Tochter?«, fragte sie vorsichtig.

Jessie atmete erleichtert auf. »Ja. Die bin ich.«

»Es tut mir leid, ich habe Sie nicht gleich erkannt.« Sie wandte sich an Anwari. »Ich übernehme.«

Er zuckte mit den Schultern. »Wie du willst. Der Nächste!«

»Und wir drei gehen kurz rein, wo wir ungestört sind«, sagte Katharina. Sie nahm Marvin, Jessie schob den Kinderwagen. »Sie wissen gar nicht, wie dankbar ich Ihrer

Mutter bin. Ohne ihre Hilfe wüsste ich nicht, was ich machen sollte. Sie ist eine fantastische Frau.«

Eine fantastische Frau? Jessie hatte ihre Mutter in ihrem Leben schon alles Mögliche genannt, aber das Wort fantastisch hatte nicht dazugehört.

»Alleine zwei Kinder großzuziehen kann manchmal ziemlich hart sein«, fuhr Katharina Debus fort. »Andere hätten schon längst aufgegeben, aber Ihre Mutter hat sich durchgebissen.«

»Haben Sie auch Kinder?«, fragte Jessie.

Katharina Debus schüttelte den Kopf. »Nein«, sagte sie knapp, beinahe harsch.

»Oh«, machte Jessie nur. »Entschuldigung. Ich wollte Ihnen nicht ...«

»Es ist in Ordnung«, unterbrach sie Katharina Debus. »Kein Grund für ein schlechtes Gewissen. Ich kann keine Kinder bekommen, ich hatte Endometriose.«

Jessie nickte nur, obwohl sie nicht verstand, was das für eine Krankheit war. Sie wollte auch nicht nachfragen, denn es war ziemlich offensichtlich, dass die Ärztin nicht gerne darüber sprach.

Katharina Debus führte Jessie in eine Abstellkammer, deren einzige Lichtquelle ein kleines Fenster war, das sich zum Parkplatz hinaus öffnete. »Es tut mir leid, dass ich ein wenig improvisieren muss, aber durch den Stromausfall ist die Notaufnahme komplett zusammengebrochen. Alle Betten sind voll.«

Sie legte Marvin vorsichtig auf einen kleinen Tisch und tastete vorsichtig den Bauch ab. Marvin schrie schrill auf. Sie runzelte die Stirn, setzte ihr Stethoskop auf und horchte den Jungen ab.

»Wie heißt Ihr Sohn?«

»Marvin«, antwortete Jessie. Ihre Stimme war leise und unsicher.

»Wann hatte Marvin das letzte Mal Stuhlgang?«, sagte die Ärztin, während sie angestrengt lauschte.

»Ich weiß nicht«, antwortete Jessie unbehaglich. »Vor zwei oder drei Tagen. Ist alles in Ordnung?«

Katharina Debus setzte das Stethoskop ab und strich dem Jungen vorsichtig über den prallen Bauch. »Marvin hat einen Darmverschluss. Wir müssen operieren.«

Jessie war fassungslos. »Aber ... der andere Arzt hat gesagt, dass er nur zu wenig getrunken hat!«

»Wir alle haben in den letzten zweiundsiebzig Stunden nicht sonderlich viel geschlafen. Glauben Sie mir, da unterlaufen jedem noch so guten Arzt Fehler.«

Jessie konnte die Tränen jetzt nicht mehr zurückhalten. Es gab nicht viel, was ihrem Leben einen Sinn gab. Marvin war einer der wenigen Lichtblicke und trotzdem hatte sie den Jungen so sträflich vernachlässigt. »Sie müssen denken, dass ich eine schlechte Mutter bin.«

»Warum? Marvin ist gut ernährt, er hat keine blauen Flecken und sieht auch sonst nicht so aus, als würden Sie ihn schlecht behandeln. Ich habe schon andere Kinder gesehen, glauben Sie mir.«

»Und wann wollen Sie operieren?«, fragte Jessie schluchzend.

»Jetzt, sofort.«

Nach Wochen und Monaten, in denen der Regen ausgeblieben war, hatte sich der Seckbacher Huth-Park in eine Savannenlandschaft verwandelt, in der die Pappeln, Kastanien und Purpurbuchen den größten Teil ihres Laubes verloren hatten. Auch die Kothaufen der wenigen Hunde, die hier noch Gassi geführt wurden, sahen wie verdorrte Kadaver aus. Hellmann hatte beim alten Pavillon an der Nordseite des Parks zusammen mit Gräbner eine anderthalb Meter tiefe Kuhle ausgehoben, in die sie alle verdorbenen Lebensmittel aus dem kleinen Supermarkt warfen – ein Massengrab für abgelaufene Wurst.

Die Arbeit war mühselig und schweißtreibend gewesen. Sie mussten sie mit einer Spitzhacke erledigen, da der ausgetrocknete Boden steinhart war. Die Bäume spendeten kaum noch Schatten. Gräbner hatte deswegen von zu Hause einen großen Sonnenschirm mitgebracht, den sie im Lauf des Nachmittags immer wieder umstellen mussten.

Hellmanns Plan war es gewesen, möglichst viele Seckbacher zu einem Grillabend einzuladen, um so die Nachbarschaftshilfe vorzustellen. Die meisten hatten ihr Kommen zugesagt. Sie hatten die Lebensmittel, die noch genießbar waren, aber heute aufgebraucht werden mussten, zu den Gräbners gebracht, wo die Frauen den ganzen Tag Fleisch marinierten und Salate zubereiteten. Claudia hatte zusammen mit Malte und Lukas den Transport der sperrigen Bierzeltgarnituren und des großen Gasgrills aus Hellmanns Garten übernommen. Offenes Feuer im Freien war mittlerweile polizeilich verboten, deswegen hatten sie auf Holzkohle verzichtet. Ein davongewehter Funke, und der ganze Park würde in Flammen aufgehen.

Hellmann hatte das Loch zuerst offen lassen wollen, um später die Überreste der Feier ebenfalls darin zu vergraben. Doch das verdorbene Fleisch stank schon jetzt so schlimm, dass sie die Grube sofort wieder zuschütteten.

Es war kurz nach sechs, als sie die schweißtreibende Arbeit beendet hatten. Claudia war mit dem Zafira zum Spielplatz in den Park gefahren. Sie baute nun mit den Kindern und einigen Nachbarn die Bierbänke auf.

Gräbner hob den Arm und roch angewidert an seiner Achselhöhle. »Ich gehe mich waschen«, sagte er und sammelte das Werkzeug ein.

Aber Hellmann hörte nicht zu. Er hatte sich mit einer Flasche Wasser auf eine Mauer gesetzt und beobachtete seine Familie. Er fühlte sich zum Kotzen. Das, was er gestern mit Claudia gemacht hatte, war eine handfeste Vergewaltigung gewesen. Dafür schämte er sich inzwischen. Aber zu einer Entschuldigung hatte er sich nicht durchringen können. Er wusste nicht, warum, und das hatte ihn den ganzen Tag beschäftigt. Vielleicht, weil ihm Claudia fremd geworden war? Hellmann trank einen Schluck. Es gab immer häufiger Tage, an denen er sich wünschte, er hätte Claudia nie geheiratet. Jeder Auseinandersetzung wich sie aus, schob meist Kopfschmerzen oder Müdigkeit vor. Sie würde sich niemals von ihm scheiden lassen, das konnte er sich nicht vorstellen. Dessen war er sich sicher. Die Entscheidung dazu würde also bei ihm liegen.

»Harald, was ist?«

Hellmann blickte auf. »Ja. Ich komme mit.« Er leerte die Flasche, stellte sie zurück in den Kasten und stand schwerfällig auf.

»Du wirst auch alt«, sagte Gräbner und legte seinen Arm um Hellmanns Schulter, als wären sie die ältesten und besten Freunde. »Schön zu sehen, dass ich nicht der Einzige bin.«

Sie humpelten erschöpft über die stoppelige Wiese. Mittlerweile hatten sich auch andere Familien eingefunden und halfen nun Claudia bei den Vorbereitungen. Malte saß abseits unter einem Baum und machte keinen Finger krumm. Seine ganze Körpersprache verriet, dass ihn diese Veranstaltung nicht die Bohne interessierte. Stattdessen schien er seinen Vater mit Blicken durchbohren zu wollen.

»Ich gehe duschen«, sagte Hellmann zu seiner Frau. »Soll ich noch etwas von zu Hause mitbringen?«

Claudia schüttelte den Kopf und befestigte eine Papierdecke mit Reißzwecken. »Nein, es ist alles in Ordnung«, erwiderte sie so höflich, als hätte ihr ein Fremder angeboten, den Einkauf nach Hause zu tragen.

Gräbner half Lukas beim Anschluss der Gasflasche an den Grill und erklärte ihm dabei geduldig jeden Handgriff, damit er es beim nächsten Mal selbst machen konnte. Lukas, der sonst gerne den Raum zwischen seinen beiden Ohren auf Durchzug stellte, hörte ehrlich interessiert zu. Gräbner gab ihm einen kameradschaftlichen Klaps und Lukas machte sich wieder an die Arbeit.

»Aufgeweckter Kerl, dein Junge«, sagte er zu Hellmann, als sie sich auf den Heimweg machten. »Nicht so ein Stoffel wie die anderen Burschen in seinem Alter.«

»Das wundert mich. Sonst schlägt er mehr nach seiner Mutter«, sagte Hellmann.

»Das klingt nicht nach einem Kompliment«, sagte Gräbner.

»Nicht wirklich«, gab Hellmann zu.

»Gibt's Ärger bei euch zu Hause?«

»Ganz im Ernst, ich glaub nicht, dass dich das was angeht«, sagte Hellmann, doch Gräbner ließ sich von dieser Abfuhr nicht beeindrucken.

»Vera und ich haben auch eine schwierige Phase hinter uns. Ihr macht es ziemlich zu schaffen, dass wir keine Kinder haben. Ich wollte damals keine, und das hält sie mir bis heute vor«, sagte Gräbner. »Irgendwann waren wir kurz davor, uns zu trennen. Vierunddreißig Jahre sind wir zusammen, und da können einem die Marotten des anderen ganz schön auf die Nerven gehen. Irgendwann haben wir erkannt, dass wir miteinander reden mussten, sonst wären wir uns an den Hals gegangen. Es lief gar nichts mehr zwischen uns – wenn du verstehst, was ich meine.«

Hellmann kannte Vera. Sie war eine dieser Frauen, die auf Partys immer einen Schluck zu viel tranken, eine Spur zu laut lachten und anderen Männern eine Handbreit zu nah auf die Pelle rückten. Eigentlich konnte man sich bei ihr nur schwer vorstellen, dass sie ihren Thilo auf Abstand hielt, obwohl er immer spitz wie Nachbars Lumpi war.

»Du hattest noch was anderes laufen«, stellte Hellmann fest.

»Aber frag nicht! Ich habe alles angegraben, was nicht bei drei auf den Bäumen war«, sagte Gräbner.

Jetzt musterte Hellmann seinen Freund genauer. »Du hattest Affären?«, fragte er ungläubig.

»Der kleine Pecker will beschäftigt sein«, sagte Gräbner. »Das solltest du doch am besten wissen.«

»Was soll das denn heißen?«, fuhr Hellmann ihn an.

»Du bist nicht gerade dezent in solchen Dingen«, sagte Gräbner. »Wenn dir eine Frau auffällt, die in dein Beuteschema fällt, solltest du mal deinen Tunnelblick sehen.«

»Wird viel geredet?«, fragte Hellmann vorsichtig, dem Claudias Worte wieder einfielen.

»Sagen wir so: Du bist kein Ortsgespräch, aber man erzählt sich einiges.«

»Zum Beispiel?«

»Dass du alleinstehenden Frauen in der Nachbarschaft gerne mal ein Gewürzbord an die Wand dübelst.«

»Fallen Namen?«

Gräbner wurde ernst. »Nein. Jacqueline Beigemann wird dabei nicht erwähnt.«

Hellmanns Herz setzte einen Moment aus. Er hatte der Freundin von Jankowskis ältestem Sohn dieses Jahr ziemlich tatkräftig durchs Abitur geholfen, woraufhin sie sich als sehr dankbar erwiesen hatte. Hellmann wusste, dass es eigentlich ein Fehler war. Aber, Herrgott, Jacqueline war neunzehn, sie hatte sich ihm förmlich aufgedrängt! Verdammt, wenn Gräbner es schon wusste, dann wusste es auch Claudia. Er stöhnte innerlich. Der Tunnelblick. Das war sein Problem. Das Blut reichte entweder für sein Hirn oder seinen Schwanz. Aber ganz entschieden nicht für beides.

»Von wem weißt du es?«, fragte Hellmann mit belegter Stimme.

»Von dir«, sagte Gräbner. »Du hast es mir gerade verraten.«

Hellmann wirbelte herum und packte Gräbner beim verschwitzten Polohemd. Die Wut, die rot und heiß in ihm hochstieg, machte ihn sprachlos.

»Ganz ruhig«, sagte Gräbner, der es jetzt mit der Angst zu tun bekam. »Ich werde es keinem verraten! Das musst du mit dir selber ausmachen!«

»Und warum erzählst du mir es dann?«, presste Hellmann hervor und verstärkte den Griff.

»Verdammt, weil du mein Freund bist!«, keuchte Gräbner. »Und weil ich sehe, was für ein Problem du hast! Ich wäre niemals darauf gekommen, wenn wir gestern Abend nach dem Stromausfall nicht alle auf der Straße gestanden hätten. Als Jacqueline mit Jankowskis Sohn vom Lohrberg gekommen ist, da hättest du die Blicke sehen sollen.«

Hellmann ließ das Unterhemd los.

»Mich wundert nur, dass ich der Einzige bin, dem es aufgefallen ist!«, sagte Gräbner.

»Entschuldige«, sagte Hellmann. Der rote Vorhang hob sich langsam und er konnte wieder klarer sehen. »Es tut mir leid.«

»Du hast ein echtes Problem!«, sagte Gräbner und stopfte das Hemd wieder zurück in die Hose. »Mir ging es ähnlich, bis Vera und ich uns für eine Paartherapie entschieden haben.«

»Und du meinst, wir sollten dasselbe tun«, sagte Hellmann.

»Es ist hart. Wahrscheinlich wirst du dir einige unangenehme Wahrheiten anhören müssen, aber wenn du mit deiner Frau zusammenbleiben möchtest, solltest du ihr das vorschlagen.«

Sie standen vor Hellmanns Haus. Gräbner wollte weitergehen, aber Hellmann hielt ihn fest. »Danke«, sagte er, und es klang ein wenig zerknirscht.

Gräbner nickte. »Keine Ursache. Wir alle machen mal eine Scheißzeit durch. Ich fände es nur schade, wenn ihr euch trennt. Allein schon wegen der Kinder. Wir sehen uns auf dem Fest.«

Gräbner berührte Hellmann zum Abschied sachte am Arm und ging davon.

Hellmann schloss die Haustür auf. Da war sie wieder, die Frage: Wollte er wirklich den Rest seines Lebens mit seiner Frau verbringen? Was wäre, wenn die Antwort ein Nein war? Nun, dann würde er eine einfache Kosten-Nutzen-Rechnung aufmachen. Er war nur verpflichtet, für den Unterhalt seiner Kinder zu sorgen. Claudia hingegen würde wieder arbeiten müssen, doch ob sie nochmals eine Anstellung als Bibliothekarin fand, war mehr als ungewiss. Das Haus müssten sie wohl verkaufen, aber damit konnte er leben. Für ihn alleine wäre es ohnehin zu groß. Viel wichtiger war die Frage, ob er seine Pension mit ihr teilen musste. Nun, sein Steuerberater konnte sie beantworten. Aber auf den ersten Blick schien es, als stünde er besser da als sie. Und das war ziemlich beruhigend. Es war immer besser, aus einer Position der Stärke heraus zu handeln.

Paartherapie! Gott, das klang, als litten sie an einer Krankheit! Er hatte jedenfalls keine Lust, vor einem Psychologen sein Leben auszubreiten. Vieles, was er tat, ging Claudia gar nichts an, geschweige denn einen Typen, der vermutlich noch nicht einmal sein eigenes Leben auf die Reihe bekam.

Hellmann zog sich aus, warf die schmutzigen Sachen in den Wäschekorb und stellte sich unter die Dusche. Er fluchte, als er den Hahn aufdrehte. Heißes Wasser gab es seit gestern Abend nicht, doch das kalte Rinnsal, das nun auf ihn herabtröpfelte, war so spärlich, dass es kaum zum Händewaschen reichte. Dass dieser Stromausfall auch die Wasserversorgung in Mitleidenschaft ziehen würde, hatte er nicht bedacht. Aber eigentlich war es nur folgerichtig, dass ohne Elektrizität auch die Pumpstationen ihren Betrieb einstellen mussten – es sei denn, sie wurden mit Dieselmotoren betrieben. Aber auch die Stunden dieser Aggregate waren gezählt. Irgendwann wären die Tanks leer.

Er seifte sich ein, spülte sich so gründlich wie möglich ab und zog sich die frischen Sachen an, die er auf einen Hocker zurechtgelegt hatte. Er hatte den Kleiderschrank inspiziert. Sie hatten noch für eine Woche saubere Wäsche, dann würden sie sich etwas einfallen lassen müssen. Bis dahin durften sie sich nicht zweimal am Tag umziehen, egal, wie sehr sie auch schwitzten.

Als er in den Huth-Park zurückkehrte, war Manfred Dichter mit seinem kleinen Bus bereits da. Hellmann hatte ihm den kleineren Generator geliehen, damit die Getränke gekühlt werden konnten, die Dichter jetzt für schmales Geld verkaufte. Den übrig gebliebenen Stromerzeuger hatte er für den Fall der Fälle in die Garage gestellt. Irgendwann würde ihn jemand brauchen. Und dann war dieser Jemand Hellmann einen Gefallen schuldig. So funktionierte sein System. Eine Hand wusch die andere, und am Ende bestimmte Hellmann, wo es langging.

Claudia hatte sich zusammen mit den Gräbners an einen Tisch gesetzt, während Malte und Lukas in seltener Eintracht den Grill bedienten. Thilo hob die Hand, als er Hellmann sah.

»Hier sind wir!«, rief er. »Wir haben dir noch einen Platz frei gehalten.«

»Ich komme gleich!«, antwortete Hellmann. »Ich will mir erst etwas zu essen zu holen.« Er stellte sich in die Schlange vor den Grill und wartete, bis er an der Reihe war.

»Hi, Paps«, sagte Lukas. »Was willst du haben?«

»Ein Schnitzel und eine Wurst«, sagte er. »Ihr kommt zurecht?«

»Ja, klar«, sagte Lukas und gab seinem Vater einen Pappteller mit dem Fleisch. »Ketchup?«

»Bitte«, sagte Hellmann. Malte blieb stumm. Seit der Prügelei am gestrigen Abend hatte er kaum ein Wort gesprochen.

»Was ist mit dir? Hast du noch immer deine Zunge verschluckt?«

Malte verzog das Gesicht zu einem schiefen, fast schon abfälligen Lächeln. Hellmann runzelte die Stirn und leckte einen Finger ab, der mit Fett beschmiert war. »Wenn ich dich etwas frage, erwarte ich eine Antwort von dir!«

»Mir geht es gut, danke der Nachfrage«, sagte Malte übertrieben freundlich.

»Treib es nicht auf die Spitze, hörst du?«, sagte Hellmann. »Wenn ich auch nur eine Klage höre, dass du dich danebenbenommen hast, bekommst du Ärger.«

»So wie Mama?«, fragte Malte grinsend und zeigte dabei seine Zähne. »Das, was du gestern Abend mit ihr getan hast, war nicht das erste Mal. Du bist ein Schwein. Und du weißt, was mit Schweinen geschieht? Sie werden eines Tages geschlachtet.«

Hellmann gab seinem Sohn eine schallende Ohrfeige. Es war ihm egal, dass auf einmal alle Augen auf ihn gerichtet waren. »Was zwischen deiner Mutter und mir ist, geht dich gar nichts an«, zischte er ihn an.

»Natürlich«, sagte Malte. »Man muss auch einmal streiten können. Dann ist die Versöhnung umso schöner, nicht wahr?«

Hellmann hätte am liebsten seinen jüngsten Sohn gepackt und ihm eine weitere Ohrfeige verpasst, aber er riss sich zusammen. Lukas hatte sich die ganze Zeit mit dem Grill beschäftigt, als ob die halb verkohlten Würstchen der Schatz der Piraten wären.

»Familie Hellmann wie immer im Auge des Sturms«, sagte eine Stimme. »Sieht so aus, als wäre die Nachbarschaftshilfe ein voller Erfolg.« Willi Jankowski strahlte Hellmann über beide Ohren an.

Hellmann warf Malte einen letzten finsteren Blick zu, nahm seinen Teller und ging weiter zum Salatbuffet. »Wie war's mit Manfred?«

»Gut. Nachdem ihr die Sachen zum Vergraben weggefahren habt, haben wir ein wenig Inventur gemacht.«

»Und?«, fragte Hellmann und lud sich einen Löffel Gurkensalat auf den Teller.

»Wenn wir nur die Nachbarschaftshilfe – also auch die, die du heute Abend eingeladen hast – versorgen müssen, reichen die Vorräte eine Woche. Aber bis dahin sollte der Strom ja wieder da sein.«

Hellmann gab darauf keine Antwort. Er wusste nicht, wie lange es dauerte, bis die Kraftwerke wieder Elektrizität lieferten. Er war kein Experte. Aber solange der Pegelstand der Flüsse so niedrig war, würde sich an der Ursache für den Stromausfall wenig ändern.

Gemeinsam setzten sie sich zu Claudia und den Gräbners an den Tisch. Thilo hatte eine Runde Bier springen lassen. Die Flaschen waren angenehm kühl.

»Sag mal, Claudia«, fragte er und nahm einen tiefen Schluck. »Wie machst du das eigentlich? Du isst doch kein Fleisch, wie kommst du denn jetzt an Gemüse?«

»Wir haben von Manfred einige Gurken, Tomaten und Möhren gekauft, die werden noch einige Zeit reichen«, sagte sie.

»Ach, stimmt«, sagte Vera. »Harald hat ja so schnell geschaltet und gleich nach dem Ausfall drei Generatoren gekauft.«

»Die aber nicht laufen würden, wenn meine Frau nicht den dafür nötigen Sprit organisiert hätte«, sagte Hellmann und lächelte Claudia an. Er wollte ihre Hand berühren, doch wie beiläufig zog sie sie weg, um sich ein Stück Brot zu nehmen. Für einen Außenstehenden sah es wohl nicht nach Absicht aus, doch Hellmann spürte dennoch die Ablehnung.

»Aber du wirst doch nicht die ganze Zeit dieses Kaninchenfutter essen wollen«, hakte Gräbner nach. »Auch vegetarische Gerichte müssen gekocht werden. Du kannst ja deine getrockneten Bohnen nicht weichlutschen.«

Stefan Jankowski war gekommen und grüßte aus der Ferne seinen Vater. Neben ihm stand seine Freundin.

»Dann nehme ich Konserven. Erbsen, Bohnen, Mais, Linsen«, sagte Claudia. Ihre Stimme klang abwesend, als sie zu Jacqueline Beigemann hinüberschaute. Sie riss sich zusammen und lächelte wieder. »Was mir mehr zu schaffen macht, ist diese H-Milch. Man schmeckt, dass sie einmal aufgekocht wurde.«

Claudia weiß von seiner Sache mit dem Mädchen, schoss es Hellmann durch den Kopf. Sie weiß es, sie weiß es, sie weiß es! Verdammt!

»Wie soll es denn jetzt mit dieser Nachbarschaftshilfe weitergehen?«, fragte Jankowski.

»Nun, alle, die Mitglieder werden wollen, müssen sich bei Manfred in eine Liste eintragen. Und dann wählen wir einen Vorstand, der …« Hellmann hielt inne, als er Jankowskis grimmiges Gesicht sah, und drehte sich in die Richtung um, in die sein Nachbar schaute.

»Was wollen denn die Achmeds hier?«, fragte Jankowski.

»Willi!«, zischte seine Frau vorwurfsvoll.

Zwei oder drei in ein lautes Gespräch vertiefte Familien zogen an ihnen vorbei. Die Kinder schleppten vollgestopfte Klappkörbe, während die schnauzbärtigen Männer in ihren halb offenen Hemden sich mit dem Grillgut abmühten und ihnen zunickten.

»Weißt du, was ich an denen nicht mag?«, sagte Jankowski. »Die können noch nicht mal richtig grüßen. Kein Hallo, kein Guten Tag.«

Seine Frau reckte den Kopf und hielt im Kauen inne. »Sag mal, wollen die da etwa ein Feuer machen?«, fragte sie.

Jankowski kniff die Augen zusammen. »Sieht so aus. Die fackeln uns noch den ganzen Park ab.«

»Dann sollten wir sie fragen, ob sie ihre Sachen nicht auf unseren Gasgrill legen wollen«, sagte Claudia.

»Das werden die nicht tun«, sagte Hellmann.

»Weil die nichts mit uns zu tun haben wollen?«, sagte Jankowski und nuckelte an seinem Bier.

»Nein, weil wir Schweinefleisch grillen«, antwortete Hellmann.

»Die sollen sich nicht so anstellen«, sagte Jankowski. »Also, ich geh da jetzt rüber und sag denen, die sollen sich unterstehen, hier zu zündeln.«

»Bleibst du sitzen!«, fuhr ihn seine Frau an.

»Warum, verdammt noch mal?!«

»Weißt du vielleicht, wie die darauf reagieren?«, zischte ihn Birgit an.

»Ich werde mit ihnen reden«, sagte Claudia und stand auf. »Hier ist doch genug Platz. Sie können sich gerne an einen der Tische setzen. Und den Grill sollen sie da drüben auf den Weg stellen, da kann nichts passieren.«

Bevor Hellmann etwas sagen konnte, war Claudia aufgestanden.

»Na«, sagte Gräbner. »Vielleicht sollte sich Claudia als Vorsitzende der Nachbarschaftshilfe wählen lassen.«

Sie machte das in der Tat gut. Statt von oben herab mit den Familien zu reden, die sich im verdorrten Gras niedergelassen hatten, ging sie in die Knie. Das Bild war für Hellmann und auch die meisten anderen, die jetzt zu Claudia hinüberschauten, befremdlich. Die Frauen, manche mit, aber die meisten ohne Kopftuch, spielten mit den Kindern oder stellten die Schüsseln mit Salat auf die mitgebrachten Decken. Die Männer, sehr südländisch und sehr selbstbewusst, knieten auf dem Boden und bauten den kleinen Grill zusammen. Und dazwischen Claudia, die aussah, als ginge sie gerade in ihrem frisch gestärkten hellblauen Poloshirt zum Segeln.

Die Unterhaltung dauerte nicht lange. Die Männer berieten sich mit ihren Frauen, packten ihre Sachen zusammen und kamen herüber.

»Oh, oh«, machte Jankowski nur und zog den Kopf ein, als müsste er sich vor jemandem verstecken.

Die Männer, augenscheinlich Türken, nickten freundlich zum Gruß, als ihre Frauen zwei Tische in Beschlag nahmen. Hellmann nickte zurück.

»Scheiße mit dem Stromausfall, was?«, sagte einer der Türken, ein stämmiger Kerl, dem langsam das Haar ausging.

»Kann man wohl sagen«, sagte Hellmann.

»Wir hatten noch Glück, dass es erst spät am Abend passiert ist«, sagte der Türke in akzentfreiem Deutsch. »Stellen Sie sich vor, wenn eines der Kinder im Fahrstuhl stecken geblieben wäre.«

»Haben Sie auch Probleme mit dem Wasser?«, fragte Gräbner.

Der Türke streckte die Hand aus und schüttelte die seines Gegenübers. »Örkün heiße ich.«

»Gräbner.«

»Ja, das Wasser macht uns wirklich zu schaffen«, sagte Örkün. »In den oberen Stockwerken unseres Hauses ist der Druck so niedrig, dass kaum noch etwas aus den Leitungen kommt.«

Hellmann bemerkte, dass nun immer mehr Bewohner der Atzelbergsiedlung in den Huth-Park kamen. Viele von ihnen waren junge Männer in Streetwear. Manche trugen Goldketten, Durags oder Bandanas, fast alle waren auf irgendeine Art und Weise tätowiert. Hellmann kannte diese Sorte von Verlierern. Typen, die vor Kraft nicht gehen konnten, aber nichts zustande bekamen. Er verabscheute sie von ganzem Herzen. In einigen seiner Mittelstufenklassen gab es Paradebeispiele dieser Gattung, die zu cool für diese Welt waren. Nun, denen zeigte er ab und zu ganz gerne, dass sie an seiner Schule eigentlich nichts verloren hatten. Zwei oder drei der ganz krassen Fälle hatte er schon erfolgreich abgeschossen. Die sahen sich jetzt – sicherlich ohne große Aussicht auf Erfolg – nach einer Lehrstelle um.

Auch Örkün schnalzte missbilligend mit der Zunge, als er die Burschen sah, wie sie breitbeinig provozierend ihr Testosteron verströmten.

»Kein Respekt«, sagte er. »Meine Jungs dürften nicht so rumlaufen.«

Hellmann hob überrascht die Augenbrauen.

»Schuld sind die Eltern«, fuhr Örkün fort. »Die Mütter erziehen sie zu Prinzen, vom Vater werden sie wegen der kleinsten Verfehlung geschlagen. Wie soll da ein Kind lernen, was richtig und was falsch ist? Ich habe gegen meine Kinder noch nie die Hand erhoben.«

»Sie wohnen auf dem Atzelberg?«, fragte Jankowski.

»Ja. Und es wäre in Ordnung dort, wenn man sich gegenseitig respektieren würde, aber das tun längst nicht alle«, sagte Örkün. »Wissen Sie, was mich am meisten stört?«

»Na?«

»Die vielen Ausländer, die dort wohnen.«

»Wie bitte?«, fragte Jankowski, als hätte er nicht recht gehört.

»Ja. Besonders diese kasachischen Aussiedler«, sagte

Örkün. »Sind immer betrunken und sprechen kein Wort Deutsch.«

»Das erstaunt mich jetzt doch, so etwas von einem Türken zu hören«, sagte Jankowski belustigt.

Örkün lachte. »Ich bin kein Türke. Ich bin seit meiner Geburt staatlich anerkannter Deutscher, genau wie übrigens alle anderen Mitglieder meiner Familie auch.«

»Aber, Ihr Name ist doch türkisch. Oder täusche ich mich?«

»Wie heißen Sie denn?«, fragte Örkün.

»Jankowski.«

»Oh! Dann sind Sie Pole!«, sagte er grinsend.

Jankowski verzog beleidigt das Gesicht. Gräbner lachte schallend. »Jetzt hat er dich.«

»Darf ich Ihnen etwas zu trinken anbieten? Ich habe hier einen vorzüglichen Dimrit aus Kirşehir.« Örkün zog eine Rotweinflasche aus dem Korb. »Sehr guter Tropfen.«

»Herr Örkün, Sie sind ein erstaunlicher Mensch«, sagte Gräbner gut gelaunt, als er sein voll eingeschenktes Glas entgegennahm.

Hellmann lehnte dankend ab. So viel Verbrüderung ging ihm zu weit. Stattdessen erhob er sich. »Liebe Nachbarn und Freunde«, rief er. »Dürfte ich kurz eure Aufmerksamkeit haben?«

Die Gespräche erstarben. Jeder drehte sich um, alle Augen waren jetzt auf ihn gerichtet.

»Mein Name ist Harald Hellmann, für die unter Ihnen, die mich noch nicht kennen. Diese kleine Feier, die wir unserem Freund Manfred Dichter zu verdanken haben …« Lauter Beifall unterbrach ihn. Dichter, der bei seinem Getränkewagen stand, deutete eine Verbeugung an und prostete den Gästen mit einer Bierflasche zu.

»Diese Feier hat natürlich einen ernsten Hintergrund«, fuhr Hellmann fort. Augenblicklich kehrte wieder Stille ein. »Da jetzt schon seit über einem Tag der Strom ausgefallen ist und auch in der nächsten Zeit nicht mit einer Besserung der Lage zu rechnen ist, stehen wir vor einer Reihe ernster Probleme. Ich spreche von der Versorgungslage und unserer Sicherheit. Wie ihr wisst, ist es zu ersten Plünderungen gekommen. Die Polizei wird uns nicht helfen können. Also müssen wir die Dinge selbst in die Hand nehmen. Die Frage ist nun: Seid ihr dabei?«

Die Antwort kam nicht ganz so überzeugend, wie er es erhofft hatte. Viele nickten, manche murmelten etwas. Aber die große Begeisterung blieb aus.

»Gut«, sagte Hellmann. »Dann sollten wir den nächsten Schritt unternehmen und einen Ansprechpartner wählen, bei dem die Fäden zusammenlaufen.«

»Ich finde, Harald Hellmann macht das bereits ganz gut«, rief Jankowski. »Oder seid ihr anderer Meinung?«

»Nein, sind wir nicht«, sagte mit fester Stimme die alte Dame im Strohhut, die Hellmann vor dem Supermarkt getroffen hatte. »Wer dafür ist, dass Harald Hellmann die Nachbarschaftshilfe leiten soll, hebt die Hand.« Sie riss den Arm hoch.

Nach und nach folgten die anderen ihrem Beispiel. Nur Hellmann, seine Frau und die Örküns stimmten nicht ab. Örkün wusste offensichtlich nicht, worum es ging, und das war auch ganz gut so. Hellmann wollte keinen von den Atzelbergern dabeihaben. Das würde die Sache nur unnötig erschweren.

»Ich danke euch für das entgegengebrachte Vertrauen«, sagte er. »Dann brauchen wir noch zwei Stellvertreter und einen Schriftführer. Ich schlage Willi Jankowski, Thilo Gräbner und Manfred Dichter vor. Wer ist dafür?«

Wieder stimmten so gut wie alle zu.

»Damit steht unsere Nachbarschaftshilfe. Ich danke euch.« Ein recht lahmer Applaus war zu hören. »Ihr solltet euch jetzt in Manfreds Liste eintragen, damit ihr in seinem Supermarkt auf Kredit einkaufen könnt.«

Dichter ließ einen Collegeblock herumgehen, in den sich jeder mit Namen, Adresse und Unterschrift verewigen konnte. Auch wenn der Widerhall seines Aufrufs nicht so stark war, wie er sich das vorgestellt hatte, erfüllte Hellmann das Ergebnis der Abstimmung doch mit Stolz. Außerdem war er nun endlich in der Lage, die Dinge in die Hand zu nehmen.

Er wollte sich gerade ein Glas Wasser einschenken, als er innehielt. Drei Typen waren jetzt im Huth-Park erschienen, von denen er einen besser kannte, als ihm lieb war. Sein Herz schlug schneller. Er war kein Mensch, der sich mit anderen schlug. Als Kind hatte er immer zu den Unterlegenen gehört und heute waren handgreifliche Auseinandersetzungen unter seiner Würde. Aber beim Anblick dieses Burschen, der nur einen Tag zuvor in seinen Zafira gefahren war, wurde er wieder zu dem kleinen Jungen, der regelmäßig von älteren Schülern verprügelt wurde, weil sie Spaß daran hatten, jemanden bluten zu sehen. Es war nicht die Schule, die einen auf das Leben vorbereitete, sondern das, was mit einem geschah, wenn man mittags alleine nach Hause ging, den Turnbeutel noch in der Hand. Wie oft war er von Arschlöchern wie diesem Patrick geschlagen und bespuckt worden? Wie oft hatte er Angst vor diesen gescheiterten Existenzen mit ihrer ach so schweren Kindheit gehabt? Noch heute meldete sich bei ihm der alte Fluchtreflex, wenn er solche Typen sah. Dann war er wieder die zwölfjährige Heulsuse, die es nicht wagen durfte, mit einem zerrissenen Anorak und blutender Lippe nach Hause zu kommen, weil sein Vater jeden verachtete, der sich derart erniedrigen ließ. Aber Hellmann lief nicht mehr davon. Es hatte lange gedauert, bis er sich von solchen Situationen nicht mehr einschüchtern ließ. Und nun war er so weit, dass er es diesem Pack mit gleicher Münze heimzahlen konnte.

»Thilo? Willi? Habt ihr einen Moment?«, fragte er.

»Sicher«, sagte Gräbner und stellte seinen Wein ab. »Was ist denn?«

»Ich denke, es wird Zeit, dass die Nachbarschaftshilfe ihre Arbeit aufnimmt.«

»Was ist denn mit dir los?«, fragte Slobo, als er Patricks bleiches Gesicht sah. »Du siehst aus, als hättest du deinen Bewährungshelfer gesehen.«

»Bewährungshelfer?«, fragte Patrick ärgerlich. »Was redest du da für einen Scheiß? Da vorne ist dieses Arschloch, das mir in den BMW gefahren ist! Ich wusste gar nicht, dass der hier wohnt!«

Patrick, Slobo und Tayfun hatten vom Balkon aus gesehen, wie sich immer mehr Menschen im Huthpark versammelten. Der Geruch von gegrilltem Fleisch war sogar bis zu ihnen hinauf in den dreizehnten Stock gestiegen. Nur schwach, aber doch so deutlich, dass die Aussicht auf eine freie Mahlzeit vor ihrem großen abendlichen Auftritt sie aus der sommerschwülen Lethargie gerissen hatte. Jetzt standen sie am Rand des Parks und schauten zu den verschiedenen Gruppen hinüber.

»Und was willst du jetzt tun?«, fragte Slobo. »Rübergehen und ihm eine aufs Maul geben?«

Tayfun grinste breit. Er war immer noch breit und tänzelte von einem Fuß auf den anderen. Patrick war froh, dass sie erst in ein paar Stunden loszogen, um sich ein wenig Bargeld zu beschaffen. Bis dahin war Tayfun hoffentlich wieder klar in der Birne.

»Schau mal«, sagte Slobo. »Sieht so aus, als hätte er dich auch gesehen. Er sieht die ganze Zeit zu uns herüber.«

»Und er scheint Schiss zu haben«, sagte Tayfun.

»Woher willst du das wissen?«, fragte Slobo.

Tayfun hob witternd die Nase in die Luft. »Das rieche ich, Alter. Also, was ist? Schnappen wir ihn uns?«

»Klar. Am besten vor all den Leuten«, sagte Patrick sarkastisch. »Ganz im Ernst, du solltest weniger Speed zu dir nehmen. Dann würde dein Hirn auch wieder besser arbeiten.«

Der Kerl unterhielt sich mit zwei anderen Männern, die Patrick nicht kannte. Es war schon erstaunlich. Da lebte man keine zweihundert Meter voneinander entfernt und war sich trotzdem noch nie über den Weg gelaufen.

»Die drei Typen setzen sich in Bewegung«, sagte Slobo.

»Los«, sagte Patrick. »Hinterher. Aber so, dass sie uns nicht sehen! Ich will wissen, wo das Arschloch wohnt.«

Sie folgten dem Trio unauffällig bis zum Ausgang des Parks, mussten aber nicht weit gehen. Der Opel-Arsch wohnte zwei Straßen weiter in einem dieser flachen Bungalows.

»Und jetzt?«, fragte Tayfun. »Willst du ihn aufmischen?«

»Nein«, sagte Patrick. »Den kaufe ich mir, wenn er alleine ist und nicht mehr mit mir rechnet. Außerdem wartet heute noch eine Sparkasse auf uns, schon vergessen?«

Hellmann schaltete die Taschenlampe an, um Gräbner und Jankowski ins Untergeschoss zu führen.

»Willst du uns nicht sagen, was du vorhast?«, fragte Gräbner, als sie die Treppe hinabstiegen.

»Das wirst du gleich sehen«, sagte Hellmann und öffnete die Tür zu seinem Büro. Er stellte die Taschenlampe auf den Schreibtisch, sodass sie die Decke anstrahlte. Dann holte er den Schlüsselbund aus seiner Hosentasche und schloss den Stahlschrank auf.

»Heilige Scheiße«, flüsterte Jankowski, als er die Waffen sah. »Wo hast du denn die her?«

»Gekauft«, sagte Hellmann. »Ganz legal. Ich habe einen Waffenschein und die dazugehörigen Waffenbesitzkarten.« Er nahm die S.A.T. 9 Practical aus der Halterung und drückte sie Jankowski in die Hand. Der versteifte sich auf einmal so, als hätte man ihm ein fremdes Baby in den Arm gelegt.

»Sieht aus wie eine dieser Pumpguns. Darf ich mir die mal genauer anschauen?«, fragte er beinahe schüchtern.

»Nur zu. Dafür habe ich sie dir ja gegeben.«

Jankowski lächelte wie ein Junge, der zum ersten Mal den Familienwagen fahren durfte, und legte auf Gräbner an. Hellmann drückte den Lauf nach unten.

»Niemals, unter keinen Umständen richtet man ein Gewehr grundlos auf einen Menschen! Auch wenn man sich vergewissert hat, dass es nicht geladen ist«, sagte Hellmann. »Ihr habt so ein Ding noch nie in der Hand gehabt, stimmt's?«

»Woher denn?«, fragte Gräbner, der nun die anderen Waffen mit einer Mischung aus Neugierde, Angst und Respekt betrachtete.

»Dann wisst ihr auch nicht, wie man mit so etwas umgeht?«, fragte Hellmann.

»Im Fernsehen sieht man so etwas manchmal«, sagte Jankowski und gab ihm die Practical wieder zurück. »Aber das zählt wohl kaum, oder?«

»Nein, nicht wirklich.« Hellmann stellte das Gewehr wieder zurück, bückte sich und hob einen kleinen Karton auf den Schreibtisch. Er holte zwei kleine, mit roten Kappen versehene Dosen hervor und warf sie den beiden zu. Gräbner schaute auf das Etikett.

»Tierabwehrspray«, las er.

»Oleoresin capsicum«, sagte Hellmann. »Biestiges Zeug. Lässt die Schleimhäute anschwellen. Wer immer das in die Augen bekommt, ist für die nächste Viertelstunde außer Gefecht gesetzt. Die Reichweite beträgt gute zweieinhalb Meter. Das dürfte also jeden Angreifer auf Abstand halten. Claudia nimmt es immer mit, wenn sie mit ihren Freundinnen abends im Huth-Park ihre Walking-Runden dreht. Das Spray ist zwar nicht so wirksam wie die anderen Sachen, die ich hier im Schrank stehen habe. Aber es ist besser als nichts, wenn ihr heute den Supermarkt bewacht.«

»Rechnest du mit einem Überfall?«, fragte Jankowski.

»Ich traue jedem alles zu«, sagte Hellmann.

Gräbner betrachtete nachdenklich das Pfefferspray.

»Es wird schon nichts geschehen«, sagte Hellmann beschwichtigend. »Ihr habt doch noch eure Trillerpfeifen, oder?«

»Meine liegt zu Hause«, sagte Jankowski.

»Dann würde ich sie jetzt holen und mir um den Hals hängen. Sagt euren Frauen Bescheid, dass ihr heute Nacht nicht zu Hause sein werdet.«

Gräbner seufzte. »Schätze, das ist wohl der Preis für unsere Sicherheit.« Er steckte das Pfefferspray ein.

Hellmann wollte den Waffenschrank wieder verschließen, als ihm etwas auffiel. Etwas Wichtiges. Sein Herz setzte einen Schlag aus, aber auch beim zweiten Hinsehen war die oberste Ablage des Schranks leer. Die Desert Eagle fehlte.

Es kostete Kraft, die Wut, die ihn wie ein roter Mantel umhüllte, zu unterdrücken. Hellmann spürte nicht, wie man ihm anerkennend die Schulter klopfte. Er ignorierte das Bier, das ihm Dichter anbot. Und er bemerkte nicht den erst überraschten, dann ängstlichen Blick seiner Frau, als er mit schweren Schritten zu Malte ging, der noch immer am Grill stand und die letzten Würstchen umdrehte.

»Komm mit«, zischte Hellmann kalt, als er seinen Sohn grob am Arm packte und hinter sich herzog. Malte stolperte. Die Würstchenzange fiel zu Boden, aber er wehrte sich nicht. Claudia stand plötzlich neben ihm.

»Um Himmels willen!«, flüsterte sie. »Was ist denn los?«

»Das ist eine Sache zwischen Malte und mir«, fuhr sie

ihr Mann an. Er gab seinem Sohn einen rüden Stoß und trieb ihn so vor sich her.

»Wo ist sie?«, fragte er, als sie außer Hörweite waren.

»Wo ist wer?«, entgegnete Malte, der ruhig und abgebrüht wirken wollte. Das misslang, denn er schaute seinem Vater dabei nicht in die Augen.

Hellmann war kurz davor, seinem Sohn an die Gurgel zu gehen. »Du weißt verdammt noch mal, wovon ich spreche!«

Malte schüttelte den Kopf. »Das tue ich nicht.«

»Die Waffe! Die Waffe, die du aus meinem Schrank gestohlen hast! Wo ist sie hin?«

»Ich habe keine Waffe«, antwortete Malte in einem genervten Tonfall, als hätte sein Vater ihn nach seiner neuen Freundin ausgefragt. Hellmann sah, dass Claudia ihnen jetzt hinterherkam.

»Wie war das mit dem Schwein, das geschlachtet wird?«, flüsterte er wütend.

»Lass mich los!«, quengelte Malte. »Du tust mir weh!«

Hellmann ließ seinen Sohn los und zeigte mit dem Finger auf ihn, als wolle er auf Malte schießen. »Ich bekomme schon heraus, dass du es bist, der die Pistole hat. Und dann kannst du dich auf etwas gefasst machen!«

»Wo bleibt ihr denn?«, rief Claudia, als sie sich ihnen näherte.

Hellmann legte einen Arm um Maltes Schulter und zwang sich zu einem Lächeln, während sein Sohn aussah, als müsste er gleich kotzen. »Wir hatten etwas zu bereden.«

»Heidkämper will die Nachbarschaftshilfe mit einer Spende unterstützen«, sagte Claudia.

»Na, das sind doch mal gute Nachrichten«, sagte Hellmann und gab seinem Sohn einen Klaps auf die Wange, der daraufhin unwirsch den Kopf wegdrehte und davonging. Dass der Leiter der Seckbacher Sparkasse ins Portemonnaie griff, um die Nachbarschaftshilfe zu unterstützen, kam einem öffentlichen Ritterschlag gleich. Und der war noch mehr wert als das Geld. Er legte seinen Arm um seine Frau und zog sie zu sich heran. Claudia blieb steif wie eine Puppe.

»Herrgott«, fluchte er und ließ sie los. »Jetzt hör endlich auf, so nachtragend zu sein. Es tut mir leid, was gestern Abend geschehen ist. Glaub mir, ich bin da nicht stolz drauf.«

»Um dir zu verzeihen, müsstest du dich ändern«, sagte Claudia. »Aber ich glaube, das wird nicht passieren.« Sie ging. Er folgte ihr.

»Und was willst du tun?«

Claudia verlangsamte ihren Schritt. »Ich habe mir einige Gedanken gemacht«, sagte sie. »Und bin zu dem Schluss gekommen, dass ich deine Frage mit einem Ja beantworte. Ich will die Scheidung.«

Hellmann war wie vor den Kopf geschlagen. Er ging einen Schritt schneller und schloss zu ihr auf. »Auf einmal?«

»Ich hätte diese Entscheidung vielleicht schon früher treffen sollen, aber es ist nun mal so, wie es ist. Sobald der Strom wieder da ist, werden die Kinder und ich ausziehen.«

»Und so lange willst du dich von mir durchfüttern lassen?« Hellmann schüttelte energisch den Kopf. »Nein. Ich schmeiße dich raus, und zwar heute noch!«

»Nein, das tust du nicht«, entgegnete sie kühl. »Denn das würde den Traum von deiner Nachbarschaftshilfe platzen lassen. Niemand würde verstehen, wenn du eine Frau und zwei Kinder ausgerechnet jetzt im Stich lassen würdest.«

»Bestimmst du jetzt etwa die Regeln?«, fuhr Hellmann sie an.

»Was mein Leben und das der Kinder betrifft?«, fragte Claudia. »Ja. Ganz bestimmt.« Mit diesen Worten ließ sie ihren Mann stehen.

Hellmann hatte mit allem gerechnet, aber nicht damit. Claudia hatte ihm das Heft des Handelns aus den Händen gerissen. Jedes Gefühl für sie war mit einem Schlag erloschen. Er wollte nur noch, dass Claudia aus seinem Leben verschwand, lieber heute als morgen. Und die Kinder konnte sie mitnehmen, sie waren ihm einerlei. Stattdessen musste er diese Scharade noch so lange spielen, wie der Strom abgeschaltet war. Aber in dieser Zeit würde er ihr das Leben schwer machen, darauf konnte sie ihren knochigen Hintern verwetten.

»Wo bleibst du denn?«, empfing ihn Manfred Dichter. Seine Stimme war ein verschwörerisches Flüstern. »Hat dir deine Frau nicht erzählt, dass der Filialleiter der Seckbacher Sparkasse die Nachbarschaftshilfe unterstützen will?« Hellmann wusste, warum Dichter so aufgeregt war. Je mehr Geld die Leute in den Taschen hatten, desto mehr würden sie bei ihm kaufen. Außerdem waren Bargeschäfte immer eine wunderbare Sache. Sie gingen selten durch die Bücher.

Hellmann schüttelte Heidkämper die Hand. »Hallo, Robert. Schön, dass du gekommen bist.«

Der Sparkassenleiter trug seinen unvermeidlichen hellen Leinenanzug, der auf dem Rücken einen dunklen Schweißfleck aufwies. Er zog ein Taschentuch aus dem Jackett und wischte sich die Stirn ab. »Ich habe mich bei dir zu bedanken«, flüsterte er. »Mein Junge sitzt gerade zu Hause und lernt für seine Nachprüfung.«

»Ah, du hast also in deinen Briefkasten geschaut«, sagte Hellmann. »Und nun willst du etwas spenden?«

Heidkämper nickte und überreichte ihm ein Kuvert. Hellmann stieß einen leisen Pfiff aus, als er hineinschaute. »Darf ich noch einmal um Ihre Aufmerksamkeit bitten?«, rief er.

Die Unterhaltungen verstummten. Alle Blicke waren jetzt auf ihn und den Filialleiter der Sparkasse gerichtet.

»Ich habe gerade erfahren, dass unser Freund Robert Heidkämper die Sache der Nachbarschaftshilfe mit einer Spende von fünftausend Euro unterstützt.«

Ein Raunen hob an. Die alte Dame klatschte in die Hände und rief, so laut sie konnte: »Bravo!« Dann stimmten die anderen mit ein. Manche johlten und pfiffen auf den Fingern. Die Begeisterung für die gemeinsame Sache, auf die Hellmann bei der Wahl des Komitees vergebens gewartet hatte, war nun da.

»Ich muss sagen, dass ich stolz darauf bin, einer von euch zu sein. Eine Krise wie diese wird uns nur stärker zusammenschweißen! Mag der Rest der Welt im Chaos versinken, wir werden nicht weichen! Gemeinsam werden wir das beschützen, was uns lieb und teuer ist! Mit allen Mitteln! Und aller Härte! Auch wenn alles um uns herum im Chaos versinkt, so wird unser Viertel wie ein Fels in der Brandung dastehen!«

Der Beifall wurde nun noch lauter. Die Einzigen, die die Begeisterung nicht teilten, waren Örkün und seine Familie. Sie hatten bei der Rede ihre Sachen gepackt und waren gegangen. Aber das spielte jetzt keine Rolle. Hellmann strahlte über das ganze Gesicht. Seine Mission hatte endlich begonnen. Jetzt konnte er ans Werk gehen.

*D*en Geldautomaten einer Sparkasse auszuplündern war auch bei einem Stromausfall kein Kinderspiel. Zwar mussten sie keine Rücksicht auf Überwachungskameras und Alarmanlagen nehmen, aber dennoch konnte man die Dinger nicht einfach mit einer Sackkarre abtransportieren. Patrick wusste, dass in einem solchen Fall nur rohe Gewalt zum Ziel führen konnte. Sein Plan war es, mit einem Baufahrzeug durch die Fensterfront zu fahren und den Automaten mit einer Kabeltrosse aus der Verankerung zu reißen. Im günstigsten Fall hatte der Laster einen Kran auf der Ladefläche, mit dem der Geldautomat auf die Pritsche gehievt werden konnte. Andererseits, solch einen Siebeneinhalbtonner manövrierte man nicht so ohne Weiteres durch die Innenstadt. Die Gefahr, dass er bei der Flucht wegen eines liegen gebliebenen Autos irgendwo stecken blieb, war einfach zu groß. Es war Slobo, der die Lösung hatte. Er hatte neulich erst bei einer Tiefbaufirma gejobbt. In deren Fuhrpark befand sich ein kleiner Kipplaster, der genau das Richtige für diese Aktion war.

»Im Prinzip ist die Angelegenheit ziemlich easy«, sagte Slobo, als sie auf der L521 nach Gronau fuhren. »Ich brauche nur über den Zaun zu klettern, die Tür aufhebeln und die Schlüssel aus dem Büro zu holen. Das Tor mache ich dann von innen auf und rausche mit dem Laster ab. Ein Ort weiter, in Niederdorfelden, gibt es eine Sparkasse, die genau das Richtige für uns wäre. Sie liegt etwas außerhalb und ist gut zu erreichen.«

»Und woher weißt du das alles?«, fragte Patrick.

»Weil ich in dem Neubaugebiet mitgeholfen habe, die Stromleitungen zu verlegen.«

»Du hast tatsächlich mal eine ehrliche Arbeit gehabt?« Patrick schob anerkennend die Unterlippe vor. »Und warum hast du die drangegeben?«

»Weißt du, was es heißt, bei jedem Scheißwetter Tag für Tag morgens um sieben irgendwelche Löcher auszuheben und dabei noch blöd angemacht zu werden?«, sagte Slobo. »Das macht dich kaputt. Ehrliche Arbeit bringt dich nicht weiter.«

Patrick bog in die Büdinger Straße. Fünf Minuten später hatten sie den Bauhof erreicht. Patrick öffnete das Handschuhfach und reichte eine Taschenlampe nach hinten zu Slobo durch.

»Bis gleich.« Slobo sprang aus dem BMW und kletterte über den Zaun. Patrick wendete das Auto, stellte es auf einen Parkplatz und schaltete das Licht aus. Tayfun war noch immer bester Laune. Er summte vor sich hin und trommelte dazu einen komplizierten Rhythmus auf den Knien.

»He! Lass es gut sein«, zischte Patrick.

»Bist du nervös, oder was?« Tayfun kicherte und trommelte weiter.

Patrick drehte sich um und packte Tayfun beim T-Shirt. »Ich sagte: Lass es!«

Tayfun schlug die Hand weg. »Mach dich mal locker, ja? So kannst du mit deinem Hosenscheißer reden, aber nicht mit mir.«

»Von welchem Hosenscheißer sprichst du?« Patricks Stimme wurde kalt und schneidend.

»Dieser kleinen Wurst. Kevin oder wie er heißt.«

»Marvin.« Patrick war jetzt ganz ruhig.

»Marvin. Kevin. Justin.« Tayfun machte eine abfällige Handbewegung. »Drauf geschissen. Den kannst du gerne niedermachen, aber mit mir sprichst du gefälligst anders.«

Patrick sprang aus dem Wagen und riss die hintere Tür auf. Marvin war bei Jessie. Wahrscheinlich würde er den Kleinen so schnell nicht wiedersehen, aber solche Sprüche musste er sich nicht anhören. »Raus, du Arschloch.« Er wusste, wenn Tayfun noch einen Schritt weiterging, würde er ihn totschlagen.

»He, he, he, he! Ganz ruhig!«, sagte Tayfun. »Ich hab's nicht so gemeint.«

»Du redest nicht so respektlos von meinem Sohn.«

»Ist ja schon gut. Ich hab's nicht so gemeint, okay?«

»Das reicht nicht«, sagte Patrick. »Ich will eine Entschuldigung! Sonst hol ich dich aus dem Wagen!«

»Tschuldigung«, sagte Tayfun mürrisch. Als er sah, dass Patrick damit nicht zufrieden war, riss er sich zusammen. »Entschuldigung. Es tut mir leid, wirklich. Freunde?« Er streckte seine Hand aus. Patrick zögerte, dann schlug er ein.

»Noch einmal so eine Scheißbemerkung, und ich mache dich fertig.«

Da hörten sie, wie der Motor eines LKW gestartet wurde. Kurz darauf bremste ein roter Tieflader vor dem Tor. Slobo stieg aus und öffnete es im Licht der Scheinwerfer.

»He!«, rief Tayfun. »Warte auf mich. Ich steig bei

dir ein.« Bevor Patrick etwas sagen konnte, hatte sich Tayfun nach vorne gebeugt und die Sturmhauben geschnappt.

»Ich fahre hinter euch her«, rief Patrick und kletterte wieder in seinen Wagen. Er war froh, dass er Tayfun nicht länger ertragen musste.

Die Fahrt nach Niederdorfelden dauerte nicht lange. Patrick spürte, wie sein Herz immer schneller schlug. Er hatte immer wieder mal mit Drogen gedealt, kannte sich also ein wenig mit den Konsequenzen von strafbaren Dingen aus. Aber das war ein Furz gegen das, was sie nun vorhatten. Wenn das in die Hose ging, konnten sie einpacken. Zum ersten Mal spürte er ein leichtes Unbehagen. Augen zu und durch, dachte er, als Slobo den Lastwagen nach links lenkte und ungebremst in den Eingang der Sparkasse raste. Das Glas explodierte mit einem lauten Knall. Jetzt gab es kein Zurück mehr. Patrick fuhr rechts ran und stieg aus.

Slobo hatte den Laster so in die Eingangshalle gesteuert, dass die Wandverkleidung um einen der Geldautomaten weggerissen worden war. Jetzt beeilte er sich, zusammen mit Tayfun das Drahtseil am Automaten zu befestigen. Das andere Ende befestigten sie mit einem Karabinerhaken an der vorderen Anhängerkupplung des Lasters. Beide sprangen so aufgeregt umher, dass sie Patrick nicht bemerkten, der von ihnen fast umgerannt wurde.

»Aus dem Weg!«, schrie Tayfun und kletterte hinter das Steuer.

»Verdammte Scheiße, was tust du da?«, schrie Slobo. »Ich fahr das Ding!« Er hatte gerade erst einen Fuß auf das Trittbrett gestellt, als Tayfun den Rückwärtsgang einlegte und mit Vollgas zurücksetzte. Mit einem Sprung rettete sich Slobo ins Fahrerhaus, bevor einer der Betonpfeiler die offene Tür abrasierte.

Verdammt! Das lief so schief, wie es nur schieflaufen konnte! Patrick rannte zu seinem Auto zurück. Es gab einen gewaltigen Ruck, als sich die Trosse straffte, doch der Automat rührte sich keinen Millimeter. Das Kabel war so lang, dass der Laster nun auf dem Parkplatz der Sparkasse stand.

»Gib Gas, gib Gas, gib Gas!«, schrie Slobo.

»Scheiße, tu ich doch!« Tayfuns Adrenalinspiegel musste schwindelerregende Höhen erreicht haben.

Nun drehten die Reifen durch. Die Pritsche brach aus und schmierte nach links weg, wobei sie gegen einen E-Klasse-Mercedes stieß, die Beifahrertür eindrückte und den Wagen in einen Opel schob. Augenblicklich heulte der Alarm des Mercedes auf. Das war's. Ende der Vorstellung. Slobo und Tayfun sprangen aus dem Laster und hetzten zum BMW, wo Patrick schon wartete. Mit quietschenden Reifen rasten sie davon.

»Was war das denn für eine gequirlte Kacke?«, schrie Patrick.

»Das Ding saß bombenfest! Echt, Mann!«, sagte Tayfun, der noch immer atemlos keuchte. »Da war nix zu machen!«

»Wir machen's wie die Rumänen!«, schnaubte Slobo. »Dass ich nicht lache!« Er schlug mit der Faust gegen den Vordersitz.

»Und jetzt?«, fragte Tayfun.

»Lasst mich nachdenken«, sagte Patrick ungeduldig.

»Das war deine Schuld!«, sagte Slobo zu Tayfun. »Du

hättest mehr Gas geben sollen! Ehrlich, Patrick. Das Ding hat er verbockt!«

»Lasst mich nachdenken!«

»Dann macht doch eure Scheiße demnächst selbst!«, schrie Tayfun. »Wichser!«

Patrick schlug wütend die Hand aufs Lenkrad. »Ich hab gesagt, ihr sollt mich nachdenken lassen!«, brüllte er.

Gott, noch nie in seinem Leben hatte er solche Stümper gesehen. Es war alles schiefgegangen! Alles! Sie konnten nur froh sein, dass der Strom immer noch weg war und niemand sie gesehen hatte. Patrick holte tief Luft. Irgendwie mussten sie Lebensmittel auftreiben. Der Küchenschrank war leer, und er hatte auch kein Wasser mehr, was viel schlimmer war. »Wie viel Kohle habt ihr noch?«, wollte er wissen.

Slobo und Tayfun antworteten nicht. Sie saßen auf der Rückbank und schmollten wie zwei eingeschnappte kleine Kinder.

»Kommt, Leute!«, rief er ungeduldig. »Ich hab euch was gefragt!«

»Ich hab zwanzig Euro«, sagte Tayfun so leise, dass Patrick ihn kaum verstand.

»Ich auch. Ungefähr«, sagte Slobo. »Was hast du denn vor?«

»Wir kaufen ein«, sagte Patrick mürrisch.

Tayfun blickte überrascht auf. »Jetzt so richtig? Also, mit bezahlen und so?«

Patrick ließ die Schultern hängen und schaute auf die Straße. »Ach, halt doch einfach die Klappe.«

Etwas hatte sich verändert. Ein kaum greifbares Unbehagen hing in der Luft. Wie ein Sturm, der die ersten Böen vorausschickte. Patrick war weiß Gott kein Feingeist, der sich einer blumigen Sprache bediente, um seinen Gefühlen Ausdruck zu verleihen. Doch genau dieses Bild hatte er vor Augen, als sie in die Straße am Hessen-Center bogen. Der Abend dämmerte bereits, aber das Einkaufszentrum schloss gewöhnlich erst um zehn Uhr in der Nacht. Wenn sie irgendwo für ihre jämmerlichen Kröten noch etwas bekamen, dann dort. Das hatte er zumindest gedacht, als sie sich nach dem vergeigten Bankraub auf den Heimweg gemacht hatten. Aber da hatte er sich wohl getäuscht.

Der Verkehr hatte nachgelassen. Dafür torkelten jetzt betrunkene Jugendliche auf der Straße herum und scherten sich einen Teufel um die wenigen Autos, die noch fuhren. Andere trugen große Kartons. Sie schienen es ziemlich eilig zu haben.

Patrick wollte auf den Parkplatz des Hessen-Centers abbiegen, aber da war alles voll. Patrick wendete den Wagen und fuhr wieder zurück zur Vilbeler Landstraße. Dort stellte er den BMW in der Siedlerstraße ab. Zu Fuß machten sie sich auf den Weg zum Südeingang. Sie waren nicht die Einzigen. Patrick knipste die Taschenlampe an und beleuchtete den Weg. Der Getränkemarkt war bereits leer geplündert. Einige Männer suchten inmitten der leeren Kisten vergeblich nach vollen Flaschen.

»Drinnen im Toom gibt es noch eine Getränkeabteilung«, sagte er. »Wir sollten uns aber beeilen.«

Als sie durch die schmale Passage ins Innere des Hessen-Centers liefen, war es, als beträten sie eine Kampfzone.

Auch hier hatte sich jemand am Geldautomaten zu schaffen gemacht, aber nur das Display einschlagen können. Im Mister Minit lagen Hunderte von Schlüsselrohlingen auf dem Boden und glänzten im Schein der Lampe wie ein verlorener Schatz. Die Reinigung war relativ unbehelligt geblieben, dafür nahm ein gutes Dutzend Männer auf der Suche nach Drogen die Apotheke auseinander.

»Wie geil ist das denn«, sagte Tayfun, als er die eingeschlagenen Schaufenster sah. Tayfun wollte loslaufen, aber Patrick hielt ihn fest.

»Wenn du auf die Idee kommst, dich mit Handys, iPods oder Rechnern einzudecken, kriegst du Ärger mit mir«, sagte er. »Wir haben einen Stromausfall, schon vergessen? Du wirst deine Spielzeuge noch nicht einmal ausprobieren können.«

Er gab Slobo die Taschenlampe. »Ihr geht in den Supermarkt, habt ihr verstanden? Wir brauchen Wasser und Lebensmittel! Keine frischen Sachen. Wenn möglich Konserven. Kekse, Schokolade oder Chips. Egal, was. Hauptsache, es hält sich. Batterien, Streichhölzer, Feuerzeuge, Kerzen brauchen wir auch noch. Wir treffen uns beim Wagen.«

Slobo salutierte wie ein Rekrut und schlug die Hacken zusammen.

»Du Arsch!«, fuhr Patrick ihn an. »Muss ich euch noch einen Einkaufszettel schreiben? Wie bei Mutti?«

Tayfun zeigte ihm den Finger und gemeinsam mit Slobo stürzte er sich ins Getümmel.

Patrick blieb noch einen Moment stehen. Die Atmosphäre war berauschend. Schreie und Gelächter hallten hinauf bis zum gläsernen Dach, das sich in der Dunkelheit verlor. Es klang wie auf einer gewaltigen, wüsten Party, nur dass keine Musik lief und die Gäste nicht tanzten. Patrick quetschte sich die stehen gebliebene Rolltreppe hinauf ins Erdgeschoss, wo am meisten los war.

Die Juweliere Christ und Benardi waren neben dem T-Punkt und der Elektroabteilung des Kaufhofs vermutlich die ersten Geschäfte gewesen, die man geplündert hatte. Selbst Bijou Brigitte mit seinem billigen Modeschmuck war leer geräumt. Patrick beteiligte sich nicht an den Plünderungen. Ihn faszinierte vielmehr, wie unbescholtene Familienväter voll bepackt und mit gierigen Augen ihre erbeuteten Rechner und Spielekonsolen zum Auto transportierten.

Alles wurde mitgenommen. Esprit. Tom Tailor. S.Oliver. Egal, ob es passte. Eine ältere, gut gekleidete Frau hatte sich einen Stapel von Hello-Kitty-Shirts unter den Arm geklemmt und war offensichtlich entschlossen, ihre Beute mit Händen und Füßen zu verteidigen. Patrick schüttelte ungläubig den Kopf. So viele Enkel konnte sie doch gar nicht haben! Ein Mann von vielleicht sechzig Jahren hatte sich bei Hunkemöller mit Damendessous eingedeckt. Warum? Stand seine Alte auf so etwas? Oder machte der Kerl jeden Abend seine eigene private Modenschau? Alle waren wie in einem Rausch! Sie rafften zusammen, was sie zusammenraffen konnten. Das Ganze hatte etwas von einem riesigen Sommerschlussverkauf – nur dass keiner für seine Einkäufe bezahlen wollte.

Plötzlich wurde die Menge unruhig und änderte die Richtung wie ein Fischschwarm, der einen Hai witterte. Jemand rief etwas. Irgendwo von den beiden Nordeingängen her flackerte ein Blaulicht. Und in dem Moment, als

Patrick kapierte, dass die Polizei gekommen war, quäkte eine Flüstertüte auf. Die Worte waren nicht zu verstehen, doch sie hatten etwas Drängendes und Drohendes. Die Fete war offensichtlich zu Ende, die Eltern waren früher als erwartet nach Hause gekommen.

Patrick machte sich auf den Weg zur Treppe, als ein Schuss fiel. Er dachte zuerst, dass ein Luftballon geplatzt wäre. Aber zu dieser Zeit und an diesem Ort gab es keine Kinder. Dann fiel der zweite, dritte, vierte Schuss und Panik brach aus. Die Frau ließ nun doch ihre Hello-Kitty-Shirts fallen und rannte los, wohin auch immer. Andere liefen in die entgegengesetzte Richtung auf die Polizei zu. Sie waren auf Randale aus und suchten sich Wurfgeschosse. Alles flog durch die Luft: iPods, Kameras und Festplatten, Weinflaschen, sogar Schuhe und ganze Kassensysteme. Jetzt erst sah Patrick die Polizei und erkannte sofort, dass sie dem Mob zahlenmäßig hoffnungslos unterlegen war. Er versuchte, zum Auto zurückzulaufen, hatte aber keine Chance, sich dem Strom der Menschen entgegenzustemmen. Er scherte seitwärts aus und wäre beinahe über einen Polizisten gestolpert, der die Wand hinabgerutscht war und mit ausgestreckten Beinen auf dem Boden saß. Patrick nahm ihm die Taschenlampe aus der Hand. Die Augen des Beamten schauten weiß aus einem blutüberströmten Gesicht, die Lippen zitterten. Patrick beugte sich zu ihm herab und brachte sein Ohr nah an den Mund. Noch immer verstand er kein Wort. Er machte mit gespieltem Mitleid eine bedauernde Geste.

Dann sah er die Pistole, die noch immer im Holster steckte.

Er zog sie hervor und betrachtete sie eingehend im

Schein der Taschenlampe. Sie war beruhigend schwer. Patrick nickte anerkennend und richtete die Waffe auf das Gesicht des Polizisten, der ihn mit seinen weiten, blauen Augen anschaute. Die Lippen bewegten sich noch immer wie in einem endlosen Gebet.

»Peng«, sagte Patrick. Er strahlte den Polizisten an. Dann steckte er die Waffe in den Bund seiner Hose und eilte hinaus.

Als Patrick zu seinem BMW kam, waren Tayfun und Slobo schon da. Und sie hatten sich wirklich an seine Vorgaben gehalten. Zwei Einkaufswagen, vollgepackt mit Getränken und Nahrungsmitteln, standen neben ihnen. Slobo prostete ihm grinsend mit einem Bier zu.

»Das ist ja der Hammer, was da drin abgeht«, rief Tayfun.

»Ja«, sagte Patrick. »Der Hammer.« Er öffnete den Kofferraum und gemeinsam luden sie die Lebensmittel in den Wagen. Als er sicher war, dass ihn keiner der anderen beobachtete, packte er die Waffe in eine alte McDonald's-Tüte und versteckte sie hinter einer Klappe der Innenverkleidung.

»Wir sollten von hier verschwinden«, sagte Patrick und schlug den Deckel zu. »Bald wird es hier von Bullen nur so wimmeln.«

Sie stiegen ein und fuhren Richtung Bornheim davon. Patrick drehte das Radio auf. Der Empfang war unsauber und die meisten Sender brachten nur noch Nachrichten. Die Lage im ganzen Land hatte sich dramatisch verändert. Überall wurde geplündert. Die Berliner Stadtbezirke Kreuzberg und Friedrichshain hatten sich in einen

Kriegsschauplatz verwandelt, den die überforderte Polizei aufgegeben hatte. In München zogen Banden durch die Kaufinger Straße. Auf dem flachen Land hingegen war alles eine Nummer kleiner. Dort wurden nur Döner-Buden und vietnamesische Stehimbisse angezündet.

Und auch Frankfurt brannte. Der Media-Markt, der sich gegenüber vom Hessen-Center befand, schien von innen heraus zu glühen. Vor dem Schein der Flammen sahen sie Plünderer, die verzweifelt versuchten, aus dem brennenden Gebäude zu fliehen. Dicke Rauchschwaden stiegen auf und verloren sich in der Nacht. Immer mehr Menschen versammelten sich vor dem Eingang. Einige rannten hinein. Unmöglich zu sagen, ob sie den Eingeschlossenen helfen oder selber noch auf den letzten Drücker ihren Teil vom Kuchen haben wollten. Patrick hatte auch nicht vor, anzuhalten und wie die meisten anderen das Spektakel zu beobachten. Er gab Gas und fuhr weiter.

Am Erlenbruch stand eine U-Bahn der Linie 7, die in diesem Abschnitt eine überirdische Stadtbahn war. Die Scheiben waren eingeworfen, die Züge mit Graffiti beschmiert. Immer wieder musste Patrick liegen gebliebene Lastwagen und Autos umfahren, denen der Sprit ausgegangen war.

»Warum hast du denn nicht den Weg durch Seckbach genommen?«, fragte ihn Slobo.

»Weil ich sehen wollte, was in der Stadt los ist«, sagte Patrick. »Aber das war wohl ein Fehler.«

Er bog bei der Eissporthalle in die Kettelerallee und von da in die Inheidener Straße. Der Alleenring war ihm zu riskant. Kaum ein Mensch traute sich um diese Zeit noch hinaus. Von der Polizei war so gut wie nichts zu sehen.

Zum ersten Mal in seinem Leben vermisste er die Jungs in ihren neuen blauen Uniformen.

Die Seckbacher Landstraße bot einen ähnlich trostlosen Anblick. Ab und zu sahen sie vereinzelte Gruppen, die mit ihren Taschenlampen auf der Suche nach brauchbaren Dingen die geparkten Autos untersuchten. Ansonsten glich Frankfurt einer nächtlichen Geisterstadt. Fehlten nur noch diese verdorrten Büsche, die der Wind über die Straße trieb.

»Das ist mir echt nicht geheuer«, sagte Tayfun. »Lass uns bloß nach Hause fahren.«

Doch Patrick bog auf der Höhe der U-Bahn-Station links ab.

»He! Ich sagte: Lass uns nach Hause fahren!«

»Halt die Klappe«, sagte Slobo. »Hier wohnt seine Alte.« Er beugte sich nach vorne zwischen die beiden Sitze. »Stimmt doch, oder?«

Doch Patrick antwortete nicht. Er blickt hinauf zu den dunklen Fenstern. Marvin lag mit Sicherheit schon im Bett.

»Was ist jetzt?«, sagte Tayfun ungeduldig. »Ich will nach Hause. Ich hab Hunger.«

Patrick zögerte. Dann legte er den ersten Gang ein und gab Gas.

Die Hölle war ein Ort, an dem die Hoffnung zu Hause war. Katharina Debus hatte offen mit Jessie gesprochen. Die Chance, dass sie Marvin rechtzeitig operierten, lag bei fünfzig Prozent. Sein Erbrochenes hatte zum Schluss einen extrem unangenehmen Geruch gehabt, die Ärztin hatte mit einem Kollegen darüber gesprochen und einen Begriff benutzt, den Jessie nicht kannte. Er hatte wie Misere geklungen. Der Arzt hatte daraufhin geflucht und sich sofort um einen Operationssaal gekümmert. Zehn Minuten später hatten sie Marvin geholt. Das war vor drei endlosen Stunden gewesen. In dieser Zeit hatte Jessie eine Zigarette nach der anderen geraucht und war vor Angst beinahe verrückt geworden.

Sie hatte alles falsch gemacht. Wäre sie früher mit ihrem Sohn zum Arzt gegangen, hätte sie Marvin das alles ersparen können. Man sagte, dass Mütter eine innere Stimme hatten, die immer zu ihnen sprach, wenn mit dem Kind etwas nicht in Ordnung war. Aber Jessie hatte diese Stimme nicht gehört, weil sie zu sehr mit Patrick und ihrem eigenen Leben beschäftigt war. Wenn Marvin starb, dann war es ihre Schuld. Einzig und allein ihre Schuld.

Das Johannes-Krankenhaus war mittlerweile vollkommen überfüllt. Schwerkranke lagen auf den Gängen, die Notaufnahme auf dem Parkplatz glich einem Flüchtlingslager. Viele wurden nach der Behandlung wieder nach Hause geschickt, obwohl sie sich offensichtlich nicht selber versorgen konnten. Was würden sie mit Marvin machen? Jessie hatte immer wieder versucht, ihre Mutter anzurufen, aber das Telefonnetz war in den letzten zwölf Stunden endgültig zusammengebrochen.

Jedes Mal, wenn die Tür zum OP-Trakt aufgestoßen wurde, zuckte Jessie zusammen. Sie hatte Angst vor der schlechten Nachricht, dass Marvin es nicht geschafft haben könnte, obwohl sie alles Menschenmögliche getan hatten, um ihn zu retten. Die Ungewissheit brachte sie um. Die Hölle war ein Ort, an dem die Hoffnung zu Hause war.

Dann erschien Katharina Debus. Der grüne Operationskittel war mit dunklen Flecken übersät. Jessie begann zu zittern. Erst als die Ärztin die Maske ablegte und sie anlächelte, brach Jessie voller Erleichterung in Tränen aus.

»Marvin ist über den Berg. Alles ist gut gegangen.«

Jessie heulte hemmungslos und fiel der Ärztin um den Hals. »Danke.« Mehr brachte sie nicht hervor. Sie spürte, wie die Frau, die nach Schweiß und Desinfektionsmittel roch, erst zurückwich, dann aber die Umarmung zuließ.

»Schon gut. Dafür sind wir da.«

Jessie zog die Nase hoch und murmelte eine Entschuldigung. »Kann ich ihn sehen?«, fragte sie vorsichtig.

Katharina nickte. »Kommen Sie mit.«

Bevor Jessie den Aufwachraum betreten durfte, musste sie sich einen Kittel anziehen. Katharina schaltete eine Taschenlampe an. Die Birne leuchtete nur noch schwach, aber hell genug, um Marvin zu finden. In seinem riesigen Bett, an das man zwei Gitter angebracht hatte, sah er ganz klein und verloren aus. Jessie musste wieder heulen. Sie klappte eines der Gitter herunter und setzte sich auf die Kante.

»Hallo, mein Großer«, flüsterte sie.

Marvin schlug mit flatternden Lidern die Augen auf. Als er seine Mutter sah, begann er zu weinen. Jessie schlug die Decke beiseite und erschrak.

»Wir mussten einen zentralen Venenkatheter legen, um ihren Sohn künstlich zu ernähren«, sagte Katharina. »Das nennt man eine parenterale Ernährung und sieht schlimmer aus, als es ist.«

»Und dieses Pflaster am Bauch?«, fragte Jessie.

»Um den Darmverschluss zu operieren, war ein Bauchschnitt nötig. Es wird einige Zeit dauern, bis er verheilt ist.«

Jessie deckte Marvin wieder behutsam zu. »Er schläft schon wieder«, flüsterte sie.

»Das sind die Nachwirkungen der Narkose.«

»Und was geschieht jetzt?«, fragte Jessie.

»Jetzt müssen wir nur noch ein Zimmer für ihn finden.«

Die Operation, die Katharina hatte durchführen müssen, war schwerer gewesen, als sie zugeben wollte. Marvins Darmverschluss war so weit fortgeschritten gewesen, dass er ein Miserere ausgebildet hatte. Ein schönes Wort für eine ziemlich üble Sache. Ein anderer Begriff dafür wäre Kopromesis gewesen. Marvin hatte seinen Dickdarminhalt erbrochen. Miserere mei Deus secundum magnam misericordiam tuam – Gott, sei mir gnädig nach deiner großen

Güte. Tatsächlich war in Fällen wie diesen ein Gebet durchaus angebracht. Aber Marvin hatte den Eingriff wie durch ein Wunder überlebt. Andere würden weniger Glück haben.

Durch den Stromausfall waren auch die Systeme zur Sterilisation medizinischer Instrumente ausgefallen, OP-Kleidung konnte nicht mehr gewaschen werden, einen Nachschub an Hygienemitteln gab es ebenfalls nicht mehr. Selbst so einfache Dinge wie Infusionslösungen, Kanülen und Einwegspritzen wurden nicht mehr angeliefert.

Ganz schlimm traf es die Patienten, die auf eine besondere Raumluftsteuerung angewiesen waren. Zwei Patienten hatten sie vor drei Tagen neues Knochenmark transplantiert. Der Mann und die Frau würden wahrscheinlich ebenso sterben wie die Dialysepatienten, die sie alle wieder nach Hause schicken mussten. Besonders tragisch waren die Fälle auf der Neugeborenen-Intensivstation. Alle Frühchen würden sterben, ausnahmslos. Schon jetzt waren die verzweifelten Eltern rund um die Uhr da und warteten auf das Schlimmste, denn der Tank des Notstromaggregates war so gut wie leer. Noch funktionierte der letzte dringend benötigte Fahrstuhl im Haus. Doch was sollten sie tun, wenn er auch ausfiel? Die Patienten huckepack die Treppen hochtragen?

Nein, Marvin hatte Glück gehabt, und das in vielerlei Hinsicht. Jessie hatte ihn zu einem Zeitpunkt gebracht, als die Operationssäle noch mit Strom versorgt wurden – heute Nachmittag würde das anders aussehen. Es hatte noch genügend steriles Besteck gegeben. Und Katharina Debus hatte Marvin allen anderen Fällen vorgezogen.

Auf der Kinderstation war tatsächlich noch ein Platz

frei. Als sich der Fahrstuhl öffnete, schlug ihnen trotz der weit geöffneten Fenster der Gestank nach Kot und abgestandenem Urin entgegen. Die Toiletten funktionierten nicht. Jeder Patient, ob mobil oder immobil, musste seine Notdurft in eine Bettpfanne oder einen Eimer verrichten. Mehrmals am Tag wurden die Behälter nach draußen getragen, wo der Inhalt in eine Grube entleert wurde.

Sie schoben das Bett in ein Zimmer am Ende des Ganges. Die meisten Kinder, die hier lagen, wurden von einem Elternteil versorgt.

»Sobald ich etwas Zeit habe, schaue ich nach Ihrem Sohn«, sagte Katharina.

»Wie lange kann ich denn bei Marvin bleiben?«, fragte Jessie.

»Solange es nötig ist.«

»Kann ich vielleicht irgendwie helfen, während er schläft?«, fragte Jessie ein wenig hilflos.

Katharina lächelte. »Darüber würden sich die Schwestern ganz bestimmt freuen. Vielleicht können Sie sich ja mit den anderen Eltern absprechen.«

Sie gaben einander die Hand. »Wir sehen uns«, sagte Katharina und ging.

Gott, was würde sie jetzt für eine Dusche und ein weiches Bett geben, dachte sie, als sie die Treppe hinab ins Erdgeschoss eilte. Die letzten drei Tage hatte sie vielleicht zehn Stunden geschlafen, davon weniger als zwei Stunden an einem Stück. Außerdem stank sie wie ein apulisches Bergmuli.

Katharina schloss die Tür ihres Zimmers auf, nur um sie sofort wieder hinter sich zu verriegeln. Sie zog ihren Kittel aus und ließ sich stöhnend in ihren Schreibtischstuhl fallen. An Tagen wie diesen tat ihr die Narbe am Bauch wieder weh. Sie kramte aus ihrer Handtasche die Hormonpillen, die sie seit der Entfernung ihrer Eierstöcke nehmen musste, und spülte sie mit einem Schluck Wasser hinunter.

Sie beneidete Jessie. Nicht um ihre Lebensumstände, sondern um das Kind, das seine Mutter bedingungslos liebte. Diese Dankbarkeit konnte Katharina bei ihrer Mutter nicht erwarten, auch wenn sie sich immer mehr in ein Kind verwandelte. Bei Helene Debus wurden die Dinge erst allmählich schlechter, bevor sie richtig katastrophal würden. Und am Ende stand der Tod.

Katharina hatte im Krankenhaus viele Leute sterben sehen. Einige, bei denen die Zeit gekommen war, und andere, bei denen es eine schreiende Ungerechtigkeit war. Gut, sie sah jeden Tag die Essenz allen Elends. So, wie manche Leute hier im Krankenhaus starben, musste es nicht immer ausgehen. Manche erwischte es schnell und ohne Vorankündigung. Aber das waren die wenigsten.

Katharina würde ihre Mutter noch lange pflegen. Die fromme Helene, wie ihr Vater seine Frau manchmal genannt hatte, war körperlich robust wie ein Pferd. Ein langer, schmerzlicher Abschied lag vor ihr und ihrer Tochter.

Katharina stand auf und stellte sich vor den Spiegel, um sich mit einer Flasche Wasser und einem Lappen wenigstens notdürftig zu waschen. Dann zog sie ihre Zivilsachen an, die sie seit einem Tag nicht mehr getragen hatte und noch ganz manierlich rochen.

Katharina fand Beinlich bei der Notaufnahme, wo er versuchte, sich einen Überblick über die Lage zu verschaffen. Sein Kittel war schmutzig und verschwitzt. Das kurze Haar klebte an seinem Kopf. Aber er schien in seinem Element zu sein. Jedenfalls hatte er seit dem Stromausfall keinen seiner berüchtigten cholerischen Anfälle mehr gehabt. Der arme Kerl hat auch kein Zuhause, dachte Katharina.

»Martin«, rief sie. »Ich fahre noch einmal zu meiner Mutter.«

»Wann sind Sie wieder zurück?«

»Ich denke, in zwei Stunden.«

»So wie beim letzten Mal?«

Katharina verzog säuerlich das Gesicht. »Ich habe ein paar Sachen mitgenommen. Die Liste liegt auf Ihrem Schreibtisch.«

Beinlich hob zum Abschied die Hand und konzentrierte sich wieder auf ein Verzeichnis, das er zusammen mit Endenich durchging.

Katharina warf einen Karton mit Infusionsbeuteln und Kanülen in den Kofferraum und fuhr los. Wie die meisten ihrer Kollegen hatte sie die Hälfte ihres Sprits dem Krankenhaus gespendet. Das, was in ihrem Tank war, reichte noch immer für ihre Fahrten in die Kleine Seestraße.

Sie hatte den Schlüssel gerade ins Schloss gesteckt, als die Wohnungstür geöffnet wurde. »Gut, dass Sie kommen, Frau Dr. Debus.«

»Was ist denn los?«, fragte Katharina und stellte den Karton zusammen mit einer Palette Orangensaft auf den Boden.

Wüstes Geschrei drang aus dem Schlafzimmer. Doris Biehler wurde mit Schimpfwörtern bedacht, die so beleidigend waren, dass es Katharina sprachlos machte.

Helene Debus saß nackt in ihrem Bett, über und über mit Kot beschmiert.

»Ich habe versucht, sie zu waschen, aber sie hat sich mit Händen und Füßen dagegen gewehrt!«, sagte Doris Biehler, die mit ihren Nerven sichtlich am Ende war. »Ich kann nicht mehr! Sie müssen ihre Mutter in ein Heim geben!«

Katharina stöhnte. Nach all den schlaflosen Tagen hatte sie nicht mehr die Kraft, um sich einfühlsam mit ihrer Mutter auseinanderzusetzen.

»Warten Sie«, sagte Katharina und ging zurück zu dem Karton, um ein kleines Fläschchen zu holen.

»Was ist das?«, fragte Doris Biehler.

»Ein Beruhigungsmittel«, sagte Katharina. Sie füllte ein Glas halb voll mit Orangensaft und löste eine Tablette auf. »Normalerweise stelle ich meine Mutter nicht ruhig. Aber da nun mal die Dinge so sind, wie sie sind, bleibt uns nichts anderes übrig.«

Sie ging ins Schlafzimmer. Ihre Mutter grinste sie herausfordernd an. »Ich steh nicht auf, Mama.«

Katharina hielt ihr den Becher entgegen. »Trink.«

»Was ist das?«, fragte Helene Debus misstrauisch.

»Orangensaft.«

Die alte Frau schüttelte den Kopf. »Mag ich nicht.«

Katharina rieb sich erschöpft die Nasenwurzel und zwang sich zu einem Lächeln. »Aber, Schatz, du bist krank. Willst du nicht raus aus dem Bett und mit Klärchen spielen?«

»Doch. Das würde ich gerne.« Helene Debus schlug die Decke beiseite. Doris Biehler verzog das Gesicht, als sie das eingesaute Laken sah.

»Erst die Medizin«, sagte Katharina und hielt ihrer Mutter den Becher hin. Endlich trank sie. Erst zögerlich, dann immer gieriger.

»Durst«, sagte sie. »Mehr.«

Katharina schenkte nach, diesmal randvoll. Helene Debus leerte das Glas vollständig in einem Zug. Dann rollte sie sich zusammen und schlief ein.

Erschöpft schloss Katharina die Augen.

»Das halte ich nicht länger durch«, wiederholte Doris Biehler.

»Das müssen Sie auch nicht. Meine Mutter wird die nächsten zwölf Stunden schlafen.«

»Und was mache ich, wenn Sie wach wird?«

»Wenn sie wach wird und wieder so ausfallend ist, geben Sie ihr davon eine.« Katharina drückte Doris Biehler das kleine Fläschchen in die Hand. »Aber passen Sie auf, das sind keine Smarties. Drei am Tag, nicht mehr. Und auch nicht über einen längeren Zeitraum!« Sie strich ihrer Mutter über den vogeldünnen Arm. Als sie die Haut zwischen zwei Finger nahm und hochzog, blieb die Falte stehen. Katharina ging in den Flur und holte den Karton, den sie dort abgestellt hatte.

»Ich werde jetzt eine Infusion anlegen. Die wird den Flüssigkeitshaushalt regulieren und hoffentlich auch ihren Allgemeinzustand verbessern.« Sie hängte den Beutel an eine Gardinenstange und suchte für die Infusionsnadel eine passende Vene in der Armbeuge ihrer Mutter.

»Wie geht es Marvin?«, fragte Doris Biehler.

»Ihrem Enkel geht es gut. Ich habe ihn heute operiert und einen Platz auf der Kinderstation organisiert.« Sie blickte auf. »Ich schaue, so oft es geht, nach ihm.«

»Gut«, sagte Doris Biehler, die den Wink offensichtlich verstand. Es war ein Geschäft auf Gegenseitigkeit: Kümmerst du dich um meine Mutter, kümmere ich mich um deinen Enkel. »Dann werde ich hier wohl erst einmal aufräumen.«

Die Luft an diesem Tag war anders, irgendwie feuchter und drückender. Patrick hatte bis zum Mittag geschlafen. Zum ersten Mal seit Langem war er ausgeruht. Noch am gestrigen Abend hatten sie ihre Beute aufgeteilt und waren dann ins Bett gegangen. Für heute hatten sie sich zu einem späten Frühstück verabredet.

Patrick stand in Marvins Zimmer. Alles sah noch so aus wie an jenem Abend, als Jessie ihn verlassen hatte. Ein Korb mit sauberer Wäsche stand auf der Wickelkommode, die sie seit einigen Wochen nicht mehr gebraucht hatten. Marvin war ganz stolz gewesen, als er seinem Vater die dicke Wurst im Töpfchen präsentiert hatte. Und auch Patrick hatte gestrahlt. Ein erster großer Schritt zur Selbstständigkeit war das gewesen. Gott, was hatte der Windeleimer immer gestunken. Das Mobile über dem Kinderbett bewegte sich sachte im Wind, der durch das geöffnete Fenster strich. Patrick stellte den Korb auf den Boden und begann, die kleinen Hosen, T-Shirts und Socken zusammenzulegen, um sie in den Kleiderschrank zu legen. Er bezog das Bett neu und räumte das auf dem Boden liegende Spielzeug weg. Dann holte er aus der Küche einen Lappen und begann, in den Regalen Staub zu wischen. Als er damit fertig war, schüttelte er das Tuch aus und schaute aus dem Fenster. Was für eine Scheiße das doch alles war.

Es klopfte an der Tür. Patrick wollte nicht öffnen. Er hatte keine Lust auf Slobo und Tayfun. Draußen am Himmel zogen Wolken auf, zum ersten Mal seit zwei Monaten.

Es klopfte erneut. »He, was ist?«, rief Slobo von jenseits der Tür. »Wir haben Kohldampf.«

»Ja, ich komme«, murmelte Patrick so leise, dass noch nicht einmal er es hören konnte.

Das Klopfen wurde zu einem Hämmern, das durch das Treppenhaus hallte. »Pennst du etwa noch?«, rief Tayfun.

»Ich sagte doch: Ich komme!«, antwortete Patrick wütend. Er schloss das Fenster und legte den Lappen über die Lehne eines Stuhls.

»Wurde aber auch Zeit«, sagte Slobo, als ihnen endlich geöffnet wurde. Beide hatten einen Beutel voller Konserven mitgebracht: Pfirsiche, Ananas und Birnen. Dazu eine Tüte H-Milch und Froot Loops.

»Sieht ja richtig gesund aus«, sagte Patrick, als er draußen auf dem Balkon den Tisch deckte.

»Mit Ausnahme von dem hier«, sagte Slobo und hielt eine Dose Katzenfutter hoch. »Royal Canin Feline Health Nutrition Fit 32 für ausgewachsene Katzen.« Er hatte Schwierigkeiten, den Namen fehlerfrei auszusprechen.

»Uups«, sagte Tayfun. »Da habe ich wohl falsch zugegriffen. Gib mal her.« Er bog die Lasche hoch und zog den Deckel ab.

»Du willst das doch nicht essen?«, fragte Slobo ungläubig.

Tayfun roch an der Dose. »Gibt Schlimmeres«, sagte er und wollte ein Stück Fleisch herauspulen.

Slobo riss ihm das Katzenfutter aus der Hand. »So weit ist es noch lange nicht.«

»Ich hatte auch nicht ernsthaft vorgehabt, mir das Zeug reinzudrücken«, sagte Tayfun wütend.

»Aber du wolltest es probieren.«

»Mensch, Leute. Bitte. Geht's auch mal ohne Streit?«, sagte Patrick.

Slobo und Tayfun hielten inne und starrten ihn überrascht an. Dann lachten sie und machten sich über das Frühstück her.

»Uns ist die Banksache noch mal durch den Kopf gegangen«, sagte Tayfun mit vollem Mund. »Das Ding mit der Sparkasse war eine super Idee, nur beschissen ausgeführt.«

»Ihr wollt es ein zweites Mal versuchen?«, fragte Patrick.

»Nein, eigentlich nicht«, sagte Slobo und goss Milch in seine Froot Loops. »Wir beide, Slobo und ich, wir sind heute schon mal rumgezogen und haben die Lage gepeilt.«

»Die Lage gepeilt?« Patrick musste lachen. »Okay. Und?«

»Fast alle Banken haben Schilder aufgehängt, dass bei ihnen nix mehr zu holen ist«, sagte Slobo. »Also, zumindest die in der Nähe.«

Tayfun spießte ein Stück Pfirsich auf. »Und als wir so mit dem Rad durch die Gegend fuhren ...«

»Moment, Moment«, unterbrach ihn Patrick. »Ihr zwei seid mit dem Rad gefahren.«

»Also lässt du mich nun ausreden, oder nicht«, sagte Tayfun. »Wir haben nämlich festgestellt, dass immer mehr Autos liegen bleiben, weil sie keinen Sprit mehr haben.«

»Kurz: Wir besorgen uns Sprit und verticken ihn«, sagte Slobo.

»Und wo wollt ihr den herbekommen?«

Tayfun grinste. »Wir gehen direkt an die Quelle.«

»Zu eurer Information: Die Tankstellen haben keinen Strom«, sagte Patrick. »Deswegen funktionieren auch die Zapfsäulen nicht mehr.«

»Ich rede auch nicht von einer Tankstelle«, sagte Slobo. »Ich rede von Selbstverbrauchern.«

»Was sind Selbstverbraucher?«, fragte Patrick.

»Bauernhöfe, Betriebswerke. Die haben ihre Tankanlagen überirdisch. Das sollte doch gelacht sein, wenn wir uns da nicht bedienen könnten.«

»Aha«, machte Patrick nur. »Und habt ihr schon etwas Passendes gefunden?«

Slobo verzog unbehaglich das Gesicht. »Nein, nicht direkt. Dazu bräuchten wir dein Auto.«

»Mein Auto? Ah ja? Ist euch schon mal die Idee gekommen, dass auch mir das Benzin ausgehen könnte?«

»Also ist das keine gute Idee?«, fragte Tayfun.

Patrick gab nach. Wenn er noch länger hier herumsaß und auf das Ende des Stromausfalls wartete, würde er wahnsinnig. »Doch. Aber diesmal machen wir das bei Tageslicht. Damit wir sehen, was wir tun. Ich möchte nicht, dass da irgendwas in die Luft fliegt, weil ihr beide Mist gebaut habt.«

Sie mussten weit fahren, bis sie in der Nähe von Nieder-Rosbach das geeignete Objekt fanden. Es war ein großes Gehöft inmitten verdorrter Felder.

Patrick hatte den Wagen im Ort abgestellt. Der BMW wäre sonst aufgefallen. Zwei Stunden lagen sie in sengender Hitze im Straßengraben auf der Lauer. Glücklicherweise schien die Sonne nicht mehr. Dicke Wolken waren aufgezogen. Im Westen zuckte das erste Wetterleuchten.

»Wenn wir es wirklich schaffen sollten, aus dem Tank Dieseltreibstoff abzuzapfen, wie schaffen wir ihn von hier fort?«, fragte Patrick.

»Kanister. Milchkannen. Was auch immer. Das ist ein Bauernhof!«, sagte Slobo. »Da findet sich bestimmt was!«

»Aber erst müssen die weggefahren sein«, sagte Tayfun. Die, das waren der Bauer und drei weitere Männer, die sich um das Vieh kümmerten.

»Was brummt da eigentlich die ganze Zeit?«, fragte Slobo.

»Ein Generator«, sagte Patrick.

»Also haben sie noch Treibstoff«, sagte Tayfun.

Ein Bursche kam aus dem Stall. Er trug eine Milchkanne. So, wie er ging, schien sie voll zu sein. Er ging zu einem Feld und kippte sie aus.

»Was macht der da?« Tayfun schien seinen Augen nicht zu trauen. »Warum schüttet er die Milch weg?«

Es war fünf Uhr. Patrick kannte den Arbeitstag eines Bauern nicht, aber er vermutete, dass dies die Zeit war, zu der die Kühe gemolken wurden. »Weil die Milch keiner abholen kommt und er sie nicht kühlen kann.« Er schaute Slobo an. »Also, was machen wir jetzt. Sollen wir warten?«

In der Ferne rollte der erste Donner.

»Woher soll ich das wissen?«, sagte Slobo.

»Das hier ist deine Idee, du bist der Boss«, sagte Patrick.

Slobo dachte nach. »Wir warten.«

Und das taten sie, eine geschlagene Stunde lang. Dann fuhr ein alter Mercedes vom Hof und verschwand Richtung Friedberg.

»Ihr bleibt hier.« Slobo verließ die Deckung, huschte hinüber auf die andere Straßenseite und verschwand hinter der Hausecke. Fünf Minuten später erschien er wieder. Er reckte den Daumen in die Höhe und winkte seine Freunde herüber.

»Sie sind fort«, sagte er leise. Alles war still. Nur ab und zu muhte eine Kuh.

»Und warum flüsterst du dann?«, fragte Tayfun.

Patrick untersuchte den Tank. Er hatte eine kleine Zapfanlage, die mit Generatorenstrom versorgt wurde. Die Pistole war jedoch mit einem dicken Bügelschloss gesichert.

»Und?«, fragte Slobo. »Ist das ein Volltreffer?«

»Das wird sich herausstellen. Schau mal, ob du irgendwo den Schlüssel findest.«

Tayfun rüttelte an der Haustür. »Die ist abgeschlossen.«

»Dann vielleicht im Stall«, sagte Patrick ungeduldig. Slobo hatte unterdessen drei große Blechkanister gefunden, die jeweils zwanzig Liter fassten.

Tayfun kehrte zurück. »Ich habe keinen Kanister gefunden, aber vielleicht hilft das hier.« Er hielt einen Bolzenschneider hoch.

»Gib her«, sagte Patrick und setzte das Werkzeug an. Mit aller Kraft drückte er zu. »Slobo, hilf mir mal.« Aber sie hatten keinen Erfolg.

»Vielleicht sollten wir es mit einem Trennschleifer versuchen.«

»Und woher sollen wir den nehmen?«, fuhr ihn Patrick an. »Noch einmal! Los!«

»Wer seid ihr? Was tut ihr da?«, fragte eine unsichere Stimme hinter ihnen. Sie wirbelten herum und sahen ein kleines ängstliches Mädchen von vielleicht zehn Jahren. Es hatte blonde Zöpfe, trug ein verschwitztes Winx-T-Shirt und hatte viel zu große gelbe Gummistiefel an den Füßen. Im Arm hielt es ein weißes Kaninchen.

Patrick richtete sich auf und lehnte den Bolzenschneider an den Tank. »Hallo, Kleine. Wie heißt du?«, fragte er lächelnd. Es begann die ersten, schweren Tropfen zu regnen.

Das Mädchen trat einen Schritt zurück. »Mama!«, rief es. »Mama, da sind fremde Leute auf dem Hof!«

Eine Frau kam hinter der Scheune hervor. Sie war kräftig und schien im Gegensatz zur Tochter keine Angst vor den drei ungebetenen Besuchern zu haben.

»Scheiße«, fluchte Patrick und sah Slobo wütend an. »Du hast doch gesagt, dass keiner mehr da ist!«

»He!«, rief die Frau. »Was tut ihr da?« Sie sah den Bolzenschneider und griff nach einer Mistgabel, die an der Wand des Kuhstalls lehnte. »Haut ab!«, schrie sie.

»Ist schon gut«, sagte Patrick beschwichtigend. Er gab Slobo einen Stoß. »Los. Wir verschwinden.«

»Aber mit den beiden werden wir doch ganz locker fertig!«, sagte Tayfun.

»Ich sagte, wir verschwinden!«, fuhr ihn Patrick an.

»Oh, Scheiße«, murmelte Slobo. »Sie kommen zurück.«

Der Mercedes, der erst vor einer Viertelstunde fortgefahren war, bog von der Landstraße in den Hof. Vier kräftige Männer stiegen aus. Der älteste von ihnen runzelte die Stirn, als er Patrick vor dem Mädchen, das wohl seine Tochter war, stehen sah. »Alles in Ordnung?«, fragte er.

»Die wollten das da kaputt machen«, sagte das Mädchen und zeigte auf den Tank.

Der Mann verstand erst nicht, was sie meinte, aber als er den Bolzenschneider und die Kanister sah, verengten sich seine Augen. »Ihr wolltet Diesel klauen«, stellte er fest.

Die drei anderen Kerle traten vor. Sie waren einen halben Kopf größer als Patrick und seine Spießgesellen und ziemlich kräftig. Normalerweise ging er keinem Kampf aus dem Weg, aber hier würden sie den Kürzeren ziehen.

Patrick rannte los. Zwei der Typen stürzten sich auf Slobo und Tayfun. Sie hatten keine Chance. Die beiden anderen hetzten ihm hinterher.

Statt auf die Straße zu laufen, wo sie ihm leicht mit dem Wagen folgen konnten, hielt er auf das Feld hinter der Scheune zu. Die Kerle mochten zwar mit ihren Fäusten Nüsse knacken können, die Schnellsten waren sie glücklicherweise nicht. Nach fünfhundert Metern gaben sie die Verfolgung auf. Schwer atmend blieb Patrick stehen, als er merkte, dass die anderen ihm nicht mehr nachsetzten.

»Ihr Ficker!«, schrie Patrick und warf einen Stein nach ihnen, der aber viel zu kurz flog. Einer der beiden Typen wollte daraufhin die Verfolgung wieder aufnehmen, wurde aber von seinem Kumpel festgehalten. Sie zeigten ihm wüst fluchend den Finger und trotteten wieder zurück.

»Ich euch auch«, keuchte Patrick atemlos. Slobo und Tayfun saßen ziemlich in der Scheiße. Wenn sie noch Glück hatten, würde der Bauer irgendwie die Polizei rufen, was in Anbetracht des zusammengebrochenen Telefonnetzes aber eher unwahrscheinlich war. Außerdem hatten die Jungs von der Staatsgewalt im Moment größere Probleme als ein paar Idioten, die ziemlich stümperhaft einen Landmann hatten beklauen wollen. Vermutlich würden der Bauer und seine Jungs die beiden erst einmal in die Mangel nehmen und sie dann zu den Schweinen stecken. Was auch immer, Patrick konnte den beiden nicht helfen. Er lief zurück zu seinem Wagen.

Der Regen, der anfangs nur in vereinzelten Tropfen gefallen war, hatte sich in einen dichten Vorhang verwandelt. Als sich Patrick vollkommen durchnässt hinter das Steuer setzte und den Motor startete, hatte der Himmel vollends seine Schleusen geöffnet. Er schaltete den Scheibenwischer auf die höchste Stufe und fuhr Richtung Frankfurt davon.

Alles lief schief. Sein insgesamt ja eher abschüssiges Leben machte nun eine dramatische Talfahrt. Seine Freundin war abgehauen, er hatte Marvin verloren und nun musste er auch noch seine einzigen Freunde im Stich lassen. Mit etwas Glück würden sie ihn wegen der Geschichte mit dem Geldautomaten nie dranbekommen, aber das war auch schon der einzige Lichtblick. Patrick schnaubte verächtlich und wischte mit der Hand die beschlagene Scheibe frei, gegen die der Regen wie Hagel prasselte. Ihm blieb nicht mehr viel. Er hatte sein Leben gründlich versaut. Genau genommen war alles im Arsch.

Der LKW rammte ihn von rechts. Für einen kurzen Moment war das Innere des BMW in helles Licht getaucht. Glassplitter explodierten in Patricks Gesicht, als die Beifahrertür mit aller Wucht eingedrückt wurde. Er verlor die Orientierung, wusste nicht mehr, wo oben und unten war. Metall kreischte über den nassen Asphalt. Dann stand die Welt auf dem Kopf. Nur die Gurte hielten ihn noch im Sitz. Draußen rauschte der Regen. Ich sterbe, dachte Patrick. Er schloss die Augen und lächelte.

*H*arald Hellmann stand mit verschränkten Armen auf der Terrasse seines Gartens und schaute missmutig zum Himmel hinauf. Jeder hatte den Regen herbeigesehnt, er eingeschlossen. Und nun, da er fiel, verspürte er eine unerwartete Wehmut. Wie ein Kind, das das Ende der Sommerferien vor Augen hatte.

Sie hatten die Markise ausgefahren, damit das Regenwasser in bereitgestellte Schüsseln fließen konnte. Die Familie benutzte es jedoch nur zum Waschen. Solange sie noch genügend Mineralwasser in der Garage stehen hatten, würden sie auch nichts anderes trinken. Schon gar nicht die Brühe aus den Eimern. Andere konnten nicht so wählerisch sein, aber da das Regenwasser nicht abgekocht werden konnte, war es nur eine Frage der Zeit, bis man sich auf diesem Weg Typhus oder die Cholera einfing.

Das größte Problem war nämlich nicht der Müll, der erst seit einer Woche nicht mehr abgeholt worden war. Es gab außer leeren Konserven und Getränkekartons ohnehin nichts mehr, was in die Tonne wanderte. Nein, viel gravierender war der Ausfall der Toiletten, da die Spülung nicht mehr funktionierte. Nicht alle waren von diesem Problem in gleicher Weise betroffen. Diejenigen, die einen Garten hatten, legten eine Latrine an und ließen ihre Exkremente in einer Grube verschwinden. Oder aber man entleerte die Eimer in die Gullys am Straßenrand. Um deren Fassungsvermögen zu erhöhen, hatten sie die Siebeimer herausgenommen. Dennoch würden die Dinger irgendwann voll sein.

Andere waren weniger wählerisch bei der Entsorgung ihrer Ausscheidungen. Der Spielplatz hinter den Siedlungshäusern, die früher einmal der Viktoria-Versicherung gehört hatten, war zu einer regelrechten Jauchegrube verkommen. Der Sandkasten sah wie ein riesiges Katzenklo aus, der Boden unter den Büschen war mit benutztem Toilettenpapier bedeckt. Es stank erbärmlich, und der unablässig niedergehende Regen machte die Sache nur auf den ersten Blick besser, denn er spülte den Unrat auf die Gehwege. Der Boden war durch die andauernde Trockenheit hart wie Stein geworden und nicht in der Lage, auch nur einen Bruchteil der Wassermengen aufzunehmen.

In diesem Viertel Seckbachs, das durch die Nachbarschaftshilfe kontrolliert wurde, war die Lage zwar ernst, aber geradezu paradiesisch im Vergleich zur Atzelbergsiedlung, wo die Wohndichte um ein Vielfaches höher war. Dort bahnte sich eine Katastrophe an. Jeder Baum, jede Hecke, jeder Strauch war zu einer öffentlichen Toilette verkommen. Nicht nur das: Die meisten der am Straßenrand parkenden Autos waren aufgebrochen worden und hatten keine Tankdeckel mehr. Ob es den Vandalen tatsächlich gelungen war, das Benzin zu stehlen, stand auf einem anderen Blatt Papier. Vermutlich waren die meisten daran gescheitert und hatten ihrer Frustration daraufhin freien Lauf gelassen. Jedenfalls waren viele Autos demoliert oder gar in Brand gesteckt worden.

Als die ersten Rauchsäulen aufgestiegen waren, hatte Hellmann die Patrouillen verdoppelt. Im Gebiet der Nachbarschaftshilfe war bis jetzt noch kein Wagen beschädigt worden, weder in der Zentgrafenstraße, noch in der Hofhausstraße, noch Im Staffel. Und das war gut so. Es zeigte, dass hier die Welt noch in Ordnung war und die Nachbarschaftshilfe ihren Sinn hatte. Für heute Nachmittag hatte sich das Komitee zu einer Sitzung verabredet, damit das auch so blieb.

Jankowski und Gräbner waren die Ersten, Manfred Dichter kam zehn Minuten zu spät. Erstaunlicherweise setzte sich auch Claudia zu ihnen. Offensichtlich hatte sie etwas zu sagen, doch sie wartete mit aufeinandergelegten Händen wohl auf den richtigen Moment. Jedenfalls sprach sie kein Wort mehr, nachdem sie die Nachbarn begrüßt hatte.

Hellmann konnte das nur recht sein. Er war ohnehin mit anderen Dingen beschäftigt gewesen. Die Desert Eagle war noch immer nicht aufgetaucht. Er hatte Maltes Zimmer heimlich nach der Waffe durchsucht, aber außer einem zerfledderten Porno und einem Stapel raubkopierter Spiele nichts gefunden. Claudia durfte von alledem nichts wissen. Wenn sie erfuhr, dass ihr jüngster Sohn eine geladene Pistole aus dem Waffenschrank seines Vaters gestohlen hatte, war der Teufel los.

Doch im Moment hatten sie ein anderes Problem. »Ich bin gestern in der Stadt gewesen«, sagte Hellmann. »Mittlerweile wurden zwei Wasseraufbereitungsanlagen aufgebaut. Eine in Bornheim, die andere in Sachsenhausen.«

»Zwei Anlagen für 650 000 Menschen?«, sagte Gräbner. »Das reicht doch nie im Leben aus!«

»Womit werden sie betrieben?«, fragte Jankowski.

»Na, womit wohl? Mit Dieselaggregaten.«

»Deswegen werden sie auch nicht lange laufen«, sagte Hellmann. »Der Treibstoff wird nicht lange reichen. Man versucht jetzt, das Problem von außen zu lösen. Erst werden die Notstromaggregate der Flughäfen wieder in Betrieb genommen, damit wenigstens Transportmaschinen landen können, die Hilfsgüter bringen. Frankfurt steht ganz oben auf der Liste.«

»Gott sei Dank«, sagte Jankowski.

»Gleichzeitig arbeitet man auf Hochtouren daran, das Netz wieder hochzufahren. Das hat mir ein Mann vom THW gesagt, mit dem ich mich unterhalten habe. Ich habe ihm die Lage hier in Seckbach geschildert. Die Flusspegel steigen zwar durch den Regen langsam wieder, aber noch sind die Wasserstände zu niedrig. Das wird sich erst in den nächsten Tagen ändern. Und auch nur dann, wenn es weiter wie bisher regnet. Ihr habt vom Hessen-Center gehört?«

Alle nickten. »Und vom Main-Taunus-Zentrum. Und dem Nordwest-Zentrum. Und dem Isenburg-Zentrum«, sagte Dichter. »Fast die gesamte Polizei ist in der Innenstadt im Einsatz, um dort ähnliche Plünderungen zu verhindern.«

»Wir müssen die Vorräte, die noch im Supermarkt sind, hier hochschaffen«, sagte Hellmann.

»Wo willst du sie deponieren?«, fragte Jankowski.

»Ich hatte erst an die Tiefgarage auf der anderen Straßenseite gedacht. Aber ich befürchte, dass für das Rolltor zu viele Leute einen Schlüssel haben. Deswegen stellen wir alles in meine Garage.«

Jetzt meldete sich Claudia zu Wort. »Wer wird davon profitieren?«, fragte sie.

»Von den Vorräten?«, fragte Gräbner.

Sie nickte.

»Wir. Also, die Nachbarschaftshilfe«, sagte Hellmann.

»Damit bin ich nicht einverstanden«, sagte Claudia.

»Aha«, machte Hellmann. »Und warum?«

»Weil wir teilen sollten«, sagte sie.

»Mit wem?«, fragte Hellmann ungläubig.

»Mit den Leuten aus der Atzelbergsiedlung«, sagte Claudia.

»Die versorgen sich selbst«, sagte Hellmann. »Der Lidl ...«

»Der Lidl hat seine Waren verteilt«, fiel ihm Claudia ins Wort. »Ich weiß. Aber ich habe mit dem Leiter vom Quartiersmanagement der Arbeiterwohlfahrt gesprochen. Er sagte mir, dass die Ausgabe der Lebensmittel sehr chaotisch war. Besonders Frauen mit Kindern sind zu kurz gekommen. Harald, wir haben mehr als genug!«

»Das weißt du doch gar nicht! Es kann noch Tage dauern, bis wir wieder Strom haben. Und von den Hilfsorganisationen hat sich hier bislang keine blicken lassen.«

Claudia richtete sich an den Supermarktleiter. »Was sagst du, Manfred?«

Dichter blies die Backen auf und schaute unsicher von einem zum anderen. »Ich weiß nicht. Ich glaube, dein Mann hat recht. Wir wissen nicht, was kommt.«

»Ist das euer letztes Wort?«, fragte Claudia.

Niemand antwortete. Sie stand auf und ging, ohne ein weiteres Wort zu sagen.

Jankowski war es schließlich, der die peinliche Stille als Erster durchbrach.

»Also, reden wir nicht lang. Räumen wir den Supermarkt aus.«

Der Regen rauschte immer noch, als Patrick wieder zu sich kam. Der Nachgeschmack eines endlos scheinenden Traumes lag auf seiner Zunge. Er öffnete die Augen. Durch ein gekipptes Fenster fiel dämmeriges Zwielicht. Irgendjemand stöhnte. Patrick richtete sich auf, fiel aber augenblicklich wieder in sein Kissen zurück, als ein scharfer Schmerz seinen Kopf durchzuckte.

Er lag zusammen mit fünf anderen Patienten in einem Raum, der eigentlich nur für vier Betten Platz hatte. Ein Infusionsschlauch steckte in seiner linken Armbeuge. Als er die Stirn betastete, fühlte er einen dicken Verband. Hinter seinen Augen pulsierte ein stechender Schmerz im Rhythmus seines Herzschlages. Patrick schlug die Decke beiseite und schaute an sich hinab. Über den Schniepel hatte man so etwas wie einen Pariser gezogen, an dessen Ende ein Schlauch hing, der in einen prall gefüllten Sack führte. Mit spitzen Fingern zog er das Gummiding wie eine Wurstpelle ab und setzte sich auf. Augenblicklich wurde ihm schwindelig. Er blinzelte benommen und atmete tief durch. Schließlich zog er den Infusionsständer zu sich heran. Erst beim dritten Versuch gelang es ihm, aufzustehen. Vorsichtig schlurfte er zur Tür und spähte hinaus.

Auch der Korridor war vollgestellt mit Betten, in denen Menschen lagen, die stöhnten und röchelten. Obwohl es draußen regnete, war die Luft noch immer heiß und stickig. Patrick schleppte sich zum Stationszimmer. Es war leer.

»Hallo? Ist da jemand?«

Niemand antwortete.

»Ich muss mal aufs Klo!«

Die Tür eines Krankenzimmers ging auf und eine Schwester trat heraus. Sie schwitzte und roch, als hätte sie sich seit Tagen nicht gewaschen. Die Kleidung, die sie trug, war fleckig und ungebügelt.

»Machen Sie nicht so einen Lärm«, zischte sie ihn an. »Gehen Sie wieder in Ihr Bett.«

»Erst, wenn ich auf dem Klo war.«

Die Schwester schaute an ihm hinab. »Sie hatten doch einen Katheter.«

Patrick verzog das Gesicht. »Ich muss groß.«

»Die Toiletten funktionieren nicht mehr.« Die Schwester trat an Patrick heran. Sie schaltete eine Taschenlampe ein. Der Lichtschein, der auf Patricks Gesicht fiel, war schwach und rötlich. »Sie sind doch der Bursche, der den Autounfall hatte?«

»Autounfall?«, fragte Patrick verwirrt.

»Ein Lastwagen ist auf der B3 vor sechs Tagen in Sie reingefahren.«

Patrick wurde blass. »Vor sechs Tagen?« Erst jetzt fiel ihm wieder ein, dass er heute nicht zum ersten Mal erwacht war. Er hatte irgendwann etwas gegessen, daran konnte er sich erinnern. Einen Haferflockenbrei, der wie eingeweichte Pappe geschmeckt hatte.

Ein Patient rief, laut und drängend. Die Schwester verdrehte die Augen. »Ich komme!«, rief sie und nahm von einem Rollwagen eine Bettpfanne. »Hören Sie, wenn Sie Ihr großes Geschäft verrichten müssen, gehen Sie in Ihr Zimmer und benutzen Sie das hier.« Mit diesen Worten ließ sie ihn stehen.

Patrick starrte auf die Bettpfanne. »Na, klasse«, brummte er und humpelte zurück in sein Zimmer. Er setzte sich auf die Bettkante und schob sich das Ding unter den Hintern. Glücklicherweise schliefen seine Zimmergenossen noch und konnten ihm nicht dabei zusehen, wie er angestrengt eine Wurst herauspresste. Als er fertig war, stellte er fest, dass er kein Klopapier hatte. Mit einem Fluchen zog er die Schüssel hervor und hinkte zum Waschbecken, wo bereits andere benutzte Bettpfannen standen. Was für eine widerliche Sauerei, dachte Patrick, als er im Dunkeln schließlich ein Paket mit Papierhandtüchern ertastete. Er wischte sich mit einer doppelten Lage den Allerwertesten ab. Dann trank er einige Schlucke aus einer Plastikflasche, die neben dem Kleiderschrank stand. Das Wasser schmeckte schal und abgestanden, aber es war besser als nichts.

In seinem Kopf begann sich die Welt zu drehen. Zwei helle Lichter rasten auf ihn zu. Patrick stieß einen Schrei aus und riss seine Arme in die Höhe. Die Beine knickten ein. Er fiel zu Boden und wusste nicht mehr, wo oben und unten war. Als er wieder zu sich kam, richteten ihn vier kräftige Hände auf und führten ihn zu seinem Bett. Die Schwester, die ihm die Bettpfanne gegeben hatte, machte ein missbilligendes Gesicht, als sie Patricks Füße in die Höhe hob. Langsam floss wieder Blut in seinen Kopf.

»Sie bleiben liegen, okay?«, sagte sie. »Ohne fremde Hilfe stehen Sie nicht mehr auf.«

Patrick wollte ihr sagen, dass sie ihn mal konnte. Aber da war er schon wieder eingeschlafen.

»Mutter?« Katharina war hochgeschreckt. Bis auf den fallenden Regen, den sie durch das gekippte Fenster hören konnte, war im Zimmer alles still. Ihre Mutter schien tief und fest zu schlafen. Katharina rieb sich die Augen und schaute auf die Uhr. Der alte Reisewecker mit seinem fluoreszierenden Ziffernblatt zeigte zwanzig nach sechs. Draußen war es bereits hell. Sie öffnete den Schlafsack und versuchte, so leise wie möglich von ihrer Luftmatratze aufzustehen. Mit einem Stöhnen drückte sie den Rücken durch.

Seit Beginn des Stromausfalls herrschte auch in Katharinas Leben der Ausnahmezustand. Sie hatte die eigene Wohnung vor einer Woche das letzte Mal betreten, um einen Koffer mit der letzten frischen Wäsche zu packen. Jeden Tag pendelte sie zwischen der Klinik und der Wohnung ihrer Mutter hin und her. Die Infusionen hatten geholfen. Helene Debus ging es besser. Sie kooperierte mit der Haushaltshilfe und war zwar immer noch ein wenig verwirrt, die aggressiven Ausfälle hatte es aber nicht mehr gegeben. Helene hatte sich sogar daran gewöhnt, ihr Geschäft auf einem Toilettenstuhl zu verrichten, den Katharina aus dem Krankenhaus mitgebracht und ins Bad gestellt hatte.

Vor fünf Tagen hatten die Nachbarn aus den unteren Stockwerken darum gebeten, die Toiletten nicht mehr zu benutzen, da ohne eine vernünftige Wasserspülung die Exkremente den Abfluss verstopften. Also benutzten die Mieter des Hauses fortan brav einen Eimer, den sie im Hof ausleerten, wo man für diesen Zweck den Deckel eines Gullys beiseitegeschoben hatte. Katharina hatte sich den Trick irgendwo abgeschaut und die anderen im Haus waren begeistert gewesen. Es gab kaum noch eine Kanalöffnung, die man nicht als Klo benutzte. Das Loch hatte man mit einem rot-weißen Warnband abgesperrt, damit nicht aus Versehen spielende Kinder hineinfielen oder ein Auto sich beim Zurücksetzen die Achse ruinierte.

Etwas krachte auf der Straße, so als ob ein Kasten mit Glasflaschen zerschellte. Katharina stolperte zum gekippten Fenster und schob die Vorhänge beiseite. Einige Halbwüchsige rannten laut lachend davon. Für sie war es wohl die Zeit, sich nach einer langen Nacht aufs Ohr zu legen.

Frankfurt war eine Stadt geworden, deren Straßen man nach Sonnenuntergang besser mied. Sobald es dunkel wurde, trieben sich marodierende Banden herum. Manche Geschäfte glichen verrammelten Festungen, die von ihren Besitzern mit Waffengewalt verteidigt wurden. Katharina erinnerte sich noch an die Bilder, als der Wirbelsturm, der ihren Namen trug, New Orleans zerstört hatte. Sie hätte sich nie träumen lassen, dass auch hier ohne Vorwarnung auf Plünderer geschossen werden könnte, wobei sie sich fragte, woher zum Teufel all die Waffen kamen, die plötzlich jeder zu haben schien.

Seit einer Woche galten die Notstandsgesetze, die es dem Staat erlaubten, die Bundeswehr auch im Inneren einzusetzen. Doch ohne Strom gab es keine Kommunikation. Es sei denn, die Einsatzkräfte wären mit Satellitentelefonen, Generatoren und genügend Treibstoff ausgerüstet worden. Die Soldaten, die seit einigen Tagen die Krankenhäuser, das Bankenviertel und andere sensible Einrichtungen bewachten, konnten davon jedenfalls auch nur träumen.

Katharina ging zum Bett ihrer Mutter. Der nächste Demenzschub würde kommen. Katharina strich der alten Frau liebevoll durchs Haar.

»Kannst du auch nicht mehr schlafen?«, sagte ihre Mutter.

»Du bist wach?«, fragte Katharina.

»Der Radau hat mich geweckt.« Erst jetzt öffnete sie die Augen. »Was ist denn da draußen los?«

»Keine Ahnung. Wahrscheinlich sind es nur ein paar betrunkene Jugendliche.«

»Der Strom ist noch immer nicht da?«

»Nein«, sagte Katharina.

»Es wird Zeit, dass die Polizei endlich für Ordnung sorgt«, sagte Helene.

»Ich glaube, die Polizei hat im Moment genug mit sich selbst zu tun.«

Helene setzte sich auf. »Wie spät ist es denn?«

»Gleich halb sieben. Ich muss bald wieder zur Arbeit«, sagte Katharina.

»Armes Kind«, sagte ihre Mutter aufrichtig. »Ich werde dir Frühstück machen.« Sie stand auf.

»Warum bleibst du nicht im Bett?«, sagte Katharina.

»Weil ich nicht mehr länger liegen kann. Mir tut alles weh. Wann kommt Frau Biehler?«

Katharina rollte ihren Schlafsack zusammen. »Sie hat versprochen, gegen halb acht wieder hier zu sein.«

»Komm«, sagte Helene. »Geh ins Bad, wasch dich und zieh dich an. Ich kümmere mich um alles.«

Ich kümmere mich um alles. Wann hatte Katharina diesen Spruch zum letzten Mal aus dem Mund ihrer Mutter gehört? »Geht es dir gut?«, fragte sie vorsichtig.

»Ja, hab ich doch gesagt.« Helene zog sich den dünnen Morgenmantel an und knotete ihn mit ihren dürren Fingern zu. »Ich mache uns Frühstück.« Sie hielt inne. »Was ist denn überhaupt noch da?«

»Müsli und Orangensaft. Die H-Milch steht rechts neben dem Toaster.«

»Gab es das nicht schon gestern?«

»Ja«, sagte Katharina, die ins Bad schlurfte. »Und vorgestern. Und vorvorgestern.«

»Sei nicht so entmutigend«, kam es aus der Küche.

Katharina wusch sich mit dem Regenwasser, das sie auf dem kleinen Balkon in einem Plastikeimer gesammelt hatten, und zog sich an. Sie hatte zwar nur fünf Stunden geschlafen, aber sie fühlte sich einigermaßen ausgeruht.

Als sie zurückkam, hatte ihre Mutter schon den Tisch gedeckt. Draußen war es mittlerweile hell, aber es versprach dennoch, ein trüber, verregneter Tag zu werden. Helene setzte sich und lächelte.

»Wir haben schon lange nicht mehr zusammen gefrühstückt«, sagte Katharina.

»Ja, es ist fast wie früher«, sagte ihre Mutter und goss etwas von dem Orangensaft auf ihr Müsli. »Das sollten wir öfters machen. Vielleicht können wir ja auch mal frühstücken gehen. Gibt es noch immer das Mövenpick bei der Alten Oper?«

»Mutter«, sagte Katharina leise. »Dein Essen.«

»Was soll damit sein? Es ist nicht abwechslungsreich, aber es macht satt.« Sie brach abrupt ab, als sie merkte, dass etwas nicht stimmte. Stirnrunzelnd stocherte sie mit dem Löffel in ihrer Schüssel herum. Dann lachte sie. »Hast du mir den Orangensaft in die Milch getan?«

»Mutter«, sagte Katharina eindringlich, fast flehend.

Ihre Mutter erstarrte. Ihre Augen waren vor Angst weit geöffnet. Sie schlug die Hand vor den Mund. »Ich verliere den Verstand«, wisperte sie.

»Erinnerst du dich noch an die vergangenen Tage?«

Helene rieb sich fahrig die Stirn. Sie rang nach Worten, brachte aber außer einem Stammeln nichts heraus. Katharina ergriff quer über den Tisch ihre Hand.

»Ich weiß noch, was ich getan und gesagt habe«, wisperte ihre Mutter. »Und ich weiß, dass es irgendwie falsch war. Aber ich konnte nichts dagegen tun. Ich wollte ... wollte ...« Sie brach in Tränen aus.

Katharina stand auf und nahm sie in den Arm. »Ich kann nicht die ganze Zeit bei dir bleiben und auf dich aufpassen.«

Ihre Mutter sprang auf und stieß dabei mit dem Knie gegen die Tischkante. Der Milchkarton fiel um und ein weißer See breitete sich auf der Decke aus. »Ich gehe nicht in ein Pflegeheim! Auf gar keinen Fall!«

Katharina fluchte leise. Sie stellte den Karton wieder hin und suchte nach einem Tuch oder einem Lappen, an dem sie sich die Hand abwischen konnte. »Aber du kannst auch nicht mehr alleine leben! Wir haben diese Diskussion bereits tausendmal geführt! Du hast dir noch nicht einmal die Mühe gemacht, die Prospekte anzuschauen, die ich dir mitgebracht habe.«

Ihre Mutter hatte Tränen der Wut in den Augen. »Du willst mich loswerden! Ich hab dich großgezogen! Ich habe mein Leben für dich und deine Brüder geopfert. Und nun schickst du mich zum Sterben ins Heim!«

»Ich kann nicht mehr!«, schrie Katharina. »Verstehst du? Ich bin mit meinen Kräften am Ende! Wenn du meinst, dass ich dich schäbig behandele, dann zieh doch zu Frank oder Michael.«

»Da will ich nicht hin«, sagte Helene trotzig.

»Warum nicht?«

Ihre Mutter presste die Lippen aufeinander.

»Dann werde ich die Frage für dich beantworten. Die würden sich nämlich von dir nicht so auf der Nase herumtanzen lassen. Und im Gegensatz zu mir haben sie ein eigenes Leben.«

»Na komm«, sagte Helene gönnerhaft. »Du hast ja nun wirklich keinen Grund zur Klage. Wenn ich in deinem Alter die gleichen Möglichkeiten gehabt hätte ...«

»Ich habe keinen Grund zur Klage?«, fiel ihr Katharina aufgebracht ins Wort. »Hast du überhaupt eine Vorstellung von meiner Arbeit? Weißt du, womit ich mich den ganzen Tag herumschlagen muss? All die Scheintoten und Besserwisser stehen mir bis hier!« Sie machte mit der Hand eine Geste, als wolle sie sich die Kehle durchschneiden. »Dann komme ich nach Hause und der nächste Pflegefall wartet auf mich!«

»Ich bin kein Pflegefall!«, schrie Helene sie an.

»Ach ja? Dann frag mal Frau Biehler, die die letzten

anderthalb Wochen auf dich aufgepasst hat! Die wird dir was anderes erzählen. Ein wenig mehr Demut könnte dir nicht schaden!« Katharina stand auf und begann, den Tisch abzuräumen. »Sobald der Strom wieder da ist, melde ich dich in einem Heim an, ob du willst oder nicht.«

»Dann bringe ich mich um!«, kreischte Helene.

»Genau«, sagte Katharina bitter. »Wenn alles nichts mehr hilft, probieren wir es mit ein wenig Erpressung. Hat ja sonst auch immer geklappt.« Sie stellte die Schüsseln ineinander und trug sie in die Küche. »Aber ich mache das Spiel nicht mehr mit. Ich lasse mich nicht mehr erpressen.«

»Ich meine es ernst!«, sagte Helene verzweifelt.

»Das glaube ich dir sogar. Aber spätestens heute Mittag wirst du es vergessen haben. Und dann ist wieder alles beim Alten.«

In der Wohnungstür wurde ein Schlüssel umgedreht. Die beiden Frauen verstummten, als Doris Biehler, abgekämpft wie immer, die Wohnung betrat. Sie trug einen billigen, durchsichtigen Regenmantel, von dem das Wasser auf den Teppichboden tropfte.

»Guten Morgen«, keuchte sie. »Was ein Sauwetter. Erst hat es drei Monate nicht geregnet, und jetzt hört es gar nicht mehr auf.« Sie stellte ihren Rucksack auf den Boden, hielt aber inne, als sie von Katharina zu Helene Debus schaute. »Alles in Ordnung?«, fragte sie vorsichtig.

»Nein, ganz und gar nicht«, schnappte Katharina zurück. »Meine Mutter hätte es nämlich gerne, wenn Sie bei ihr einzögen.«

Helene wandte sich ab, lief ins Schlafzimmer und warf die Tür hinter sich zu.

»Streit?«

»Fragen Sie nicht!«, sagte Katharina.

»Das Pflegeheim?«, riet Doris Biehler.

»Ja.«

»Soll ich einmal mit Ihrer Mutter reden?«

Katharina zuckte mit den Schultern. »Wenn Sie wollen. Aber machen Sie sich keine allzu großen Hoffnungen.« Sie nahm einen Schirm von der Garderobe. »Seien Sie mir nicht böse, aber ich muss los.«

»Sagen Sie, haben Sie nicht einen grünen Twingo?«, fragte Doris.

»Ja. Warum? Was ist mit ihm?«, fragte Katharina.

»Ich glaube, den hat man ziemlich demoliert.«

»Oh, Scheiße.« Katharina ließ die Schultern hängen. Der Lärm, der sie heute Nacht geweckt hatte. Das war ihr Auto gewesen.

»Ihr Wagen ist nicht der einzige. Die haben in der ganzen Straße gewütet.«

»Ich schau mir das mal an«, sagte Katharina mit einem unguten Gefühl.

»Warten Sie«, sagte Doris Biehler und löste einen kleinen Schlüssel von ihrem Bund. »Vielleicht sollten Sie meinen Drahtesel nehmen, um zum Krankenhaus zu fahren.«

Katharina bedankte sich und eilte die Treppe hinab. Als sie vor die Haustür trat, standen bereits einige Besitzer vor ihren Wagen und diskutierten aufgebracht. Bei fast allen Autos waren die Scheiben eingeworfen worden. Die Reifen hatte man ebenso wie die Karosserien mit einem Schraubenzieher oder einem Messer bearbeitet. Katharinas Twingo stand auf vier Plattfüßen, außerdem fehlten die Außenspiegel. Sie stieß einen wütenden Schrei aus.

Dann ging sie zurück ins Haus, wo das Fahrrad der Haushaltshilfe stand, schloss es auf und schob es hinaus in den Regen.

Der Tag fing ja gut an. Wütend trat sie in die Pedale.

Als Hellmann erwachte, war es acht Uhr und seine Frau lag nicht neben ihm. Er stand auf, zog die Jalousien hoch und starrte hinaus in den grauen Tag. Von den welken Blättern der Zierkirsche vor dem Fenster tropfte der Regen. Die Schüsseln, die sie aufgestellt hatten, liefen ebenso über wie das alte Planschbecken der Kinder. Hellmann hasste das Wetter. Er wünschte sich die heißen, sonnenverbrannten Sommertage zurück. Wenn es nach ihm ging, konnte der Blackout immer so weitergehen. Er hatte den Stromausfall immer als eine Aufgabe gesehen, die man bewältigen musste. Ein Abenteuer, das sein ganzes Organisationstalent erforderte. Ohne seine Initiative wäre hier alles vor die Hunde gegangen. Er hatte die Menschen vereint und geführt. Und sie folgten ihm noch immer. Natürlich, das waren große Worte, aber beschrieben sie nicht auch die Wahrheit? Während Frankfurt im Chaos und Dreck versank, herrschte in diesem Teil der Stadt, mochte er auch noch so klein sein, Ordnung und Sicherheit. Die Menschen zeigten dank ihm den nötigen Zusammenhalt und sie hatten genug zu essen und zu trinken. Wer konnte das in diesen Tagen schon behaupten?

Wenn das Licht wieder anging, würden sie alle wieder zur Normalität zurückkehren. Man würde sich noch einige Zeit fragen, wer schuld an der Katastrophe war, und dann Konsequenzen ziehen, die umso halbherziger sein würden, je weiter der Stromausfall zurücklag. Hellmann würde wieder Physik unterrichten und als Sicherheitsbeauftragter der Schule Brandschutzübungen und Erste-Hilfe-Kurse durchführen. Was für eine schreckliche Vorstellung.

Es war Halbzeit in seinem Leben. Jetzt ging es nur noch bergab. Und was hatte er bisher erreicht? So gut wie nichts. Ihm war der Lebenssinn abhandengekommen. Die Kinder hassten ihn, und seine Ehe lag in Trümmern. Doch all das hatte seit Beginn des Blackouts keine Rolle gespielt. Er hatte eine Aufgabe gehabt und sie, davon war er überzeugt, mit Bravour gemeistert.

Hellmann roch an den Sachen, die er sich gestern frisch aus dem Schrank geholt hatte, und zog sie an. Dann ging er die Treppe hinauf in die Küche. Seine Frau und die Kinder hatten schon gefrühstückt, den Tisch aber noch nicht abgeräumt.

»Claudia?«, rief er. Niemand antwortete. Er stellte das schmutzige Geschirr in die Spüle und wischte es mit einem feuchten Lappen aus. Sein Blick fiel dabei aus dem Küchenfenster.

Vor dem Haus stand der Zafira, die Heckklappe geöffnet. Claudia und die Kinder beluden im strömenden Regen den Familien-Van mit Konserven, Wasser und H-Milch!

»He!« Hellmann schlug wütend mit der Hand gegen die Scheibe. »Das kann doch wohl nicht sein!« Er ließ den Teller fallen und rannte hinaus.

»Könnt ihr mir mal sagen, was ihr da tut?«, schrie Hellmann seine Familie an. Lukas blieb stehen und lüpfte unsicher die Kapuze seiner Regenjacke, die ihm tief ins Gesicht hing. Malte hingegen ließ sich von dem Wutausbruch überhaupt nicht beeindrucken. Ohne auf seinen Vater zu achten, trug er eine Stiege mit Ravioli-Büchsen zum Auto. Hellmann stellte sich ihm in den Weg.

»Bring das wieder zurück!«

Malte schaute seinen Vater frech an. »Nein.«

Hellmann schnappte sich die Großpackung und gab seinem Sohn einen Stoß, der daraufhin über die Bordsteinkante stolperte und hinfiel.

Die Fahrertür wurde zugeschlagen. »Harald, was fällt dir ein?«, fuhr ihn seine Frau an. Sie trug einen hellblauen Anorak, der auf den Schultern und an den Armen durch den Regen eine dunkle Färbung angenommen hatte.

»Dasselbe könnte ich dich fragen!«, sagte Hellmann und stellte die Kiste in den überdachten Hauseingang.

»Wir bringen Vorräte rüber zur Hochhaussiedlung. Dort werden sie an Familien mit Kindern verteilt«, sagte Claudia und hob die Kiste wieder auf.

»Das ist Diebstahl!«, sagte Hellmann. Er war mittlerweile so nass, dass sein Poloshirt wie ein Lappen an seinem Körper klebte.

»Richtig!«, sagte Claudia und schob die Ravioli in den Kofferraum. »Das ist Diebstahl, was die Nachbarschaftshilfe hier macht. Wer bist du, dass du entscheiden kannst, wer etwas bekommt und wer nicht?«

»Du weißt, dass wir eine Vereinbarung mit Manfred getroffen haben«, sagte er und baute sich vor seiner Frau auf.

»Die Vereinbarung ist mir ehrlich gesagt egal, wenn ich weiß, dass es Kinder gibt, die nichts zu essen haben, während sich bei uns die Lebensmittel stapeln. Das kann ich nicht mit meinem Gewissen vereinbaren, Harald.«

»Oh Gott.« Hellmann strich sich mit der Hand über die Stirn. »Das kannst du nicht mit deinem Gewissen vereinbaren?«

»Ja, stell dir das mal vor.«

»Was für ein Glück, dass es so rechtschaffene Menschen wie dich gibt. Sonst wäre die Welt sicherlich schon längst vor die Hunde gegangen.« Er lachte auf und schüttelte den Kopf. »Der Wagen bleibt hier.«

»Das entscheidest du nicht«, sagte Claudia.

Hellmann antwortete nicht. Stattdessen öffnete er die Fahrertür und zog den Schlüssel ab. »Doch. Das tue ich.« Er ging wieder ins Haus. »Und ihr räumt die Sachen wieder in die Garage. Ist das klar?«

Hellmann warf die Haustür hinter sich zu. Ohnmächtig vor Wut ballte er die Fäuste. Das kann ich nicht mit meinem Gewissen vereinbaren, Harald! Diese selbstgerechte Mutter Teresa! Am liebsten hätte er sie gepackt und so lange geschüttelt, bis ihr Verstand wieder an die richtige Stelle gerutscht war.

Er musste handeln. Wahrscheinlich gab es noch andere, die wie seine Frau dachten. Hellmann musste unbedingt verhindern, dass Lebensmittel allzu freigiebig verteilt wurden. Bis jetzt war die Nachbarschaftshilfe auf Patrouille gegangen, um Plünderer von außen abzuwehren. Doch er hatte sich getäuscht. Der Feind kam nicht von außen. Der Feind saß mit ihm an einem Tisch.

»Wo haben Sie denn das aufgetrieben?«, fragte Jessie.

Es knackte, als Katharina Debus das Babygläschen öffnete. Mit einem Löffel rührte sie den Brei um. »Irgendwie sind wir wieder in der Steinzeit gelandet. Ich habe es gegen eine Flasche Desinfektionsmittel getauscht.«

»Und wo hatten Sie das Desinfektionsmittel her?«

»Fragen Sie nicht«, sagte sie und hielt Marvin einen gehäuften Löffel hin. »Mund auf.«

Marvin saß mit wachem Blick auf seinem Bett und betrachtete die dargebotene Mahlzeit mit dem gebotenen Misstrauen. Er wurde immer noch über einen zentralen Venenkatheter am Hals versorgt, an den er sich nunmehr leidlich gewöhnt hatte. Dennoch fingerte er immer wieder an den Schläuchen herum, die mit einem speziellen Band auf die Haut geklebt waren. Der Junge öffnete wie ein Vögelchen seinen Mund. Er lächelte.

»Lecker.«

»Das will ich meinen«, sagte Katharina. »Bananenbrei schmeckt mir auch.«

»Mehr«, sagte Marvin und sperrte seinen Schnabel wieder auf.

Der süße Kerl war der einzige Lichtblick an diesem verkorksten Tag. Katharina gehörte eigentlich nicht zu den Frauen, die beim Anblick eines knapp dreijährigen Jungen vor Verzückung den Verstand verloren. Manche Kinder gingen ihr sogar richtiggehend auf die Nerven. Aber Marvin war anders. Er hatte all die Tage nie gejammert oder geklagt, sondern versucht, aus seinem Schicksal das Beste zu machen. Er sprach viel, lachte wenig und war ansonsten ein ganz normaler, pfiffiger Junge, der die Welt mit hellen Augen betrachtete.

»Ich habe mich noch gar nicht richtig bei Ihnen bedankt«, sagte Jessie.

»Kein Problem. Ich bin Ärztin. Das ist mein Job.« Katharina wollte Marvin einen dritten Löffel geben, aber der Junge schüttelte den Kopf.

»Nanu? Schon satt?«, fragte sie.

Er streckte beide Hände aus. »Selber.«

»Marvin, das kannst du noch nicht«, sagte Jessie. »Du kleckerst alles voll.«

»Ach, wissen Sie, hier ist ohnehin alles schmutzig. Da wird es auf etwas Babybrei auch nicht ankommen.« Sie hielt ihm Glas und Löffel hin. Marvin griff zu und begann hochkonzentriert, alleine zu essen. Die Bewegungen waren zwar ungelenk, aber achtsam. Als er das Glas halb geleert hatte, gab er es zurück. »Genug«, sagte er.

»Nachher mehr?«, fragte Jessie. Er nickte.

»Wir müssen sehen, wie er das verträgt, aber ich denke, wir können den zentralen Venenkatheter heute entfernen«, sagte Katharina. »Und dann muss ich Sie leider nach Hause schicken.«

Jessie nickte betrübt.

»Gibt es jemanden, der Ihnen zur Hand gehen kann, wenn Sie wieder daheim sind?«, fragte Katharina, die wusste, dass auf die junge alleinerziehende Frau eine schier unlösbare Aufgabe wartete, denn die Versorgungslage war mittlerweile katastrophaler als in einem Dritte-Welt-Land.

»Meine Mutter könnte mir normalerweise helfen«, sagte Jessie vorsichtig. »Aber sie muss ja arbeiten, nicht wahr?«

Katharina zuckte zusammen. Das war ein Volltreffer. Doris Biehler verbrachte noch immer sechzehn, manchmal achtzehn Stunden am Tag in der Kleinen Seestraße. Mittlerweile hatte sie mit der Betreuung ein kleines Vermögen verdient. Außerdem brachte Katharina ihr Wasser und Lebensmittel mit. Das waren Dinge, an die Normalsterbliche in diesen Tagen nur schwer herankamen. Es sei denn, sie wurden vom THW, dem Roten Kreuz oder einer anderen ausländischen Hilfsorganisation versorgt. Katharina kannte niemanden, der das Glück hatte. Und wenn sie ehrlich war, wollte sie auf die Dienste von Jessies Mutter auch nicht verzichten.

Eine Hand berührte sie am Arm.

»Ja, Marvin?«, fragte sie.

Katharina sah, wie der Junge mit sich rang. Dann gab er ihr ein abgewetztes Stoffkarnickel. »Für dich. Er heißt Hasi.«

Katharina starrte das Kuscheltier stumm an und wusste nicht, was sie darauf sagen sollte. Sie kam sich wie in einer kitschigen Seifenoper vor. »Tut mir leid, aber das geht nicht«, sagte sie schließlich und hielt ihm den Hasen wieder hin. Der Junge schüttelte den Kopf.

»Marvin. Bitte. Ich kann ihn nicht nehmen.«

»Warum?«, kam die neugierige Frage.

»Warum?« Katharina holte tief Luft und suchte nach einer kindgerechten Antwort. »Er ist dein Freund. Freunde kann man nicht verschenken. Es ist lieb von dir gemeint, aber ich hätte immer ein schlechtes Gewissen.«

Marvin runzelte die Stirn. Er verstand kein einziges Wort. Sie strich ihm über den Kopf.

»Ist schon gut«, sagte Jessie. »Hasi gehört nicht mehr zu Marvins engerem Freundeskreis.«

»Ah«, machte Katharina. »Ihr Sohn hat andere Favoriten.«

Jessie zuckte mit den Schultern und lächelte.

»Ich werde gut auf Hasi aufpassen«, versprach Katharina und steckte das Kuscheltier vorsichtig in die Kitteltasche. Sie stand auf. Als sie bei der Tür war, drehte sie sich noch einmal um.

»Darf ich fragen, warum sie keine Arbeit haben?«

»Ich habe Friseurin gelernt, aber eine Allergie auf die Chemikalien entwickelt«, sagte Jessie.

»Ich weiß, dass das Krankenhaus dringend Pflegekräfte sucht«, sagte Katharina. »Ich habe Sie in der Woche beobachtet, die Sie jetzt hier sind. Schon unter normalen Umständen ist der Job eine Hölle, aber Sie haben sich vorzüglich gehalten. Wäre das nicht was für Sie? Die Bezahlung ist unterirdisch und Sie haben Schichtdienst, auch am Wochenende. Aber es wäre eine Arbeit.«

»Gerne«, sagte Jessie. »Nur, wer kümmert sich in dieser Zeit um Marvin?«

Katharina schloss ärgerlich die Augen. »Ja. Sie haben recht. Entschuldigung. Ich habe nicht nachgedacht.« Sie überlegte, was sie noch sagen konnte, um ihren Fehler wiedergutzumachen, kam dann aber zu dem Schluss, dass jedes weitere Wort die Sache nur schlimmer machte. »Wir sehen uns nachher«, sagte sie und ging.

Seine Klamotten waren fort. Patrick hatte jeden Schrank untersucht, aber weder seine Kleidung noch sein Portemonnaie irgendwo finden können. Sein Kopf hämmerte, im linken Arm bohrte ein heimtückischer Schmerz, und die Nähte, die seinen Bauch zusammenhielten, spannten wie die Hölle. Mühsam zog er sich mit einer Hand am Infusionsgalgen hoch. Am liebsten hätte er das Ding aus dem Fenster geworfen. Er konnte es kaum glauben, aber irgendjemand musste ihm die Sachen unter dem Arsch weggeklaut haben. Entweder waren es die beschissenen Sanitäter gewesen, oder aber jemand hatte sich bedient, als er hilflos im Bett gelegen hatte.

Patrick schlurfte zur Tür und riss sie auf. »Schwester!«, schrie er wütend über den Flur, auf dem es noch immer wie in einem Kriegslazarett aussah. Es war kurz vor zwölf und das Personal hatte Schwierigkeiten, den Wagen mit dem Mittagessen durch die schmale Gasse zu schieben. Niemand achtete auf ihn.

»Könnte bitte jemand kommen!«, rief Patrick erneut.

»Aha«, antwortete eine Pflegerin gereizt, die ein Bett näher an die Wand rückte. »Geht doch. Sie bekommen gleich Ihr Essen.«

»Ich hab keinen Hunger!«, rief Patrick. »Ich will meine Sachen.«

Die Pflegerin zog zwei Tabletts aus dem Wagen. Es gab Zwieback, eine Flasche Wasser und einen Apfel.

»So, und jetzt erzählen Sie mir einmal, was los ist. In aller Ruhe.« Sie schob sich an Patrick vorbei und stellte die Tabletts auf sein Bett.

»Meine Klamotten sind weg«, sagte Patrick aufgebracht.

»Das Portemonnaie und Ihre Schlüssel liegen im Schwesternzimmer.«

»Ich brauche etwas zum Anziehen.«

Die Schwester öffnete einen der Schränke und bückte sich. »Hier. Ihre Turnschuhe.«

»Und was ist mit dem Rest?«, fragte Patrick verwirrt. »Meine Hose. Mein Shirt. Meine Unterwäsche.«

»Die sind alle im Müll.« Die Schwester ging wieder hinaus, um zwei weitere Tabletts zu holen.

»Ticken Sie noch sauber?« Patricks Stimme überschlug sich.

»He! Mal ganz ruhig, Junge«, brummte einer der Männer, mit denen Patrick das Zimmer teilte. Es war ein stämmiger Kerl von sechzig Jahren, mit hochrotem Gesicht und einem amateurhaft gestochenen Kruzifix auf dem Oberarm. »Die Frau versucht nur, mit dem Chaos fertig zu werden.«

Die Schwester nickte dankbar. »Wir mussten Ihre Hose und das T-Shirt aufschneiden, um Sie operieren zu können.«

Der Regen, der gegen die Scheibe schlägt.

Die Lichter.

Der Schlag.

Das splitternde Glas.

Der Knall des explodierenden Airbags.

Die Welt, die auf einmal kein Oben und Unten mehr kannte.

Und die Dunkelheit, als er die Augen geschlossen hatte.

Patrick hatte gedacht, er würde sterben. Ihm wurde schwindelig. Er taumelte und stützte sich auf den Infusionsgalgen. Mit letzter Kraft schaffte er es zu seinem Bett, wo er sich auf die Kante setzte. Die Äpfel kullerten von den Tabletts.

Die Schwester reichte ihm eine Wasserflasche. »Trinken Sie.«

Patrick leerte die kleine Flasche in einem Zug.

»Haben Sie jemanden, der Ihnen neue Sachen bringen kann?«

Patrick schaute die Schwester verzweifelt an. Er schüttelte den Kopf.

»Das ist dumm«, sagte sie mit wenig Bedauern in der Stimme. »Na, es wird sich bestimmt eine Lösung finden.«

»Ansonsten gehst du in deinem Hemd nach Hause«, sagte das Kruzifix und biss in seinen Apfel.

Patrick warf dem Kerl einen vernichtenden Blick zu.

»Mach dich mal locker. Weiß deine Familie, was mit dir passiert ist? Die Telefone gehen noch immer nicht. Falls du also jemanden anrufen willst, kannst du dir das abschminken. Ich bin übrigens Rolf. Wie heißt du?«

»Patrick.« Er biss in seinen Zwieback.

»Du warst ganz schön neben der Spur, Patrick. Die mussten dich immer wieder wecken, damit du etwas isst.«

»Ich erinnere mich an einen Brei«, sagte Patrick.

»Oh. Der Brei. Das ist lange her. Aber ich vermisse ihn nicht. So was Widerliches hatte ich mein Lebtag noch nie gegessen.« Rolf klopfte mit dem Zwieback auf die Bettkante. »Jetzt gibt es nur noch so etwas. Der Apfel ist purer Luxus.«

»Was ist passiert?«, fragte Patrick.

»Alles ist zusammengebrochen. Das ist passiert. Man hat einen Krisenstab eingerichtet, aber der hat nichts an der Lage ändern können. Wie auch! Wen sollen die denn anrufen?« Er setzte sich auf und verzog dabei schmerzhaft das Gesicht. »Die Polizei kann nicht mehr ausrücken, weil sie keinen Sprit mehr hat. Der Feuerwehr geht es genauso. Das Technische Hilfswerk soll hier in Frankfurt zwei oder drei Wasseraufbereitungsanlagen aufgestellt haben.«

»Wo?«, fragte Patrick.

»Bei irgendwelchen Krankenhäusern. Dummerweise nicht diesem.«

»Aber es regnet doch«, sagte Patrick. »Das sollte doch helfen.«

»Wenn man das Wasser abkochen kann«, gab Rolf zu. »Wir leben wieder im tiefsten Mittelalter. Oder in der Dritten Welt. Momentan geht es den Leuten in Ruanda besser als uns. Der Müll wird nicht mehr abgeholt und die Leute machen ihr Geschäft auf den Straßen.« Er lachte, als er Patricks angewidertes Gesicht sah. »Im Ernst! Vor einer Woche waren es die Hitzschläge. Jetzt gehen hier Typhus und Cholera um. Wenn du merkst, dass dich der Durchfall packt, weißt du, was die Stunde geschlagen hat.«

»Was ist mit den anderen, die hier im Zimmer liegen?«, fragte Patrick. Zwei Zimmergenossen vertraten sich die Beine, der letzte schlief tief und fest.

Rolf winkte ab. »Die ansteckenden Fälle liegen woanders. Ich glaube, zwei Stockwerke tiefer oder in Zelten draußen auf dem Parkplatz.«

»Da ist es aber im Moment ziemlich ungemütlich«, sagte Patrick mit Blick aus dem Fenster. Es regnete noch immer ohne Unterlass.

»Das ist wohl anzunehmen. Aber wie heißt es doch so schön? Wer Beine hat zum Gehen, der gehe. Die Fahrstühle funktionieren nämlich nicht mehr. Deswegen liegen die richtig schweren Fälle jetzt im Erdgeschoss.«

»Und warum liegst du hier?«, fragte Patrick.

»Weil ich kein richtig schwerer Fall mehr bin.« Rolf schlug die Decke beiseite. Patrick sah zwei Beinstümpfe, eingewickelt in fleckige Verbände. »Mich hat im Rangierwerk ein Zug überrollt. Die Elektronik für die Weichenstellung war ausgefallen.«

»Scheiße«, murmelte Patrick.

»Kann man so sagen.« Rolf deckte sich wieder zu. »Normalerweise hätte man die Beine wieder drannähen können oder so. Aber was ist seit anderthalb Wochen schon normal. Ich bin froh, dass ich lebe. Und dass man mich noch nicht nach Hause geschickt hat.«

»Wie soll das auch gehen«, sagte Patrick.

»Richtig. Wie soll das auch gehen.« Rolf lachte. »Du hast echt Humor.«

Patrick hatte sein Mittagessen beendet und stand auf. »Ich geh mal auf Wanderschaft. Soll ich dir etwas mitbringen?«

»Ein Bier und eine Pizza wären nicht schlecht«, sagte Rolf.

»Würde mir auch gefallen«, gab Patrick zu. »Wenn ich irgendwo einen Rollstuhl finde …«

»Lässt du ihn stehen. Hier ist es eh so voll, da würde ich mit so einem Ding nur den Betrieb aufhalten. Nein, geh du mal.«

Auch wenn er sich alle zehn Schritte irgendwo anlehnen musste, tat es Patrick gut, sich Bewegung zu verschaffen. Beim Anblick all der Untoten, die wie er über den Korridor schlurften, wusste Patrick, dass er hier rausmusste. Den Verband am Kopf konnte er zur Not auch selbst wechseln. Er musste nach Hause. Aber ohne Kleidung konnte er das vergessen. Patrick stand auf und spähte in ein Zimmer. Der Gestank, der ihm entgegenschlug, war unglaublich. Die Männer und Frauen, die dort lagen, waren mehr tot als lebendig. Und die Sachen, die über den Fußenden der Betten hingen, hätte er noch nicht einmal mit Latexhandschuhen zum Kleidercontainer gebracht.

Er drehte sich um und wollte sich das nächste Zimmer vornehmen, als er in eine Pflegerin lief.

»Entschuldigung«, murmelte er.

»Patrick?«, fragte Jessie ungläubig. Sie schaute ihn an wie ein seltenes Tier. »Wie siehst du denn aus? Was ist passiert?«

Jessie! Er konnte es nicht fassen! Hatte sie etwa nach ihm gesucht? Erst jetzt wurde ihm klar, wie sehr er sie vermisst hatte. »Ich hatte einen Unfall«, sagte er.

Jessie betrachtete Patrick genauer und berührte sachte den Verband, den er um seinen Kopf trug.

»Oh Scheiße …«, flüsterte sie.

»Warum bist du hier?«

»Es ist wegen Marvin. Er musste operiert werden.«

»Was Ernsthaftes?«, fragte er erschrocken. Natürlich

war es etwas Ernsthaftes. Wer in diesen Tagen in ein Krankenhaus aufgenommen wurde, musste praktisch im Sterben liegen!

Jessie nickte. »Er ist aber wieder in Ordnung.«

»Wo liegt er?«

»Zwei Stockwerke höher. Auf der Kinderstation.«

»Aber ... was tust du dann hier auf der Etage?«

»Ich helfe dem Personal, solange ich bei Marvin bin. Heute wird er entlassen.«

»Wohin werdet ihr gehen?«, fragte er vorsichtig.

»Bis ich was Eigenes gefunden habe, bleibe ich mit Marvin bei meiner Mutter.«

Patrick nickte. Was hatte er auch anderes erwarten können.

»Komm.« Jessie reichte ihm den Arm. »Ich bring dich zu ihm.«

Als Marvin seinen Vater sah, strahlte er über das ganze Gesicht und streckte die Hände nach ihm aus. Patrick nahm ihn vorsichtig in den Arm.

»Na, mein Großer!«, sagte er mit einem Kloß im Hals. »Sag mal, die haben dich operiert?«

Marvin nickte eifrig und zeigte auf seinen bandagierten Bauch.

»Oh, Mann! Das ist ja heftig! Aber ich habe auch so etwas.« Er hob den Kittel und zeigte seinen Verband.

»Tut das weh?«, fragte Marvin besorgt.

Patrick nickte.

»Schlimm?«

Patrick zuckte mit den Schultern und schüttelte dann den Kopf. Marvin lächelte.

»Wie lang musst du noch hierbleiben?«, fragte Jessie.

»Ich weiß es nicht. Aber ich glaube, die sind froh, wenn sie mich los sind.« Patrick strich Marvin vorsichtig über den Bauch, und Marvin strahlte ihn an.

»Wie ist der Unfall passiert?«, fragte Jessie.

»Ich war in der Nähe von Friedberg, als es zu regnen begann und die Straße glatt wurde. Mir ist ein Laster reingefahren. Der BMW ist Schrott.«

»Scheiße«, sagte Jessie mitfühlend.

»Ja. Scheiße.« Er presste die Lippen aufeinander. Dann schaute er Jessie direkt in die Augen. »Lass uns nach Hause gehen.«

Jessie schaute Patrick überrascht an.

»Bitte«, sagte er.

»Komm mit«, sagte Jessie.

»Was?«, fragte Patrick verwirrt.

»Komm mit«, wiederholte sie mit Nachdruck. »Vor die Tür.«

Patrick stand auf.

Marvin riss die Arme hoch. »Nicht weggehen!« Seine Stimme war hoch und er klang verzweifelt. Patrick verspürte einen Stich in der Herzgegend. »Keine Angst, mein Kleiner. Ich bleibe. Mama und ich müssen nur etwas besprechen, okay?«

Sie gingen hinaus. Jessie führte ihren Freund in eine stille Ecke. Ihr Kopf war hochrot.

»Kinder vergessen und verzeihen sehr schnell«, sagte sie leise, aber sehr eindringlich. »Ich nicht! Weißt du, ich habe genug Probleme an der Backe! Und dann führst du dich auch noch wie ein komplettes Arschloch auf. Dass du mich wie ein Stück Scheiße behandelst – okay, abgehakt. Ich hätte mich ja früher wehren können. Aber was du Marvin damit angetan hast …« Sie holte tief Luft. »Verdammt, du hast dem kleinen Kerl beinahe das Herz gebrochen! Bis jetzt habe ich immer gedacht: besser einen schlechten Vater als gar keinen. Doch das stimmt nicht. Es muss umgekehrt sein.«

Patrick biss die Zähne zusammen. Ihm schossen in diesem Moment ein gutes Dutzend ziemlich schlagfertiger Antworten durch den Kopf, aber er behielt sie für sich. Er wusste, was auf dem Spiel stand. »Es tut mir leid«, knirschte er.

»Ja, es tut dir leid«, brummte Jessie. »Manchmal kannst du ein echter Idiot sein. Du hast meinen Bruder ziemlich übel zugerichtet. Und meine Mutter hätte dich bestimmt angezeigt, wenn es in den chaotischen Zuständen so etwas wie eine Polizei gegeben hätte.«

»Ich kann nichts dafür«, sagte Patrick. »Wenn ich wütend werde, sehe ich einfach nur noch rot und weiß nicht mehr, was ich tue.«

»Dann reiß dich doch einfach das nächste Mal zusammen. Rede mit mir. Reden hilft, weißt du?«

Patrick machte ein verlegenes Gesicht und gab ihr vorsichtig einen Kuss, den sie zögerlich erwiderte.

»Ich muss dich um einen Gefallen bitten«, sagte er leise. »Du müsstest nach Hause fahren und mir etwas zum Anziehen besorgen.«

»Geh doch so«, sagte Jessie neckisch. »Ist ein netter Anblick.«

Patrick fasste sich an den Hintern. »Lieber nicht. In den Hemden sieht man ziemlich schwul aus.«

»Ich hol dir was«, sagte sie. »Du bleibst so lange bei Marvin?«

Er nickte.

»Die Ärztin wird nachher kommen und ihm dieses Ding am Hals ziehen«, sagte Jessie.

»Ich bleibe bei ihm, keine Angst«, sagte Patrick.

»Denk dran, er ist dein größter Fan«, rief ihm Jessie in Erinnerung.

»Und ich dachte immer, das wärst du«, sagte Patrick.

»Das«, sagte sie, »kannst du ja herausfinden, wenn wir wieder zu Hause sind.«

Sie hatten noch drei Stunden warten müssen, bis Dr. Debus Zeit für Marvin hatte. Das Ziehen des Katheters war kein größeres Problem. Marvin saß aufrecht in seinem Bett und zeigte echte Nehmerqualitäten.

»Und Sie sind der Vater?«, fragte die Ärztin.

»Ja«, sagte Patrick.

Die Frau schaute ihn mit einem Blick an, den er nicht einordnen konnte. »Dann dürfen Sie gleich Ihren Pflichten nachkommen und den Exit zudrücken. Schaffen Sie das?«

»Kein Problem«, sagte Patrick. Dr. Debus rutschte beiseite, damit Patrick übernehmen konnte. Er trug endlich wieder normale Sachen und nicht mehr diesen entwürdigenden Kittel, bei dem sein Hinterteil an der Luft hing. Jessie saß auf der anderen Seite des Bettes und hielt Marvins Hand. »Wie lange muss ich denn diese Kompresse draufhalten?«

»Zwanzig Minuten sollten es schon sein, sonst bekommt ihr Sohn ein blühendes Hämatom.«

Patrick nickte, obwohl er nicht wusste, was ein Hämatom war.

»Könnten Sie meiner Mutter bitte ausrichten, dass sie sich keine Sorgen machen soll und wir alleine zurechtkommen?«, sagte Jessie.

»Sicher. Ich werde sie ja heute Nacht sehen.« Sie stand auf und reichte Jessie die Hand. »Ich wünsche Ihnen alles Gute. Und du, kleiner Mann, gehst es ruhig an. Kein Herumhüpfen, kein Herumtollen mit Papa. Du bleibst brav im Bett liegen!«

Marvin schaute sie nur mit großen Augen an. Katharina zog das Stoffkarnickel halb aus ihrer Kitteltasche. »Hasi habe ich immer noch. Und wir haben schon Freundschaft geschlossen. Wenn ich andere Kinder untersuche, hilft er mir dabei, dass sie ganz schnell wieder gesund werden. Ich glaube, wenn ich Zeit habe, nähe ich ihm einen kleinen Kittel und ernenne ihn zu einem Doktor h.c.« Die Ärztin wuschelte ihm durch die Haare. Dann ging sie.

»Sie ist nett«, sagte Patrick.

»Ja«, sagte Jessie. »Ohne Frau Debus würde Marvin nicht mehr leben.«

»Deine Mutter wird dir den Kopf abreißen, wenn sie erfährt, dass wir wieder zusammen sind«, sagte Patrick.

»Du hast Marvins Zimmer aufgeräumt und sauber gemacht. Das habe ich gesehen, als ich deine Sachen geholt habe«, sagte Jessie. »Wenn meine Mutter auch nur eine blöde Bemerkung macht, kriegt sie Ärger mit mir.«

Es war später Nachmittag, als sie sich auf der Seckbacher Landstraße stadtauswärts bewegten. Der Regen fiel wieder heftiger vom bleigrauen Himmel. Mittlerweile war es so kühl, dass Patrick unter seiner dünnen Jacke fror. Obwohl er damit aussah wie ein Gimp, hatte er sich die Kapuze übergezogen, die sonst eingerollt im Kragen verborgen war. Er wollte nicht riskieren, dass sein Kopfverband nass wurde. Normalerweise wurde eine Platzwunde, wie er sie durch den Unfall erlitten hatte, mit einem besonderen Wundmittel verklebt. Das war dem Krankenhaus jedoch schon in den ersten Tagen ausgegangen und man hatte ihm die Kopfschwarte auf die altmodische Art mit einigen Stichen zusammengenäht. Viel unangenehmer war die Naht am Bauch, wo man ihn an der Milz operiert hatte. Die Schmerzen waren nur zu ertragen, wenn er die entsprechenden Mittel schluckte. Im Krankenhaus hatte man ihn allerdings auf Sparflamme gekocht, da die Medikamentenlage generell immer schlechter wurde. Aber das würde er in den Griff bekommen. Zu Hause hatte er noch ein Tütchen mit jeder Menge Pillen versteckt. Wenn es um solche Dinge ging, war er selbst noch immer seine beste Quelle.

Marvin schlief in seinem Kinderwagen. Jessie hatte das Verdeck hochgeklappt und eine durchsichtige Haube übergezogen, die wie ein Sauerstoffzelt aussah.

Der Heimweg war wie ein Ausflug in eine Kriegszone. Die meisten Autos, die am Straßenrand standen, waren nur noch fahruntüchtige Schrotthaufen, aus denen man entweder den Sprit abgezapft hatte, oder die der Zerstörungswut randalierender Plünderer zum Opfer gefallen waren. Ein Wrack der Linie 43 stand halb ausgebrannt zwischen den Treppenabgängen zur U-Bahn. Die letzten hundert Meter zur Haltestelle hatte der Bus nicht mehr geschafft und blockierte jetzt mit eingeschlagenen Scheiben eine Fahrspur.

Nur wenige Menschen trauten sich noch hinaus. Sie liefen geduckt und mit schnellen Schritten durch den Regen, als wollten sie die Feuerpause in einem unerklärten Krieg nutzen, um irgendwelche Besorgungen zu machen. Doch es gab keine Geschäfte mehr, die geöffnet hatten.

Und überall häufte sich der Unrat. Was aussah wie gigantische Hundehaufen, die langsam vom Regen fortgespült wurden, war menschlicher Kot. Das Toilettenpapier, das sich hellbraun und schmutzig rosa auflöste, ließ keinen anderen Schluss zu. Die Exkremente sammelten sich im Rinnstein und verstopften die Straßenabläufe.

»Ich bin nicht in der Stadt gewesen«, sagte Jessie. »Aber dort muss es noch schlimmer sein. Hier geht es noch.«

»Hier geht es noch?«, fragte Patrick ungläubig.

»Bei uns im Haus ist es auch nicht viel besser. Aus den untersten beiden Stockwerken sind die Leute ausgezogen, weil sie dort nicht mehr leben konnten. Die ganze Scheiße kam die Klos und die Waschbecken hoch. Wenn du den Keller siehst, wirst du schreien.«

»Bist du unten gewesen?«, fragte Patrick.

Jessie lachte bitter. »Bin ich verrückt? Der Gestank reicht mir.«

Sie überquerten die Brücke über die A661. Patrick blieb einen Moment stehen und lehnte sich ans Geländer. Dann hörte er das Geräusch. Es war leise, aber da sonst kein Verkehr herrschte, konnte er es deutlich hören.

»Da!«, sagte Jessie und zeigte nach Süden. Irgendwo über dem Günthersburgpark kreiste ein grüner Polizeihelikopter. »Es ist das erste Mal seit bestimmt einer Woche, dass ich einen Hubschrauber sehe.« Irgendwo heulten Sirenen. Am Himmel befand sich ein Flugzeug im Landeanflug. Ein zweites folgte dicht auf. Beide waren riesig und sahen nicht nach den üblichen Linienmaschinen aus.

Sie gingen weiter. Patrick hatte keine Ahnung, wie groß die Reichweite solcher Maschinen war, aber dass sie hier landeten, konnte nur bedeuten, dass sie den Flughafen wieder in Betrieb genommen hatten. Und das hieß, dass es irgendwo wieder Strom gab. Als sie auf der Wilhelmshöher Straße waren, ließ sie ein anschwellendes Donnern zusammenfahren. Drei blaue Lastwagen des Technischen Hilfswerks dröhnten an ihnen vorbei. Jessie schrie vor Freude auf und riss die Arme in die Höhe. Vollkommen aus dem Häuschen hüpfte sie auf und ab.

»Endlich! Endlich kommen sie!«

»Freu dich nicht zu früh«, sagte Patrick düster, denn statt in die Arolser Straße zu biegen, fuhren sie weiter geradeaus auf der Wilhelmshöher Straße.

»Aber warum halten die nicht? Warum fahren die nicht zu uns?«, schrie Jessie verzweifelt.

»Weil der Atzelberg keinen interessiert«, sagte Patrick. »So sieht es aus.«

Patrick brauchte die Haustür nicht aufzuschließen, sie stand sperrangelweit offen. Der Gestank, der ihnen entgegenschlug, war atemberaubend. Jessie wollte den Kinderwagen hineinschieben, als sie mit einem lauten Schrei zurückzuckte. Etwas streckte seine Nase um die Ecke und schnüffelte. Auf den ersten Blick sah es wie ein zu klein geratener Dackel aus, aber es fehlten die Hängeohren und der buschige Schwanz. Geschmeidig und ohne besondere Eile verschwand die Ratte in einem Busch.

Jessie blickte in Schockstarre auf die Stelle, an der das

Monstrum gerade noch gehockt hatte. Sie brachte kein Wort hervor.

Patrick hob den schlafenden Jungen aus dem Kinderwagen. Er zog scharf die Luft ein, als der Schmerz seinen Bauch durchbohrte. »Nimm den Kleinen«, presste er hervor. Jessie rührte sich noch immer nicht.

»Verdammt, ich kann ihn nicht mehr halten!«

Mit aschfahlem Gesicht nahm sie ihm Marvin ab. »Hast du gesehen, wie groß das Vieh war?«, hauchte sie entsetzt.

»Lass uns hochgehen«, sagte er. Sie ließen den Kinderwagen vor der Haustür stehen.

Immer wieder mussten sie eine Pause einlegen. Marvin mochte nur fünfzehn Kilo wiegen, aber mit jedem Stockwerk schien er ein Kilo schwerer zu werden. Jessie keuchte und Patrick hatte seine alte Kraft noch lange nicht wiedergefunden, auch wenn ihm die Beine nicht mehr so wehtaten.

Als er die Tür aufschloss, keuchte er wie ein alter Mann, der nur noch einen Lungenflügel hatte. Jessie schob sich an ihm vorbei und legte Marvin ins Bett. Patrick wankte ins Wohnzimmer und zog aus dem Regal das einzige Buch, das er besaß. Es war eine gebundene Ausgabe von William Burroughs' *Naked Lunch*. Einer seiner Speed-Kunden hatte es ihm mal geschenkt, weil er sich angeblich darin wiedergefunden hatte. Nach den ersten Seiten war Patrick zu dem Schluss gekommen, dass jemand, der so etwas las, eine echte Vollmeise haben musste. Doch statt das Buch wegzuschmeißen, hatte er es ausgehöhlt, um seine Pillenvorräte darin zu verstecken. Er fischte eine rote Kapsel aus dem Plastikbeutel und schluckte sie trocken hinunter. Dann trat er hinaus auf den Balkon.

Alles ging vor die Hunde. Jede Art von Ordnung löste sich auf. Nicht dass Patrick auf Regeln stand. Er ließ sich überhaupt nicht gerne vorschreiben, was er tun und lassen sollte. Aber wenn einem die Welt, in der man lebte, so gänzlich fremd wurde, lief etwas ziemlich schief. Er stützte sich auf die Brüstung und atmete tief durch. Die Schmerzen in seinem Bauch waren unerträglich und er hoffte, dass die Pille bald wirkte. Mittlerweile war es dunkel geworden. Der Regen fiel nur noch in einzelnen Tropfen. Doch Im Staffel war es hell. Was er sah, ließ die kalte Wut in ihm hochsteigen.

Im Licht mehrerer Scheinwerfer wurden die Lastwagen des THW entladen, die sie kurz zuvor noch auf der Wilhelmshöher Straße gesehen hatten. Doch keine einzige der Kisten wurde zum Atzelberg gebracht. Stattdessen trug man sie zu einer Garage. Patrick wusste plötzlich ganz genau, wem sie gehörte. Seine Schmerzen waren plötzlich wie weggeblasen.

Er warf die Balkontür hinter sich zu und eilte durchs Wohnzimmer an Jessie vorbei.

»Was ist los? Wo willst du hin?«, rief sie ihm hinterher.

Aber Patrick antwortete nicht. Er war schon fort.

Nur ein schmaler Fußweg und ein eingezäunter Parkplatz trennten die Atzelbergsiedlung vom gutbürgerlichen Rest Seckbachs. So gesehen musste man nicht viel tun, um die Bewohner des Neubauviertels zu isolieren. Einige wenige Posten, die den schmalen Durchgang zum Staffel blockierten, reichten aus, um die Gruppe von aufgebrachten Menschen in Schach zu halten, die sich jetzt vor dem Parkplatz versammelt hatte. Patrick konnte von seinem Versteck bei den Schrebergärten aus nicht erkennen, ob die vier Männer bewaffnet waren. Aber sie mussten in ihrem Auftreten verdammt überzeugend sein, denn sie hielten die empörte Menge ohne große Gesten auf Abstand.

Patrick musste einen weiten Bogen schlagen, wenn er herausfinden wollte, was auf der anderen Seite vor sich ging, denn die Ausgänge des angrenzenden Huthparks wurden ebenfalls von Männern mit Taschenlampen bewacht. Erst kurz vor der Friedberger Landstraße konnte er unentdeckt den Auerweg hinter sich lassen, um dann im Schutz der Büsche und Sträucher über die Felder zurück nach Seckbach zu schleichen. Der Dauerregen hatte den Boden so aufgeweicht, dass er bis zu den Knöcheln im Morast versank und immer wieder seine Schuhe verlor. Als ihm dann auch noch der Verband über die Augen rutschte, riss er ihn sich wütend vom Kopf. Dann schnürte er sich die Schuhe fester zu und schlich weiter.

In Sichtweite der Siedlungshäuser kroch er durch eine Hecke und wartete ab. Mittlerweile war der letzte Rest Tageslicht verschwunden, doch die Nacht war nicht vollkommen dunkel. Zwei Halogenscheinwerfer, die von einem dröhnenden Generator betrieben wurden, tauchten die vor ihm liegende Straße in ein hartes Licht. Das gute Dutzend Männer hatte seine Arbeit fast erledigt. Die Planen zweier Lastwagen wurden bereits wieder festgezurrt, auf dem anderen LKW befanden sich nur noch einige wenige Kisten. Patrick wollte weiterkriechen, als ihm jemand mit aller Kraft in die Seite trat.

»Hoch mit dir!«, schrie eine Stimme.

Patrick presste die Hände auf den Bauch. Etwas war gerissen. Sofort begann ein dunkler Fleck sich auf seinem schmutzigen T-Shirt abzuzeichnen. Stöhnend drehte er sich auf den Rücken. Über ihm stand ein Mann, dessen Gestalt gegen den Abendhimmel nur als Schemen auszumachen war. Er hatte etwas in der Hand, das wie eine Axt aussah.

»Ich sagte: Hoch mit dir!«

Der Kerl packte ihn beim Arm und wollte ihn auf die Beine ziehen.

Patrick riss sich los. »Rühr mich nicht an, du Arsch«, zischte er und kämpfte sich auf die Beine.

»Halt einfach die Klappe!« Der Mann gab ihm einen Stoß.

Hellmann stand mit einer Abordnung des Technischen Hilfswerks beisammen und ging eine Liste durch, als er Patrick sah. Die Männer in ihren blauen Uniformen schauten einander irritiert an, als sie den mit einer Axt bewaffneten Mann der Nachbarschaftshilfe entdeckten.

»Was gibt's?«, fragte Hellmann. Er machte sich noch nicht einmal die Mühe, von seinem Block aufzuschauen.

»Der hat sich draußen herumgeschlichen. Wollte wohl schauen, ob es hier etwas zu plündern gibt.«

»Ich bin kein Plünderer«, entgegnete Patrick wütend. »Die Einzigen, die hier die Leute beklauen, seid ihr!«

Hellmann setzte seine Unterschrift unter das Papier und gab es zusammen mit dem Stift einem Mann in blauer Uniform zurück. »Wir sorgen für die gerechte Verteilung der Nahrungsmittel. Mehr tun wir nicht.«

»Er lügt!«, rief Patrick den Männern vom THW zu. »Bis jetzt haben wir vom Atzelberg keine einzige Flasche Wasser gesehen!«

Hellmann baute sich so dicht vor Patrick auf, dass sich die Nasenspitzen fast berührten. »Gestern haben ein paar von euch versucht, die Vorräte zu plündern, die wir in den Garagen gelagert haben«, sagte er. »Die wären über Leichen gegangen, wenn die Nachbarschaftshilfe nicht eingegriffen hätte.«

Patrick wäre dem aufgeblasenen Arschloch am liebsten an die Gurgel gegangen, aber er hielt sich zurück. Wenn er etwas erreichen wollte, musste er die Männer, die ihn nun erschrocken musterten, davon überzeugen, dass nicht er es war, der hier ein falsches Spiel spielte.

Doch der Leiter des Hilfskonvois winkte ab. »Macht das unter euch aus«, sagte er und faltete die Empfangsbestätigung zusammen. »Wir müssen weiter.« Er gab seinen Kollegen ein Zeichen und sie gingen zu den Lastwagen zurück.

»He! Ihr könnt euch nicht einfach so verpissen!«, schrie ihnen Patrick hinterher. »Vielleicht sollte jemand von euch das mal der Polizei melden!«

Hellmann machte jetzt ein Gesicht, als hätte er nicht richtig gehört. Dann lachte er laut los. »Weißt du was? Du hast gerade meinen Tag gerettet«, sagte Hellmann und wischte sich eine imaginäre Träne aus den Augen. »Dass ein Typ wie du tatsächlich mal nach der Polizei ruft, hätte ich nie gedacht.« Er machte ein Zeichen und der Mann mit der Axt ließ Patrick los.

»Komm mit«, sagte Hellmann und führte Patrick in seine Garage. Der Zafira war noch immer nicht repariert, und so tauchte nur ein Scheinwerfer die Szenerie in ein fahles Licht. Patrick stand sprachlos vor den Kisten, die sich bis unter die Decke stapelten. Hauptsächlich waren es Obstkonserven, Suppendosen, H-Milch und Cornflakes. Es gab sogar vier Stiegen mit Äpfeln. Als Patrick den Babybrei sah, bohrte er ein Loch in den Karton und zog ein Glas heraus.

»Wenn du willst, kannst du nachher etwas für dich und deine Familie mitnehmen.« Hellmann stellte zwei Stühle einander gegenüber. »Setz dich.«

Patrick zögerte. Hellmann machte eine einladende Geste. Er selber nahm auf dem anderen Stuhl Platz und griff hinter sich in eine Kühltasche.

»Ein kaltes Bier?«

Patrick schüttelte den Kopf und setzte sich schwerfällig hin. Die Wunde an seinem Bauch hatte glücklicherweise aufgehört zu bluten. Hellmann öffnete die Flasche und trank einen kräftigen Schluck.

»Du hast dich verändert. Als du in meinen Wagen geknallt bist, warst du nicht so – wie soll ich sagen – nachdenklich. Ist in der Zwischenzeit irgendwas geschehen?« Er zeigte auf das fleckige T-Shirt. Patrick zog es zurecht und setzte sich gerade hin.

»Du fragst dich wahrscheinlich, was hier los ist«, sagte Hellmann und stieß leise auf, wobei er sich eine Hand vor den Mund hielt.

»Ist das nicht offensichtlich?«, fragte Patrick.

»Ist es das wirklich?«, kam die Gegenfrage.

»Ihr macht euch auf unsere Kosten ein schönes Leben.«

»Du hast nichts verstanden«, stellte Hellmann mit gespieltem Erstaunen fest.

»Dann erklär es mir, Arschloch.«

Harald Hellmann schien zu überlegen, wo er beginnen sollte. »Eigentlich hat alles angefangen, als meine Kinder geboren wurden. Wir haben noch in Offenbach gewohnt, weil wir uns damals nichts anderes leisten konnten. Ich stand zu der Zeit kurz vor meinem zweiten Staatsexamen. Damals hat uns der Dreck auf den Straßen nicht gestört. Die ganzen Türken gingen mir zwar damals schon auf den Sack, aber man konnte ihnen aus dem Weg gehen. Das änderte sich, als Lukas in den Kindergarten kam.«

»Ich bin kein Türke«, sagte Patrick, der immer noch nicht wusste, worauf sein Gegenüber hinauswollte.

»Nein, aber du bist ein ignoranter Prolet! Wahrscheinlich ist es noch nicht einmal deine Schuld, dass du so bist. Es sind die Eltern. Sie sind dafür verantwortlich, dass Typen wie du einfach nicht gelernt haben, wie man sich benimmt. Egal, ob Türke, Libanese oder Russe. Das ist wie eine Krankheit. Und ich wollte nicht, dass meine Kinder sich anstecken und auch solche Verlierer werden. Also sind wir hierhergezogen, als ich die Stelle an der Beethoven-Gesamtschule bekam.«

»Und?«, fragte Patrick. »Soll ich jetzt Mitleid haben?«

»Du verstehst immer noch nicht, was ich meine!«, sagte Hellmann wütend. »Früher war das ganz einfach: Nur wer etwas leistet, der kann sich auch etwas leisten. Aber keiner von euch Proleten will sich anstrengen! Ihr geht den einfachen Weg. Ihr wollt alles und ihr wollt es sofort. Und ihr werdet sauer, wenn jemand sagt: Nein, so geht das nicht, ihr könnt nicht auf Kosten anderer leben! Stattdessen spuckt ihr uns auch noch ins Gesicht! Ich bin Lehrer! Ich weiß, wovon ich rede!«

»Den Scheiß muss ich mir nicht anhören.« Patrick wollte aufstehen, aber Hellmann boxte ihm in die Seite. Mit einem Stöhnen sank Patrick wieder auf seinen Stuhl.

»Ich bin noch nicht fertig«, sagte Hellmann scharf. »Bis jetzt war es ein ständiges Rückzugsgefecht. Der Kindergarten ist scheiße geworden? Nehmen wir einen anderen! Das Viertel verkommt? Kein Problem, dann ziehen wir halt weg!« Er stand auf und warf seinen Stuhl um. »Ich bin es leid! Ich will nicht mehr kampflos alles aufgeben, nur damit ihr euch immer breiter macht! Hier verläuft eine rote Linie!« Er zeigte auf den Boden. »Und die werdet ihr nicht überschreiten! Ihr habt die Wahl: Passt euch an, oder tragt die Konsequenzen! Das kannst du deinen Leuten ausrichten!«

Hellmann leerte die Flasche Bier und stellte sie zurück in einen Kasten. Erst jetzt bemerkte Patrick die Frau, die neben dem Zafira stand. Sie war klein und dünn. Es dauerte einen Moment, bis er sie erkannte. Sie hatte mit ihren zwei Kindern in dem Zafira gesessen, als sie am Börneplatz den Unfall hatten.

Auch Hellmann bemerkte jetzt die Anwesenheit seiner Frau. Einen langen Moment starrten sie sich kühl an. Patrick wusste nicht, was zwischen den beiden lief, aber die große Liebe war es bestimmt nicht.

»Du kannst jetzt gehen«, sagte Hellmann.

»Was geht hier vor?«, fragte Claudia, als sie alleine waren.

Hellmann stellte den Stuhl wieder hin. »Das siehst du doch. Wir entladen«, sagte er.

»Was hast du mit dem Jungen gemacht? Warum war er so zugerichtet? Und woher kam all das Blut auf seinem T-Shirt?«

»Das musst du ihn schon selber fragen«, sagte Hellmann kühl und räumte weiter auf. »Wenn du dich beeilst, erwischst du ihn noch.«

Sie machte einen Schritt auf ihn zu, hielt dann aber inne. Hellmann stellte das Babygläschen wieder zurück und richtete es so aus, dass es wie die anderen mit dem Etikett nach vorne schaute. Seine ganze Garage war ein einziger Sauhaufen. Er würde einen ganzen Tag brauchen, um hier wieder Ordnung zu schaffen.

»Harald ...«, sagte Claudia.

»Was?«, brüllte Hellmann und schlug mit der Faust gegen einen Karton. Seine Frau zuckte zusammen.

»Ich werde jetzt den anderen sagen, dass wir hier Lebensmittel für sie haben«, sagte sie mit fester Stimme.

»Welchen anderen?«

»Den Leuten aus der Atzelbergsiedlung.« Sie drehte sich um und wollte gehen.

»Ich werde sie nicht durchlassen!«, rief er. »Ich will dieses Pack nicht hier haben!«

»Harald, es sind ganz normale Menschen!«, sagte sie, als spräche sie zu einem Kind, das kurz davor war, eine Schulhofprügelei anzuzetteln.

»Wenn sie dir so sympathisch sind, umso besser. Du kannst dir ja schon einmal eine Wohnung dort drüben suchen. Mehr wirst du dir nämlich nicht leisten können, wenn ich dich erst einmal rausgeschmissen habe.«

Claudia schwieg. »Du willst noch immer nicht teilen?«, fragte sie schließlich.

Hellmann antwortete nicht, sondern machte nur eine Handbewegung, mit der er sie zum Teufel schickte.

»Dann wird hier ein schreckliches Unglück geschehen«, sagte sie mit leiser Stimme.

Patrick nahm sich einen Hocker, stieg hinauf und tastete die Oberseite des Wohnzimmerschranks ab, während Jessie verwirrt und ängstlich in der Tür stand.

»Was ist passiert?«, fragte sie zum wiederholten Mal. »Bist du drüben bei den anderen gewesen? Haben die dich so zugerichtet?«

Patrick antwortete nicht.

»Scheiße, rede doch endlich mit mir!«

Schließlich fand er, wonach er suchte. Es war die Pistole, die er dem Polizisten abgenommen hatte und die er glücklicherweise vor der verunglückten Landpartie hier oben versteckt hatte. Er zog das Magazin heraus, überprüfte es und steckte es wieder zurück.

Jessie riss die Augen auf. »Bist du verrückt geworden? Wo hast du die her?«

Patrick hatte nur einmal in seinem Leben eine Waffe in der Hand gehabt. Sie hatte einem Kumpel gehört, der sie ihm stolz gezeigt und ihre Funktionsweise erklärt hatte. Damals hatte Patrick den Kerl für nicht ganz dicht gehalten. Aber die Zeiten änderten sich. Jetzt war Patrick froh, dass er selbst so ein Ding hatte. Das Lehrer-Arschloch wollte Krieg, also sollte es ihn bekommen.

»Egal, was passiert, du bleibst hier und passt auf Marvin auf!« Er gab Jessie einen Kuss, dann rannte er los.

Hellmann schien zu ahnen, dass sich die Bewohner der Atzelbergsiedlung nicht mehr lange durch gute Worte aufhalten ließen. Hatten vorher nur einige Männer den Fußweg bewacht, standen nun vier Autos eng beieinander quer zur Durchfahrt. Noch flogen nur Beleidigungen hin und her, aber es war nur eine Frage der Zeit, bis der erste Pflasterstein aus dem Boden gerissen wurde. Patrick schob sich durch die Menge und baute sich vor einem klein gewachsenen älteren Mann auf, der nichts Besseres zu tun hatte, als mit seinem Pfefferspray auf ihn zu zielen. Patrick musste grinsen. Der Kerl hatte so viel Schiss, dass er tatsächlich zitterte.

»Du weißt, dass die Mädchenspritze in deiner Hand dir überhaupt nichts hilft, wenn es hier erst einmal rund geht?«

Der Mann schluckte und stellte sich etwas breitbeiniger hin. »Was redest du da?«

»Ich sagte: Wenn ich davon etwas ins Gesicht bekomme, hast du es hinter dir!«, sagte Patrick grimmig. Es war ein gutes Gefühl, die Pistole hinten im Bund seiner Hose zu wissen. Sie war nicht zu sehen, weil er sein T-Shirt drübergezogen hatte. »Also lass uns durch, du Pisser.«

Ein Mann mit Schnurrbart legte die Hand auf Patricks Schulter. »Lass es gut sein, Junge. Sonst tut sich hier noch jemand weh. Das können wir auch anders lösen.«

Im ersten Moment wusste Patrick nicht, wer der Kerl war, aber dann fiel es ihm wieder ein. Es war der Türke, der am ersten Tag des Stromausfalls zusammen mit den Seckbachern gegrillt hatte. Özgün, Örkün oder wie er hieß. Die Familie wohnte im Haus gegenüber.

»Wieso? Haben dich deine neuen Kumpels von der anderen Seite wieder nach Hause geschickt?«

»Das sind nicht meine neuen Kumpels, Patrick. So heißt du doch, oder?«, sagte Örkün. »Was hier abgezogen wird, finde ich auch nicht korrekt. Aber das, was du vorhast, ist keine Lösung.«

Patrick grinste noch breiter. Dann drehte er sich um und

ging zu einer Gruppe junger Burschen, die etwas abseits standen und genau Hellmanns Feindbild entsprachen. Für ihn waren es Homies, mit denen er manchmal abhing und die sich auch nicht gerne sagen ließen, was sie tun und lassen sollten. Es gab einige kollegiale Handschläge, als er sich zu ihnen stellte.

»Hört zu«, sagte er leise. »Die Alten kriegen den Arsch nicht hoch. Es wird Zeit, dass wir die Sache in die Hand nehmen.«

Er holte seine Pistole hervor und zeigte sie verstohlen.

»He, Digga!«, sagte Dennis, ein pickeliger Typ von siebzehn Jahren, den sie alle nur Baumeister nannten. Von ihm hatte Patrick den Ameisenhandel übernommen. »Wo hast du die denn her?«

»Ist von 'nem Polizeilaster gefallen.«

Baumeister lachte und die anderen stimmten ziemlich entspannt mit ein. Doch Patrick wusste, dass die Jungs vor Wut ebenso kochten wie er.

»Wir haben denen vor ein paar Tagen schon mal einen Besuch abgestattet«, sagte Baumeister. »Ging nicht ganz so gut für uns aus. Aber ich denke, es wird Zeit, dass wir denen mal eine echte Klatsche verpassen.«

»Dann schlage ich vor, dass ihr bei euch zu Hause nachschaut, ob ihr nicht auch so was Ähnliches wie ich habt«, sagte Patrick. »In zehn Minuten treffen wir uns wieder. Und dann ziehen wir denen da drüben mal die Hose aus.«

Sie verabschiedeten sich, wieder mit Handschlag, und eilten davon. Plötzlich stand Jessie vor ihm, atemlos und ziemlich durcheinander.

»Was hast du vor? Wiegelst du die Leute hier auf?«

»Geh zu Marvin«, sagte Patrick nur.

»Du hörst sofort mit dem Scheiß auf!«, schrie sie ihn an.

»Geh zu Marvin, hab ich gesagt!«, sagte er. »Wenn du nicht willst, dass dir etwas passiert, verschwindest du besser!«

»Du bist verrückt! Marvin hat Angst! Angst um dich! Und ich auch.«

Für einen kurzen Moment meldete sich in seinem Kopf eine leise Stimme zu Wort, die ihm sagte, dass es vielleicht doch besser wäre, einfach umzudrehen, mit Jessie nach Hause zu gehen, die Füße auf den Tisch zu legen und vielleicht eine von den kleinen roten Pillen einzuwerfen. Aber er beschloss, nicht auf sie zu hören. Die Wut war einfach zu groß. »Geh«, sagte er nur.

»Er ist noch ein Kind!«, beschwor ihn Jessie. »Marvin ist wichtiger als ich. Wichtiger als du! Wir haben eine Verantwortung ihm gegenüber!«

»Du redest schon wie dieser Scheiß-Lehrer. Geh endlich«, sagte er, als die anderen Jungs wieder zurückkamen.

»Du bist ein dummes Arschloch, weißt du das?«, schrie Jessie ihn an. Sie war den Tränen nah. »Du machst alles kaputt! Ich schau mir das hier jedenfalls nicht an!« Sie lief zum Haus zurück.

»Alles klar, Jungs?«, fragte Patrick.

»Alles klar«, sagte Baumeister. Alle hoben ihre T-Shirts an und zeigten, was sie mitgebracht hatten.

»Dann sollten wir mal Tacheles reden«, sagte Patrick und setzte sich an die Spitze des Zuges.

Örkün stellte sich ihnen in den Weg. »Habt ihr sie noch alle?«, fuhr er Patrick an. »Wollt ihr, dass es hier Mord und Totschlag gibt?«

»Wenn hier gleich welche auf der Straße liegen, dann nicht wir«, sagte Patrick. Er zog seine Pistole und richtete sie auf den Bierbauch, der vorhin mit dem Pfefferspray herumhantiert hatte. Örkün wich zurück. Der Bierbauch und seine Kollegen wurden bleich. Beschwichtigend hoben sie die Hände und rannten schließlich davon.

Nun gab es kein Halten mehr. Alle stürmten zu den Lastwagen des THW. Als die Männer in den blauen Uniformen sahen, was da auf sie zukam, ließen sie alles stehen und liegen. Zweien der LKW gelang die Flucht, der dritte wurde aufgehalten. Baumeister sprang auf das Trittbrett und zwang den Fahrer mit vorgehaltener Pistole auszusteigen. Ringsherum wurden Haustüren aufgebrochen, Fenster eingeworfen. Die Bewohner der Bungalows wurden auf die Straße getrieben, wo sie tatenlos zusehen mussten, wie die Häuser verwüstet wurden. Patrick, der nicht so schnell wie die anderen war, hielt nach Hellmann Ausschau, konnte ihn aber in dem Chaos nirgendwo entdecken. Nun, vielleicht war er ja daheim, um seine Familie zu beschützen.

In den Fenstern des Bungalows brannte Licht. Das war nach all den Tagen der Dunkelheit ein so ungewohnter Anblick, dass Patrick einen Moment zögerte. Dann trat er die Haustür ein.

Zwei Jungen, vielleicht nur vier oder fünf Jahre jünger als er, saßen auf dem Sofa und starrten den Eindringling erschrocken an.

»Ab in euer Zimmer«, schrie Patrick und zeigte seine Waffe. »Und schließt die Tür ab!«

Die beiden verschwanden, so schnell sie konnten. Patrick schaute sich um, betrachtete die vollgestellten Bücherregale, die geschmackvollen Bilder, die gediegene Wohnzimmereinrichtung. Er kam sich in diesem Haus so fehl am Platz vor wie ein Eisbär im Dschungel.

Patrick brauchte einen Moment, bis er sich orientiert hatte. Das Haus hatte kein Obergeschoss, denn es war an einen Hang gebaut. Wenn es noch weitere Räume gab, dann im Keller, in den die beiden Kinder geflüchtet waren. Patrick wollte ihnen gerade folgen, als sein Blick auf den Esstisch fiel. Dort lag eine Karte von Seckbach, in der mit Filzstift Grenzen gezogen und Stellen schraffiert waren. Patrick setzte sich und legte die Pistole auf den Tisch.

»Dieses dumme Arschloch«, sagte er, als er erkannte, was dieser Plan bedeutete. Er hob ihn hoch und hielt ihn ins Licht, damit er die Beschriftungen besser entziffern konnte.

»Leg das wieder hin!«

Patrick schreckte hoch und wollte nach seiner Pistole greifen, aber sie lag nicht mehr an ihrem Platz. Hellmann, der aus einer Wunde am Kopf blutete, hielt sie in seiner Hand.

»Sie wollen uns alle einsperren«, sagte Patrick. »Auf dem umzäunten Parkplatz hinten am Ende der Straße.«

»Wenn die Polizei euch nicht unter Kontrolle bringen kann, dann müssen wir es tun. Man nennt es internieren.« Hellmann deutete mit der Waffe nach unten. »Auf die Knie.«

»Leck mich«, sagte Patrick.

»Das hatten wir schon mal, oder?« Hellmann spannte den Hahn der Pistole. »Aber es geht auch so.«

»Die Polizei …«

»Komm mir nicht mit der!«, sagte Hellmann drohend.

»Du bist in mein Haus eingedrungen. Du bist ein Plünderer. Ich wehre mich. Punkt.«

Er legte an und lächelte. Patrick hatte dem sicheren Tod noch nie ins Angesicht geschaut, aber jetzt wusste er, dass er einen großen Fehler begangen hatte. Dieser Kerl glaubte an das, was er tat. Er war vollkommen überzeugt, das Richtige zu tun. Patrick musste kein Psychologe sein, um das zu kapieren.

Der Schuss knallte. Patrick zuckte zusammen und schrie auf. Hellmann stand noch immer vor ihm. Nur hatte sein Gesicht einen überraschten, fast ungläubigen Ausdruck. Dann kippte er zur Seite und schlug hart auf den Boden auf. Die Augen waren weit aufgerissen und starrten die Decke an.

Jetzt erst sah Patrick die Frau. Hellmanns Frau. Sie hatte nicht mehr diese kühle Art, sondern war müde und erschöpft. Sie ließ den Arm sinken. Die Pistole fiel ihr aus der Hand.

Patrick überlegte nicht lange. Er nahm dem toten Hellmann die Polizeiwaffe ab und hob dann die Waffe der Frau auf. Es war eine ziemlich wuchtige Pistole. Auf dem Lauf las er den eingeprägten Schriftzug: Desert Eagle. Er steckte beide Waffen ein und lief an der Frau vorbei hinaus in die Nacht.

Draußen war die Hölle los. Der Mob war jetzt vollkommen entfesselt. Die Bewohner der Einfamilienhäuser hatte man zusammen mit Atzelberger Verrätern wie diesem Örkün auf einer Wiese zusammengetrieben. Von dort aus schauten sie dem Treiben machtlos zu. Einige der Frauen weinten, als sie mit ansehen mussten, wie ihr Hausrat auf die Straße geworfen wurde.

Patrick war wie auf Droge. Nein, besser sogar! Er hatte den sicheren Tod vor Augen gehabt und hatte es überlebt! Nichts konnte ihm mehr etwas anhaben! Er war verdammt noch mal unsterblich! Mit einem lauten Schrei riss er beide Pistolen in die Höhe und feuerte die Magazine leer.

Auf einmal gingen die Straßenlaternen an. Erst war es nur ein schwaches Flackern, dann wurde ihr Schein immer heller. Alles hielt inne. Keiner schien in diesem Moment zu verstehen, was tatsächlich geschah, doch für einen Moment hielten alle den Atem an.

Dann ging das Licht wieder aus. Rufe der Enttäuschung wurden laut. Manche setzten die Plünderungen wieder fort, aber irgendwie war die Luft raus.

Erneut ging das Licht an. Und aus. Und wieder an.

Aber diesmal verlosch es nicht.

Die Erleichterung war unbeschreiblich. Alle, bis auf die verstörten Seckbacher, jubelten und tanzten. Patrick fiel Baumeister in die Arme, der bei seinem Beutezug eine Flasche Schampus mitgenommen hatte. Das Zeug war zwar warm, aber das war Patrick in diesem Moment scheißegal. Er wischte sich den Mund ab und baute sich vor den Seckbachern auf, die wie Kriegsgefangene auf der Wiese saßen und ihn ängstlich anstarrten.

»Eure Scheiß-Nachbarschaftshilfe!«, schrie Patrick sie an. »Wisst ihr, was sie vorhatte? Sie wollte uns einsperren! Internieren! Und schaut euch an! Wer hat hier jetzt den Kürzeren gezogen?« Er fuchtelte noch immer mit den Pistolen herum.

Der Bierbauch, der Patrick mit dem Pfefferspray bedroht hatte, stand langsam auf.

»Setz dich wieder hin, du Wichser!«, schrie Patrick und zielte mit beiden Waffen auf ihn. Die Magazine waren zwar leer, aber das wusste der alte Sack ja nicht.

»Thilo, setz dich bitte.« Eine Frau zerrte verzweifelt an seiner Hand, aber er rührte sich nicht. »Willi! Sag ihm, er soll tun, was der Junge sagt!«, wimmerte sie. Aber Thilo schien sie gar nicht zu hören.

»Oh Scheiße«, sagte er nur und zeigte auf die Hochhäuser der Atzelbergsiedlung. Aus einem der beiden Türme drang Rauch. »Geht zurück in eure Häuser! Los! Beeilung! Schaltet alle Geräte ab! Und achtet auf die Elektroherde!«

Jetzt erkannten auch die Plünderer den Ernst der Lage. Als wären sie aus einem Rausch erwacht, zogen sie ohne ein weiteres Wort ab. Nur Patrick blieb wie angewurzelt stehen. Er verstand noch immer nicht, was passiert war. Hilflos drehte er sich einmal im Kreis, aber er war allein. Es war ein Albtraum. Und es sollte noch schlimmer kommen.

Claudia Hellmann trat vor die Tür. Sie war totenbleich und schwankte, als würde sie gleich zusammenbrechen. »Harald ist tot«, sagte sie mit heiserer Stimme und zeigte auf Patrick. »Er hat ihn erschossen.«

Patrick brauchte einen Moment, bis er den Sinn der Worte verstand. Er wollte sagen, dass es eine Lüge war. Dass die Frau ihren Mann selbst auf dem Gewissen hatte. Dann fiel sein Blick auf die beiden Pistolen, die er noch immer in seinen Händen hielt. Er ließ sie fallen und rannte los. Niemand hielt ihn auf.

Als er die Atzelbergsiedlung erreichte, schlugen die ersten Flammen aus einem Fenster im zwölften Stock. Erst jetzt machte es klick bei ihm. Marvin! Und Jessie! Wo waren sie? Hektisch schaute er sich um, reckte den Kopf in die Höhe und rempelte Leute beiseite.

Sie waren nicht da! Sie waren noch im Haus!

Ohne auf die warnenden Rufe zu achten, lief er hinein. Er war der Einzige, der gegen den Strom schwamm. Immer wieder quetschte er sich an Flüchtenden vorbei, die panisch schreiend die Treppe hinabhetzten. Den Fahrstuhl wollte er nicht nehmen. Als er ihn das letzte Mal benutzt hatte, war er stecken geblieben. Außerdem wusste jedes Kind, dass man einen Aufzug im Brandfall nicht nehmen sollte.

Im zwölften Stock war es so heiß, dass er nach Luft schnappen musste. Unter einer der Wohnungstüren kräuselte Rauch hervor. Patrick wusste, dass es nur eine Frage der Zeit war, bis sie den Flammen nicht mehr standhalten würde und das Feuer sich ein Stockwerk weiter nach oben ausbreiten würde, wo seine Wohnung lag. Ihm blieben zehn Minuten, bestenfalls eine Viertelstunde.

Wie schlimm die Lage wirklich war, erkannte er, als er die Tür seiner Wohnung aufbrach. Der Qualm, der aus den Luftschächten in Bad und Küche quoll, war so dicht, dass er keinen Meter weit sehen konnte. Er begab sich auf alle viere und kroch weiter. »Jessie!«, rief er und hustete. Die Wunde an seinem Bauch blutete wieder.

»Hier bin ich!«, kam die ängstliche Antwort. Jessie hatte sich mit Marvin auf den Balkon geflüchtet. Der Kleine wimmerte vor Angst.

»Was tut ihr da? Seid ihr wahnsinnig? Ihr müsst hier raus!«

»Wie soll das gehen?«, schrie Jessie. »Wir werden ersticken!«

»Wir müssen kriechen. Knapp über dem Boden bekommt man noch Luft! Los jetzt!«

Meter für Meter tasteten sie sich durch das Wohnzimmer. Patrick hatte seinem Sohn den Arm um die Brust geschlungen und schleifte ihn über den Teppich. Marvin schrie nicht mehr, dafür hustete er jetzt wie ein Asthmatiker.

»Ich kann das nicht«, wimmerte Jessie. »Ich geh wieder zurück auf den Balkon und warte da mit Marvin auf die Feuerwehr«

»Auf die Feuerwehr? Hast du den Verstand verloren? Wann soll die denn kommen?« Er riss an ihrem T-Shirt. Als sich Jessie noch immer nicht rührte, packte er ihr Haar.

»Au! Du tust mir weh!«, schrie sie.

»Das ist die Absicht. Komm, es sind nur noch ein paar Meter. Wenn wir erst einmal im Treppenhaus sind, haben wir es geschafft.« Er sagte ihr nichts von der brennenden Wohnung unter ihnen. Hoffentlich hielt die Tür noch.

Sie hielt, auch wenn der Qualm jetzt so stark war, dass er wie eine aufwärts fließende Flüssigkeit unter dem Türspalt hervorquoll. Die letzten Stockwerke rannten sie so schnell hinab, dass sie mehr als einmal beinahe gestürzt wären. Doch sie schafften es, stürzten durch die Haustür und sanken unter einem Baum erschöpft zu Boden. Marvin hustete zwar immer noch, aber er weinte nicht mehr. Patrick legte den Kopf in den Nacken und lachte. Er fühlte sich gut, so gut wie noch nie in seinem Leben. Glücklich nahm er Jessie in die Arme und küsste sie.

»Das hast du gut gemacht«, sagte sie.

»Ja«, sagte er. »Das habe ich wohl.«

Erst jetzt bemerkte er das flackernde Blaulicht. Endlich.

Die Feuerwehr war gekommen. Doch die Wagen, die vor dem brennenden Haus hielten, waren nicht rot. Sie waren grün. Und jetzt sah er die Polizisten. Eine Frau stand bei ihnen, klein und zierlich. Sie sprach zu einem der Uniformierten und zeigte auf ihn. Bevor Patrick reagieren konnte, waren zwei Beamte bei ihm und fesselten seine Hände mit weißen Kabelbindern.

»He, Scheiße!«, schrie Jessie. »Was wollt ihr von meinem Freund?«

Patrick war wie betäubt. Ohne Widerstand zu leisten, ließ er sich auf die Füße stellen.

Einer der Polizisten sah die Wunde an seinem Bauch. »Sani!«, rief er. »Holt einen Sanitäter!«

»Es ist keiner hier«, kam die Antwort. »Nimm den Kerl mit, wir kümmern uns später um ihn!«

»Was wollen Sie von meinem Freund? Patrick hat mir gerade das Leben gerettet! Und das seines Sohnes! Er hat nichts getan!«

»Sagen Sie das mal der Frau da drüben, die ihren Mann verloren hat«, sagte der Polizist.

»Was soll das?«, schrie Jessie, als Patrick abgeführt wurde. »Verdammt, was hast du getan?«

Patrick schwieg. Und er sagte noch immer nichts, als man ihn in den Mannschaftswagen warf.

»Was hast du getan?«

Das waren die letzten Worte, die er hörte, als die Tür zugeworfen wurde.

Es wurde hell, als Katharina Debus endlich Zeit fand, um sich neben Basim Anwari auf eine Bank zu setzen. Noch nie in ihrem Leben war sie so erschöpft gewesen. Zusätzlich zu den Typhusfällen waren in der Nacht, als man den Strom wieder zugeschaltet hatte, zahlreiche Brandopfer eingewiesen worden. Basim kramte eine Schachtel aus seinem verdreckten Kittel und bot ihr eine Zigarette an.

Katharina zögerte einen Moment. Sie befürchtete, dass sich ihr Kreislauf verabschieden würde, wenn sie jetzt eine rauchte.

»Ach, was soll's«, sagte sie und nahm sich eine Zigarette. Basim gab ihr Feuer. Sie nahm einen tiefen Zug und sofort zeigte das Nikotin seine Wirkung. Vorsichtig atmete sie aus. Wider Erwarten kippte sie nicht von der Bank.

»Das ist das erste Mal seit meiner Assistenzzeit, dass ich rauche«, sagte sie und machte noch einen Zug. Auf der Straße fuhren die ersten Autos wieder. Ab und zu brummte ein Lastwagen der Bundeswehr vorbei. Katharina schloss die Augen und hielt ihr Gesicht in die Sonne.

»Sieht so aus, als hätten wir das Schlimmste hinter uns«, sagte Anwari.

Katharina klopfte dreimal auf das Holz der Bank.

»Na komm«, sagte Basim. »Sei nicht so skeptisch. In

den Nachrichten kam, dass sie alles wieder im Griff haben.«

»Ja, ja«, sagte Katharina und schnippte die Asche weg. »Fragt sich, wie lange. Ich sage dir: Niemand hat gar nichts im Griff.«

»Was wirst du als Erstes tun, wenn du nach Hause kommst?«

»Baden, lang und ausgiebig. Und dann schlafe ich vierundzwanzig Stunden durch.«

Anwari lachte. »Ja, so etwas schwebt mir auch vor.«

»Darf ich mich zu Ihnen setzen?«

Anwaris Haltung straffte sich, als er Professor Beinlich vor sich sah. Katharina musste schmunzeln. Alte Reflexe gewöhnte man sich so schnell nicht ab. Sie rutschten ein Stück, und Beinlich nahm Platz.

»Haben Sie auch so eine für mich?« Er zeigte auf Anwaris Zigarette.

»Oh, natürlich.« Er kramte die Schachtel wieder hervor und gab seinem Chef Feuer.

»Danke«, sagte Beinlich.

»Ich wusste gar nicht, dass Sie rauchen«, sagte Katharina und trat ihre Zigarette aus.

»Es gibt vieles, was Sie nicht wissen.« Er zögerte einen Moment. »Sie haben beide übermenschliche Arbeit geleistet«, sagte er schließlich. »Dafür möchte ich mich bei Ihnen bedanken.«

Anwari schwieg und scharrte mit seinen Füßen im Kies. »Danke«, sagte er.

»Und ich kann Sie nicht dazu überreden, Ihre Kündigung noch einmal zu überdenken?«, fragte Beinlich.

»Der Vertrag ist bereits unterschrieben«, sagte Anwari.

»Also, das kann man ändern. Ein Anruf von mir genügt.« Beinlich schaute ihn aufmunternd an.

»An deiner Stelle würde ich es mir überlegen«, sagte Katharina. »Hier weißt du, wie die Musik gespielt wird. In Gießen …« Sie hielt inne.

»Was ist los, Katharina«, sagte Beinlich. »Sie sehen aus, als hätten Sie ein Gespenst gesehen.«

Und das hatte sie auch, gewissermaßen. In der Einfahrt stand Doris Biehler. Katharina wusste augenblicklich, dass etwas Schreckliches geschehen war. Sie stand auf und ging zu der Haushaltshilfe, die sich gerade von einem Pfleger den Weg erklären ließ. Als er die Ärztin sah, zeigte er auf sie und wandte sich dann wieder seiner Arbeit zu.

»Hallo, Frau Biehler«, sagte Katharina.

»Hallo.« Die Antwort war leise, fast ängstlich.

»Was ist passiert?«

»Ihre Mutter ist tot.«

Katharina schloss die Augen. Ihr wurde schwindelig, und das lag nicht an der Zigarette, die sie vorhin geraucht hatte.

»Sie hatten doch die Schlaftabletten dagelassen. Für den Fall, dass die alte Dame wieder unruhig wird«, sagte Frau Biehler.

»Und meine Mutter hat sie alle genommen«, stellte Katharina Debus fest. »Wann war das?«

»Ich weiß es nicht!«, sagte Doris Biehler verzweifelt. Sie war den Tränen nah.

Katharina schaute sich hektisch um, bis sie einen Sanitätswagen sah. »Haben Sie Sprit?«, fragte sie den Fahrer. »Können Sie fahren?«

»Wie weit?«, fragte der Mann.

»Vier Kilometer, höchstens fünf«, sagte Katharina verzweifelt.

Der Fahrer schraubte die kleine Wasserflasche zu, aus der er getrunken hatte. »Steigen Sie ein«, sagte er, lief um den Wagen herum und startete den Motor. Katharina stieg auf der Beifahrerseite ein und rutschte durch.

»Wo bleiben Sie, Frau Biehler?« Die Frau zögerte. Katharina winkte sie ungeduldig heran. »Los, Sie kommen mit!«

Helene Debus lag noch immer in ihrem Bett, die Decke halb über ihren Kopf gezogen.

»So habe ich sie heute Morgen gefunden«, sagte Doris Biehler. Die Frau war mit den Nerven am Ende und zitterte am ganzen Leib.

Katharina setzte sich auf die Bettkante und griff nach der Hand ihrer Mutter. Sie war noch warm. Hastig schlug sie die Decke beiseite.

»Sie atmet noch!«, sagte Katharina und richtete den leblosen Körper auf. »Helfen Sie mir.«

Der Sanitäter hielt die alte Frau fest und Katharina steckte ihr einen Finger in den Hals. Augenblicklich übergab sich ihre Mutter. Die Tabletten, die sie geschluckt hatte, waren nur halb aufgelöst.

»Ich brauche Wasser!«, schrie Katharina und ließ sich von Frau Biehler eine Flasche geben. Helene Debus öffnete stöhnend die Augen.

»Kannst du trinken?« Ihre Mutter reagierte nicht. Katharina setzte die Flasche an. »Los!«

Die alte Frau machte einen kleinen Schluck.

»Mehr! Mehr! Die ganze Flasche!«

Ihre Mutter schüttelte träge den Kopf, tat dann aber doch, was die Tochter von ihr verlangte. Dann wollte sie sich wieder hinlegen, aber Katharina hielt sie fest. Der Sanitäter wusste, was er zu tun hatte, und reichte ihr einen Beißring.

»Mund auf!« Helene Debus murmelte etwas, aber Katharina reagierte nicht darauf, sondern schob den Ring zwischen die Zähne und drückte einen Schlauch durch die Öffnung hinab in den Magen. Ihre Mutter riss die Augen auf und ruderte mit den Armen.

»Was ist mit ihr?«, fragte Doris Biehler erschrocken.

»Das ist der Würgereflex. Sie glaubt zu ersticken.«

In diesem Moment übergab sich Helene Debus erneut. Das Wasser, das sie zuvor getrunken hatte, spritzte aus dem Schlauch heraus.

»Wir müssen sie ins Krankenhaus bringen«, sagte Katharina. »Die Trage wird nicht durchs Treppenhaus gehen.«

»Ich kann sie auf den Arm nehmen. So schwer sieht Ihre Mutter nicht aus«, sagte der Sanitäter.

Katharina schaute unter dem Bett nach. Schließlich fand sie, wonach sie suchte. »Hier. Das ist Mittel, dass sie genommen hat.«

Der Sanitäter runzelte die Stirn. »Wer hat ihr denn das verschrieben?«

»Ich«, sagte Katharina. »Los, beeilen Sie sich.«

Der Mann hob die schmächtige Frau aus dem Bett und trug sie aus der Wohnung.

»Werden wir jetzt Ärger bekommen?«, fragte Doris Biehler ängstlich, als sie alleine waren.

»Nein«, sagte Katharina, obwohl sie sich da nicht sicher

war. Zumindest sie würde sich einige unangenehme Fragen gefallen lassen müssen.

»Aber warum hat sie das getan?«, fragte Doris Biehler unter Tränen.

»Sie ist verwirrt«, antwortete Katharina. »Verwirrte Menschen tun manchmal schreckliche Dinge.«

»Ihre Mutter wollte nicht ins Heim. Deswegen hat sie sich umbringen wollen«, sagte Doris Biehler. »So war es doch, oder?«

»Ja«, sagte Katharina. »So war es wohl.«

»Und was werden Sie jetzt tun?«, fragte Doris Biehler.

Katharina stand auf und befühlte den Stoffhasen, den sie noch immer in der Kitteltasche bei sich trug. Jessie Biehler brauchte einen Job, musste sich aber um Marvin kümmern. Katharina musste sich um ihre Mutter kümmern, hatte aber einen Beruf, der ihr keine Zeit dazu ließ. Zwei Frauen, ein Problem. Vielleicht konnte Doris Biehler helfen. Aber noch war es zu früh, ihr diesen Vorschlag zu machen.

»Ich werde meine Mutter jedenfalls nicht in ein Heim geben«, sagte Katharina und wischte sich die Hände am Bettlaken ab. »Nicht nach dem, was heute Nacht geschehen ist.«

»Es war nicht meine Schuld«, beteuerte Doris Biehler, doch in ihrer Stimme schwang das schlechte Gewissen mit.

»Nein. Es war nicht Ihre Schuld«, sagte Katharina. »Sie haben vorzügliche Arbeit geleistet. Die Einzige, die versagt hat, bin ich.« Sie warf einen langen Blick in das Schlafzimmer. In den Regalen standen Fotos und Andenken, an die sich ihre Mutter bald nicht mehr erinnern würde. Wahrscheinlich hatte sie sogar schon morgen diesen schrecklichen Stromausfall vergessen. Katharina war oft Zeuge gewesen, wie sich ein ganzes Leben verflüchtigte und in der Dunkelheit verlor. Bei ihrer Mutter war es besonders schlimm. Es war wie die Generalprobe für das eigene Lebensende.

Sie zog die Vorhänge zu und ging.

*M*ein Dank gilt Dr. Rudolf Kreutzer, dem Leiter des Kompetenzzentrums für Risikomanagement am Allianz Zentrum für Technik, AZT, ohne den dieses Buch nicht entstanden wäre.

Heinrich Steinfest

Die feine Nase der Lilli Steinbeck

Kriminalroman. 352 Seiten. Piper Taschenbuch

Das Auffälligste an der ausgesprochen schlanken und eleganten Lilli Steinbeck ist ihre Nase. Eine Klingonennase, die ihr eine Schar stark verunsicherter Bewunderer beschert. Als international anerkannte Spezialistin für Entführungsfragen wird sie von der Polizei in einen brisanten Fall eingeschaltet – in ein Spiel mit zehn lebenden Figuren, um die ein weltweit operierendes Verbrecherteam kämpft. Auf allerhöchstem Niveau und zum Zeitvertreib. Es gewinnt, wer alle zehn Spieler getötet hat …
Der Kriminalroman des preisgekrönten Erfolgsautors Heinrich Steinfest ist ein Feuerwerk der Sprache voller Humor und philosophischem Hintersinn.

»Heinrich Steinfest ist ein Meister der skurrilen Sprachbilder und alltagsphilosophischen Exkurse.«
Der Spiegel

05/2408/01/L

Wolfram Fleischhauer

Schule der Lügen

Roman. 528 Seiten. Piper Taschenbuch

Eine kühle Februarnacht des Jahres 1926: In der Berliner Eldorado Bar hält Edgar von Rabov plötzlich einen Zettel in der Hand, den ihm eine exotische Schönheit zugesteckt hat. Er geht darauf ein und verfällt ihr schon bald. Doch was will sie von ihm? Als die junge Halbinderin plötzlich spurlos verschwindet, zögert er nicht, ihr bis nach Madras zu folgen …
Der Bestsellerautor Wolfram Fleischhauer schrieb eine hochaktuelle Geschichte über die erste Esoterikwelle in Europa und zeigt, wie der Versuch, die aufgeklärte Welt wieder zu verzaubern, seinen Beitrag zu ihrer politischen Verhexung leistete.

»Eine unglaubliche aber immer schlüssige Geschichte über religiöse, familiäre, erotische und politische Verwirrungen in einer brandgefährlichen Zeit, die den Leser förmlich einsaugt.«
Elle

05/2368/01/R

PIPER